U0926751

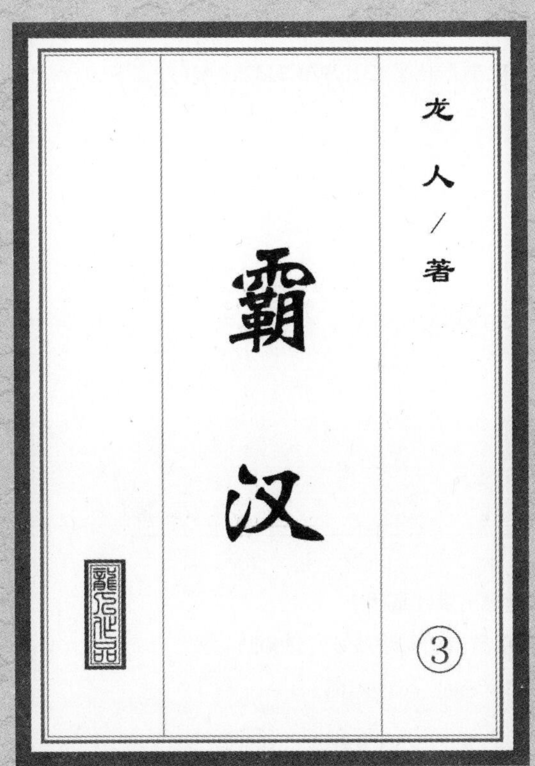

霸汉

龙人／著

③

二十一世纪出版社集团
21st Century Publishing Group
全国百佳出版社

图书在版编目（CIP）数据

霸汉：全 10 册 / 龙人著 . -- 南昌：二十一世纪出版社集团，2017.10

ISBN 978-7-5568-3101-2

Ⅰ . ①霸… Ⅱ . ①龙… Ⅲ . ①长篇历史小说 – 中国 – 当代 Ⅳ . ① I247.5

中国版本图书馆 CIP 数据核字 (2017) 第 243760 号

霸汉：全10册 龙 人 著

责任编辑 敖登格日乐

出版发行 二十一世纪出版社集团

（江西省南昌市子安路75号 330025）

www.21cccc.com cc21@163.net

出 版 人 张秋林

经　　销 新华书店

印　　刷 北京龙跃印务有限公司

版　　次 2018年2月第1版 2018年2月第1次印刷

开　　本 710mm × 1000mm 1/16

印　　张 160

字　　数 1600千

书　　号 ISBN 978-7-5568-3101-2

定　　价 498.00元（全10册）

赣版权登字—04—2017—743

目　录

第二十一章　湖阳世家

苏弃的心情极坏，虽然湖阳世家内外一片忙乱，可是他却独坐于小店之中喝着闷酒。

他并不想有人陪，也没有希望会有人陪他一起喝酒。

唐子乡已经变得很热闹，虽然气氛比较沉郁，可是自各地赶来为白鹰奔丧的英雄豪杰极多。再怎么说，白鹰也是一个了不起的人物，而湖阳世家的生意遍布大江南北，也有许多朋友。当然，如果不是近来南阳和南郡两地的局势太乱的话，只怕唐子乡和湖阳会更为热闹。

白府的家丁极多，因此虽然有众多的客人，却足以应付，而像苏弃这类的人也并不是很忙，是以他偷闲出来喝酒。

苏弃很少有喝闷酒的习惯，只是这几天才有的习惯，他不想告诉别人为什么，只是一个人坐在店中一处偏僻的角落，冷冷清清地喝着烈酒。

对着酒杯，苏弃神情十分专注，似乎在思索着什么，又似乎在感叹着什么。

“啪……”苏弃正在入神的当儿，手中的酒杯竟然爆裂而开。

苏弃吃了一惊，却没有抬头，只是望了望那溅得桌上到处都是的酒水和静躺在酒水之中的一只筷子，以及两瓣杯片。

这并不是苏弃的筷子，苏弃这才悠然抬起头来，反应似乎有些迟钝，也不知是愤怒还是讶然，居然有人敢打破他的酒杯！

苏弃抬头，顿时惊立而起，所有的酒意似乎散飞天外，惊喜地脱口呼道："阿涉！"

"一个人喝闷酒有什么意思？还亏你是个大男人，要喝就换大碗！"来人正是赶回湖阳的林涉，说话之间，林涉已将两只大碗重重地放在了桌面上。

"请转告小姐，有人想见她！"苏弃向喜儿客气地道。

喜儿有些诧异地打量了一下泛着酒气苏弃，以及他身边的那个陌生人，眉头微微皱了一下，不过她知道白玉兰对苏弃颇为客气，因此只是微责道："先生又喝酒了？"

苏弃不由得笑了笑，却没有再说什么。

喜儿上楼片刻，便下来传话。

苏弃领着身后的人缓步上楼。

白玉兰似是刚休息起来，不过精神极为不好，或许是因为近来湖阳世家发生的事情太多，使得这位大小姐心力憔悴。

"苏弃见过小姐！"苏弃来到白玉兰座前立定，忙恭身行礼道。

白玉兰扫了苏弃一眼，又望了望苏弃身后的那个陌生人，心神微紧。

"苏先生带来的是谁？"白玉兰淡然问道。

苏弃不由得抬头笑了，扭头向身边的人望了一眼。

"难道小姐不识得我了吗？"那人说话间伸手在脸上用力一撕。

白玉兰和小晴同时惊呼："阿涉！"

白玉兰自座椅上一立而起，心中的震撼莫可言状，几疑是自己看花了眼。

"请小姐恕我刚才卖了个关子，林涉姗姗回迟，让小姐和晴儿担心了。"林涉爽朗地笑了笑道。

"真的是你吗？"小晴差点激动得热泪盈眶，快速跑到林涉的身边，一边仔细地端详着，一边问道。

"当然是我，只是因发生了一些意外，所以没能和苏先生一起回来向小姐报到，却没想到竟发生了这许多的事情。”林渺不由得微微叹了口气。

白玉兰竟也滑出两行泪水来，显然被林渺的话触动了心中的痛。

“苏弃先行告退了！”苏弃突然发现自己好像是多余的，不由识趣地道。

白玉兰哪还会留苏弃？小晴也有些尴尬地道：“小姐和阿渺说吧，晴儿先出去了。”

林渺有些意外，但却不知道说什么好，白玉兰也有些惊讶地望了小晴一眼，怔了一下，却微微点了点头。

小晴退了出去，房间之中便只留下林渺和白玉兰默然相对。

林渺心中微微怜惜，他只觉得此刻的白玉兰十分脆弱，像一只受惊的宠物，极需要人呵护。

“玉兰，究竟发生了什么事？老太爷怎会就这样去了呢？”林渺终于开口了，他知道沉默解决不了问题，而且他也没有必要拐弯抹角地避开话题。他知道，白玉兰的心中一定有着许许多多的话要说……

林渺话一出口，白玉兰便泪如雨下，林渺伸手一把扶住白玉兰颤抖的双肩，让其倚在他的肩头痛哭。

半晌，白玉兰似乎是已经将心中积压的郁闷全都宣泄了出来，止住哭声，抬头有些不好意思地望着林渺，不无欢喜地道：“我以为再也见不到你了！”

“我福大命大，上天注定不会这么早就死的！对了，玉兰有没有看到那本小册子？”林渺突然问道。

白玉兰点了点头。

“那怎么会这样？”林渺不解地问道。

“我本来要把这本小册子交给爷爷，谁知爷爷还来不及看便已去世了，我也不明白，但我可以肯定，爷爷是被他们害死的，一定是！否则爷爷绝不会这样就走了。他的身体一向都很硬朗，虽然这次患有小病，但也不至于会如此暴毙！”白玉兰断然道。

林渺不由得吃了一惊，事情果然如他所料，他离开湖阳世家的时候，白鹰健朗至极，绝没有老态龙钟之状，可是前后不过五十余天时间，白鹰便去世了，这怎么不叫他奇怪？这也是他为何不以林渺的身份大摇大摆地走进湖阳世家的原因。因为他看了那本小册子，知道在湖阳世家存在着魔宗的人，这才易容来见白玉兰。此刻他的容易之术虽不及秦复，但也可算是一流水准了。

"白庆仍在府中？"林渺反问道。

白玉兰点了点头，狠狠地道："一定是这恶贼下的毒手，否则，不会他一回来爷爷便去了。"

"可是他又有什么动机呢？就算他是魔宗的人，害死了老太爷，但白家还有你爹，他们占不了多大的便宜呀！"

"至少，他们可以使我们湖阳世家乱成一片，因为若爷爷没有留下遗言，湖阳世家并不一定就是我爹做主，还有叔祖，他一直对湖阳世家主人的位置觊觎已久，绝不会错过这个千载难逢的机会的。"白玉兰解释道。

"啊……"林渺有些愕然，他进入湖阳世家的时间并不长，对湖阳世家的许多事情都不了解，虽然他听说过白鹰有个弟弟白鹤，可是却没想到权力之争，会有这人的份。

"无论谁当家作主，只要你爹一回，便是白庆的末日，自然会为老太爷申冤报仇的！"林渺肃然道。

"我担心的不是这个问题。"

"那玉兰还担心什么？"林渺讶异问道。

"因为爷爷一去，便没有人反对我的婚事，他们一定会逼我嫁到北方去，但是我绝不想嫁给王郎的儿子！"白玉兰神情戚然道。

"王郎？王郎是什么人？"林渺不由得讶异问道。他还是第一次听说这人的名字，但想到居然有资格与湖阳世家联姻的，绝不会是一般的角色，白玉兰的姑姑白凤嫁给刘玄便是一例。

"王郎乃是北方大贾，居于邯郸，专营盐铁生意，北方义军的兵器几乎有一大半是自他那里所购，此人生意做得极大。族中长老们欲将我家的生意做到北方，是以这才提出要和王郎之子王贤应联姻，便是我爹也同意了。只因爷爷对王贤应的印象不好，又因我坚决不同意，才一直把婚事拖着，现在如果没有爷爷为我说话的话，只怕我根本就拗不过族中的长老们。”白玉兰忧心忡忡地道。

林渺也不由得头大，如果让白玉兰嫁给了王贤应，他心中绝不是滋味，他怎看不出白玉兰对自己大有情意？而他又何尝不为白玉兰的美丽所动？抑或是在不知不觉中喜欢上了这位美丽的小姐。不可否认，最初他决定留在湖阳世家便是因为白玉兰，只是后来小晴也让他大为感动，才使他决心为湖阳世家出力。可是这一刻听说白玉兰将远嫁邯郸，他的心中确实不是滋味。

林渺曾听白玉兰提到过这事，但那时并没怎么在意，可是这一刻却并不遥远，一时之间，他也不知道该说什么好。

“你见过王贤应吗？”林渺问道。

“见过，他曾数次来唐子乡，此人不学无术，虽金玉其外，却是败絮其中，这也是爷爷不愿首肯的原因。可是叔祖却极力赞成此事，使得王贤应数次来府上纠缠我，而我爹与王郎也颇有交情，他也同意了这门亲事，这也便是我为何要离开湖阳来唐子乡的原因了。”白玉兰幽幽道。

林渺心中暗叫不好，如果连白善麟也已同意，这事只怕便已成了定局。他不知道王郎是个什么样的人物，但与白善麟交好，自不是平凡之辈，而他只不过是来自宛城的一个小混混，自然不会放在白善麟的眼中，即使是得到白玉兰的青睐那又能怎样？以白玉兰的身份，根本就没有为自己婚姻作主的权力，这桩亲事，本身就是一种交易。若他是王贤应，也不会不赞成这桩婚事，有白玉兰这样的倾城美女相伴，又有湖阳世家这等庞大的家族，可算是美人名利双丰收。

林渺不由得叹了口气。

“阿渺，你一定要帮我，整个湖阳世家只有你跟晴儿才是我最信任的人，如果连你也不帮我，那玉兰只有一死了之了！”白玉兰蹙然无助地道。

林渺不由得苦笑了笑道：“我又能怎样？如果你爹和整个家族都决定要与王郎联姻，我虽有心，但终究只是一个下人而已，湖阳世家也还轮不到我说话的份儿！”

白玉兰一怔，愣愣地望着林渺，眼中滑下两行清泪，却不再说话。

林渺心头一酸，涌起无尽的怜惜，白玉兰的那两行泪水像两块烙铁一般，烫得他心痛，恨不得将白玉兰所有的痛苦都分担过来。他知道，自己刚才的话伤了白玉兰的心，他岂有不明白白玉兰的意思是想他带她离开这里，离开湖阳世家！

林渺伸出衣袖轻轻拭去白玉兰眼角的泪水，长长地吸了口气，专注地望着白玉兰那无限伤感的眼神，忍不住将其紧紧拥入怀中。

两人沉吟了半晌，林渺感觉到白玉兰的泪水又湿了他的衣襟，不由得叹了口气道：“玉兰对我的心意，阿渺岂会不明白？甚至让我受宠若惊。是的，我有办法让你不远嫁邯郸，可是这却对玉兰绝对不公平！”

白玉兰停住抽咽，自林渺的怀中挣脱出来，泪眼汪汪地注视着林渺，幽然道：“只要有办法，我就不怕！”

“玉兰放得下眼前的荣华富贵吗？放得下对亲人的牵挂吗？会忍心见你的亲人因失去你而悲伤吗？”林渺不由无奈地问道。

白玉兰微怔，沉吟了一会儿，才道：“荣华富贵又算得了什么？我从来都不稀罕这些，生活之中，只要有粗茶淡饭就已足够。只是，我唯一放不下的就是我娘，余者又有什么放不下的？在他们的眼里，我只不过是一个工具而已，一个可使他们达到某种目的的工具。他们从来都不会在意我的幸福，从来都不会自我的角度去考虑问题。因此，我根本就不会在意他们所赋予我的那虚伪和变质的疼爱，接受宠爱固然是一件幸事，可是因此而没了自己的主见和思想，那却是猪羊的悲哀。而我，不是猪，也不是羊，我需要自己的生活，我拥有自己的思想，所以我需要阿渺的相助！”

林渺心神一震，白玉兰的话让他止不住感动。他明白，白玉兰绝不同于一般的大家闺秀，外柔内刚，这也是林渺为之心动的原因之一。

“玉兰真的决定想要离开白家?”林渺吸了口，问道。

白玉兰沉重地点了点头，道：“我知道，这便是你所说的唯一办法，除此之外，我别无选择。”

“可是玉兰知道别人会怎么看待你和我吗?你想过没有，如果你爹和族中长老知道了又会作出什么反应吗?”林渺又问道。

白玉兰咬咬银牙，凝眸林渺，久久对视后，肃然道：“别人会说我们是私奔，我爹和族中长老一定会派人到处追袭我们，更会杀了你，将我带回府中!”

林渺不由得笑了。

“你怕了吗?”白玉兰紧紧地逼视着林渺，反问道。

“你是指私奔还是怕被人追杀?”林渺也反问道。

“两者都有。”白玉兰道。

林渺笑得有些不屑，道：“我还从未怕过什么，与玉兰私奔，这简直是我梦寐以求的事，没有男人能够拒绝玉兰的提议。至于生死，更未放在我心上，我早已死过数次，又岂在乎多死这一次?”

“你只是所有男人当中的一个?就只是因为无法拒绝我的提议吗?”白玉兰神色微冷，反问道。

“我是所有男人中的一个，但却不是因为无法拒绝你的提议。而是因为，我喜欢你，我愿意去为你做任何一切!”林渺双手紧攫白玉兰的双肩，以一种极为沉缓的口吻认真地道。

白玉兰不由得微微笑了，道：“我相信你!”

“但是我仍希望玉兰想清楚，因为你是在赌。在离开白家的一路之上，绝不可能是一帆风顺，风餐露宿的苦头你能够忍受吗?”林渺又问道。

“我不怕，我相信你不会让我一个人吃苦，要吃苦也是我们一起，只要跟着你，我不在乎这些!”白玉兰坚决地道。

林渺不由得苦笑，白玉兰似乎心意已决，可是他却有些糊涂，为什么白玉兰竟如此相信自己？居然这样轻率地便与他私奔，难道爱情就这般容易改变一个人？

“为什么玉兰好像对林渺特别青睐？真让我些糊涂，也使林渺不知道该用怎样的方式来报答玉兰！”林渺终于忍不住问道。

“阿渺相信缘分吗？”白玉兰突地问道。

“我无法明白缘分何解，我也并没有在意这些。难道玉兰相信？”林渺答道。

“我相信，在见到阿渺前一天晚上的梦里，我见到过你，那个梦我记得好清楚，也许你根本就不会相信，可那是事实。在第二天，我突然见到你时，我几乎不敢相信这一切是真的，你便是我梦中出现并给我幸福的人……”

林渺不由得傻眼了，干笑道：“我在前一天你的梦里出现过？不会吧？”

“我为什么要骗你？在黑暗的天地里，只有我一个人孤独地寻找着什么，可是天地间一片漆黑，只有冷风呼啸，我感到好孤独，好绝望，好害怕，可是在我苦苦找寻却什么都没有发现，正感到绝望之时，天空中突然亮起一道电光，你竟从天而降，带着光亮，将我自无边的黑暗中救出，而且你浑身都似乎湿透……这个梦我永远都记得，给我的印象太深刻了，我怎么也没有想到，在淯水之中，我竟真的遇到了你，这是上天安排的一切。所以，我坚信自己的选择绝不会错！”

林渺听完这近乎荒诞的梦时，心中不知是喜是忧，他怎也不信这是真的，一个人真的会在梦中见到一个从未相见过的人吗？可是白玉兰有说谎的必要吗？难道自己真的是上天派来拯救白玉兰的人？他不由得头大。他只觉得白玉兰的梦很好笑，可是又不能笑，忖道：“玉兰和晴儿两人都怪怪的，一个居然相信梦境，一个居然说自己拥有超常的直觉，这岂不是古怪都聚到一起来了？”

“也许你说我不该相信梦境，可是梦中之人的模样竟和你有着惊人的相似，这又如何解释？”白玉兰反问道。

林渺不由得苦笑道：“这个我可是解释不了，我从来都没有做过这样的梦，玉兰最好不要把事情想得太好。”

白玉兰不由得笑了，似乎恢复了一些神气道：“我已作好了心理准备，自你刚才出现在我的面前之时，我便已作好了准备。当他们说你在寒潭中失踪之后，我就没有睡过一次好觉，虽然晴儿坚信你仍活着，可是我却无法放下心中的牵挂。这时，我才知道，你在我的生命之中竟然是那般重要。”

林渺心中大为感动，不由得将白玉兰拥得更紧些，肃然道：“那好，我保证要让王贤应那小子落空，就算你爹真把你嫁过去，我也会在路上抢亲，你只是我林渺的！”

白玉兰大喜，也将林渺拥得更紧。

林渺离开白玉兰，他并不想白家人知道他仍活着回来了，至少，他觉得不宜在眼下就立刻将自己的身份暴露。

走下楼阁，小晴早在下面相候了甚久，林渺停住脚步，小晴也便靠了过去，神色极为不好。

“晴儿好像有什么事极不高兴？”林渺不由诧异地问道。

小晴点了点头，拉过林渺走到屋檐之下，神色紧张地道：“我有一种极不好的预感，我担心主人会出事。”

林渺一怔，先不明白小晴所说何人，但又立刻明悟，反问道：“你是说小姐的爹？”

小晴沉重地点了点头，道：“也不知道是为什么，我好像突然之间感觉到主人会有危险，可是我却不敢告诉小姐！”

“主人此刻在什么地方？”林渺不由得惊问道，他竟有些相信小晴的直觉。虽然他对这种玄之又玄的东西并不怎么在意，但是小晴这么一提，他仿佛也似有了某种不祥的预感，是以才会有此一问。

“他现在大概是在赶回湖阳的路上!”小晴皱着眉头道。

林渺也皱了皱眉，他根本就没有办法知道白善麟此刻究竟在什么地方，便是明知白善麟有危险也只是爱莫能助，只得安慰道：“不要想得太多，主人身边定有许多高手相护，不会有事的。”

“邯郸王公子到!”突然一声高呼自朝阳阁外传来。

林渺和小晴全都吃了一惊，林渺立刻明白来人定是王郎之子王贤应，却没想到刚刚听说，他便来了。

“公子，公子……”朝阳阁外的家丁急呼道，显然是王贤应已经不等通报，就闯了进来。

林渺想易容也来不及了，他可没有秦复那转瞬间变脸的本事。

“我要见玉兰妹妹，谁敢拦我?”王贤应口气极狂地道。

小晴大恼，急忙上前相阻，呼道：“王公子请留步，小姐正在休息，先等我通报一声。”

王贤应驻足，打量了小晴一眼，倒也不敢太狂，他似乎知道眼前这丫头与白玉兰的关系极为特别，但仍轻浮地笑了笑道：“好久未见，晴儿姐姐似乎更加年轻、漂亮了，嘿嘿……”

林渺一听，心中也暗骂：“妈的，也太露了点吧！老子在天和街耍流氓时也不会这么狂！看来真如玉兰所说，金玉其外，败絮其中。”

小晴脸色顿变，白庆却追了上来，吩咐道：“快去通知小姐!”

小晴气哼哼地转身便上了楼，却不忘向林渺望了一眼。

白庆也扭头望了一眼，顿时大吃一惊，失声呼道：“阿渺!”

林渺知道没有办法再隐瞒身份，只好上前施礼道：“阿渺刚刚回来，还未来得及去见过总管，请总管见谅!”

王贤应惑然不屑地打量着林渺，不知何以白庆会如此大惊小怪地呼喊这年轻人的名字。

白庆疾步上前扶住林渺，大喜道：“怎会怪你呢？只要你活着回来，我便心满意足了，所有人都在为你担心呀。这些日子，你都跑到哪里去了？来，快来见过王贤应王公子！”说完拉着林渺来到王贤应身前。

“林渺见过王公子，早闻王公子大名，只是一直无缘得见，今日一见，果然是英雄！”林渺淡淡地道，语气倒似乎极为恭敬。

王贤应先是对林渺不屑，可是随后见白庆对其如此热情，也不敢太过轻视。要知道白庆身为白府大总管，身份极尊，连他都对眼前这年轻人如此在意，那眼前之人绝不会简单！而林渺这番话也颇为客气，王贤应不由生出了几分好感，却不无得意地道：“不敢不敢。”

“对了，阿渺见过小姐了吗？”白庆问道。

林渺心头一动，道：“还没有，晴儿说小姐在休息，正要上去通报，总管和王公子便来了，其实我也没什么事，只是听说总管这几天太忙，便不欲先打扰总管。”

“何用客气？咱们都是自家人，怎说这样的话？如果杨叔他们知道你回来了，定会喜疯掉！”白庆爽朗地道，看不出半点作伪之态，倒使林渺心中大惊。

“小姐今天不想见外客，公子请回吧！”小晴此时已自楼上下来，淡淡地道。

王贤应大恼，抢步向楼上行去，质问道：“难道玉兰连我也不见吗？我千里迢迢来此，便是要与玉兰一叙相思之苦，我一定要见她！”

小晴伸手相阻，冷冷道：“公子连如此一点小事都不能体谅和尊重小姐，难道也叫是相思吗？那情意又何在呢？”

王贤应一怔，不由得停步望了小晴一眼，倒被问得哑口无言。

“近来小姐的心情极为不好，只想一个人静静，想些问题，反正公子也不会立刻离开湖阳，待小姐想明白了，自然会与公子相叙，公子又何必急在一时而惹小姐更不开心呢？”小晴又道。

王贤应显然难在口舌之上胜过小晴，不由得态度缓和了一些，装作一副深情脉脉的样子，干笑一声道：“是我太莽撞了，只是因对玉兰的思念太过深切，这才差点冲撞了玉兰。你去告诉小姐，贤应先退下了，待她心情好一些后，我再来看她。”

林渺心中不由得暗笑，这王贤应确实如白玉兰所说，一看便知是个不学无术之辈，难怪白鹰看不上眼。要知道湖阳世家乃书香门第，虽也习武，但多少带着书卷儒雅之气，白鹰自身也不仅是个大商家，更是一代大儒，自然是对王贤应看不眼了。

白庆也微微皱眉，但并没怎么在意，朝阳阁中的白府家将却有些讶异了，刚才他们并没有见到林渺进入朝阳阁，而且一直都盛传林渺失踪，但怎会又突然出现在这里呢？不过，他们知道林渺不仅是白玉兰身边的大红人，更深得已逝世的老太爷看重，连大总管也对其极为敬重，他们自不会再多言什么。

“阿渺，晚上有空便到我那里去，现在我要陪王公子出去走走。”白庆道。

林渺点点头道：“好的，既然小姐休息，那我便去找找白才和杨叔他们好了。”

王贤应望了望林渺，他仍不知道林渺在白府是什么身份，居然如此受白庆看重，但自这些人的对话之中，他根本就听不出什么。不过，看这样子，林渺似乎与白玉兰极为亲近，而他又觉得林渺极为不俗，不由得怀有些许的醋意。但是，他并不觉得眼前这个人会有多大的威胁，因为他与白玉兰的婚事，只要没有白鹰那块绊脚石，便绝不会有问题，即使是白玉兰自己也做不了主。是以，王贤应根本就不会担心。

虽然王贤应是个不务正事的公子哥儿，但他对自己父亲在北方的地位却是非常清楚，这也是他骄傲的资本。即使是湖阳世家这样的大家族，若想向北方发展，向黄河水域发展船运的话，就必须要他父亲王郎撑腰。而北方黄河的漕运又是湖阳世家这百余年来梦寐以求的发展方向，是以王贤应不愁白善麟和白家长老会不答应这门亲事。对于他来说，也确实为白玉兰的倾城之貌着迷，恨不得马上便可以将之娶回邯郸。在白玉兰面前，他甚至甘愿放下架子，这是他对其他任何女人所没有的。

林渺行出朝阳阁，金田义、苏弃和白才全都来了，向白庆和王贤应行过礼之后，便拉着林渺奔出白府，也不顾白庆和众白家家将诧异的眼神。

林渺回返白府，知道的人并不多，不可否认，唐子乡白府的人并不都认识林渺，那是因为林渺在这里住的时间并不长，虽得老太爷白鹰和小姐白玉兰赏识，但只有白府中一些有身份的人知道，而林渺的才干又惟白才等去过云梦泽的数人知之甚祥。因此，林渺出入白府，有人相伴，也并没多少人在意，有的甚至只当是普通的客人。因近日来，到湖阳世家的陌生客人极多，多是为白鹰奔丧送礼来的，也有许多人送来礼物却不留在湖阳。当然，这也没有人责怪，现在的时局太过动荡，说不定义军什么时候攻打湖阳，那时官兵和义军激战，只会使来参加丧宴之人遭池鱼之殃。

林渺诸人刚走出府门，迎面便撞上数骑，一时走避不及，差点被战马踏于蹄下。

金田义、白才和苏弃皆大怒，迅速退入门内，望着那些人到了大门口才大摇大摆地下马，心中更气，这些人居然敢在白府门前如此狂。

苏弃正要开口，白才拉了他一下，小声道："是邯郸王府的人。"

苏弃不由得把话又咽了回去，若是别人，苏弃或许会还以颜色，但是邯郸王府的人他却不好得罪，只因为湖阳世家在这段时间有求于王郎，希望得到王郎之助共同对付魔宗大敌。因此，王家之人在湖阳世家表现得让人看了极不顺心，趾高气扬、不可一世的架势，仿佛是湖阳世家一定得看他们的脸色行事一般。

当然，这不是苏弃隐而不发的原因，只是因为长老们吩咐过，绝对不可与王家的人闹得不开心。

府门外的白家家丁直皱眉，王家的人似乎有些过分，不过，他们也莫可奈何，只能缄口不言。

有几人立刻为王家人牵好战马，林渺也很自觉地让到一边，他并不觉得有必要与这群无礼的人计较什么，没必要与之一般见识。

"你们都是湖阳世家的人吗?"王家的十人正欲大步跨入府门内，突听身后一声冷喝，不由得都转过身来。

“你们是什么人?”湖阳世家守门的几位家丁迎上去问道。

林渺这才发现在府门外多了三位一身黑袍、身形高瘦的汉子，脸上木无表情，阴沉而充满死气。

“我们是圣门使者，特来向湖阳世家传书，限尔等在五日之内归顺我圣门，否则湖阳世家的命运便会像各地分堂一样化为瓦砾!”为首一名面目特别阴鸷的汉子冷冷道。

此话一出，门内外的众人全都一怔，包括林渺和金田义诸人。

苏弃正欲上前，突闻王家家将之中一人不屑地道：“好大的口气，圣门是个什么玩意儿?老子从来都未曾听过，就凭你们几个，去吓唬毛头孩子还差不多!”

那三人并不生气，依然是那种要死不活，冰冷不露半丝表情。

“嗖……”那为首的黑衣人一抖手，自袖间射出一封书信，如一柄柳叶飞刀般直射向那说话的王家家将。

那家将也冷“哼”一声，伸手便向那封书信抓去。

“哧……呀……”那名家将在抓住书信之际一声惨叫，那书信便如利刃般切断其大拇指，并准确至极地钉在他的咽喉之处。

所有人都怔住了，待回过神来之际，那名王家家将已轰然倒地，竟然气绝身亡。

白府家丁都傻眼了，这圣门使者竟用一封书信就杀了王家家将，其功力之高简直是骇人听闻，他们都吓傻了，一时之间竟都不敢妄动。

“这便是给你们湖阳世家主人的信，告诉白善麟或白鹤，若是超出五日，后果自负!”那黑衣人头领说完转身便走。

金田义回过神来，便要扑上。这三人不用说便知是魔宗的人，其功力之高只怕不会比游幽逊色，但他们太狂了，竟欺到湖阳世家门口来了，他怎能咽得下这口气?既是拼死也要留下这三人。

谁知林渺伸手轻带，拽住金田义和苏弃，小声道：“别急!”

王家家将似乎回过神来，对方如此轻松地便杀了他们的同伴，此刻又要走，在湖阳世家之人面前丢了如此面子，他们岂肯善罢甘休？

“想走？先把命留下！”王家剩下的九名家将如飞鹤般扑出，立刻将魔宗的三人围在中间，一时杀意甚浓。

“就凭你们几个？给我让路，我并不想再多杀你们几个。”那为首的黑衣人冷冷地道，语气之中有些许不屑，似乎这些人根本就不值得他再动手。

王家家将更怒，低吼一声，同时出招，他们也知道，眼前这三人的武功极为可怕，是以他们并不介意以多取胜。

白府家丁并未加入战团，因为他们若加入，似乎是对王家家将有些不尊重，但却在一旁小心戒备。当然，他们对王家家将那种狂傲不可一世的架势极为不满，看看这些人出丑也不是一件坏事，何况一旁的金田义和苏弃都没有出手，他们自也没有出手的必要。

守门的家丁，对林渺的印象也不差，因为当日林渺是护送白玉兰安全抵达唐子乡的功臣，而林渺去寻找天机神算之时，也是自此门出入，虽然那次行事是秘密进行，但是出门之时，这些人仍见过林渺，还惊见小姐白玉兰和总管同行。因此，这些守门的家丁知道，林渺与金田义、苏弃诸人一样，都是府中身份不低的人物，只是他们还不知道林渺的名字。

在唐子乡白府中，听说过林渺的人并不少。林渺在竟陵击退魔宗杀手，更在沔水之上杀得魔宗青月坛落花流水，以四人之力巧破对方三桅大船，击杀魔宗好手数十人，更得以全身而返，这一切都足以让湖阳世家的人兴奋不已。

湖阳世家自与魔宗交手以来，在处处失利的情况下，林渺所取得的辉煌战绩足以让湖阳世家欣慰，更是让湖阳世家津津乐道。而林渺在云梦泽中神乎其神伏鳄拖船的奇遇，更是这群白府家丁做梦都不曾想过的。可是他们却不能不信，因为作证者有从不会说多余话的大总管白庆和白鹰身边的红人杨叔，连金田义这种从不轻易夸人的人也出言证实，这便让人无法怀疑。

为林渺传播得最多的是白才、白泉和柳丁，这三人在白府家将之中谈起这段经历，只让每一位家将都惊羡不已，虽然都感到极为惊险，但似乎每个人都渴望再与林渺一起去经历那种场面。尤其是白才，更受家将家丁们羡慕，居然能和林渺一起智破敌船，亲历那种别具一格的作战场面。因此，关于林渺的这些事这些事确实在白府家将之中传为佳话，只是见过林渺真面目的人不多，所以这些人尚未明白站在门前观望的人中有林渺。

王家家将出手，九柄刀，自九个方位挥出，如一朵巨大的九瓣莲花般璀璨地绽放。

苏弃和金田义也都吃了一惊，忖道：难怪王府的家将会这么狂，看来还确实有一手，仅凭这配合默契的一刀，便知这群人平时经过超级训练，使之能融洽而协调地配合。只论单个实力，这劈出的刀花和气势，这九人也绝对不俗。可以看出，邯郸王家能称雄北方绝非侥幸，若换那三个魔宗的人是自己，还真不知如何避开这绝杀的一刀，但眼前受围攻的不是他们，而是那三名魔宗之人。

仅这三人便敢来湖阳世家门前下战书，可见绝非庸俗之流，单凭这份胆量也够让人吃惊，何况刚才那一手飞信杀人的手法已足以证明其说话的分量。

刀花渐结，像是花瓣正舒卷的圣莲，在阳光之下，泛着洁白而美丽的光彩，那三名魔宗之人眼要就要成为裹于花瓣之中的莲蕊。

正在白家家丁以为战局已定之际，在那朵巨莲之间蓦地亮起一团奇诡的厉芒，犹如电火破土而出，又若烟花四射，刹那之间，刀芒尽敛，仿佛全都卷入了这一抹诡异的亮彩之间。

金田义和苏弃只感到割体的剑气四散狂射，仿佛又看到了那日自天空炸散着火的烈酒，但是这团光亮比那种火光更为诡异，也更让人心寒。

白府的家丁不由自主地以手掩目，似不堪这诡异光彩的刺激。待他们放下手之时，一切都已经平静了，王家的家将扬刀而立，每个人都保持着同样的姿态，静如木雕。

那三名魔宗使者却已缓步自包围圈中踱过，悠闲得如未曾发生过任何事情一般。

王家家将没有再出手，像是根本就不曾看到这三人离去一般，眸子之中泛出一片悠悠的空洞，一阵轻风吹过，这九个围成圈、动作一致的王家家将竟以相同的姿态，向后轰然倒下，每个人的额头裂出一点血丝——他们竟然只是一具具失去了生命的尸体。伤口，便是那额角的一道血痕。

苏弃和金田义都惊呆了，这九个人就这样死了，他们甚至没能看清魔宗三人是如何出手的。但在他们的感觉之中，这三人用的是剑，可是剑出自哪里，又归自哪里，他们竟然一无所知！他们还从未见过如此诡异而快捷的剑。

一剑夺命，九名王家家将临死之际居然连惨叫都不曾发生一声，甚至保持着同一姿势，同一步调，每一道剑痕都在额中、眉心之处，分毫不差，精准快捷得让人咋舌。

白才的手心渗出了冷汗，他忘了要留下这三人，或许可以说，他已失去了要留下这三人的勇气。金田义和苏弃也一样，那群白府家丁亦全傻了，眼巴巴地望着魔宗三人离去，甚至连呼吸都忘了。

看清三人出剑的，只有林渺。每一个动作，他都看得清楚至极，没有一点遗漏，包括剑自袖间而出，再回到袖间，包括剑以怎样的一种弧迹切入这九人的眉心……一切的一切，林渺都看得十分细致，正因为他看得太过细致，才会比金田义和苏弃诸人更多一分忧虑。

好快的剑，好诡异的角度，在这之前，林渺看到的最好剑法是那已死于沼泽之中的剑使，可是这三人中任何一人的剑法都比那剑使更为诡异，更为快捷狠辣。

林渺并不想留下这三人，便是杀了这三人也不会起到多大的作用，这只是代表魔宗之人的一部分。何况，他并不能留下这三个人。另外，他也不想让人知道他的武功进境，保持着神秘，总会起到意想不到的效果，甚至是决定性的胜利。是以，他不想出手。

事实上，便是林渺出手也救不了王家九名家将的性命。

“你们快去通知总管和长老！”林渺向门口的几名白府家丁极速吩咐道，说完，他大步向魔宗三人所行的方向赶去。

“阿渺，你要去哪里？”白才一惊，忙问道。

“自然是去追寻那三人的下落，放心吧，我不会有事的。”林渺说话间，身形已在十丈开外。

苏弃和金田义都很惊讶，林渺奔行的速度之快，便如鹰隼翱空，等他们欲说要同行之时，林渺已经消失在三十丈外的转角处。

白府的家丁也傻眼了，林渺的速度迅于奔马，竟在眨眼之间可行三十丈，他们却不知道对方是谁。

苏弃和金田义对视望了一眼，都看出了彼此内心的惊诧，这相别一个月的时间，林渺再出现在白府时，他们却感到林渺更是高深莫测。

“好快的速度，阿渺的武功精进了许多！”白才不由得也脱口道。

“看来这一个月，他的确经历了许多事！”苏弃欣慰地道。对于林渺，他绝没有嫉妒之心，有的，只是尊敬和爱护。在这个年轻人身上，他感受到了许多，尝到了战斗的快乐，感觉到了友情的可贵，更似乎寻找到了一颗坦诚的心。对于林渺的智慧和手段，他更是钦佩，虽然他们相处时间不长，但却比有些人相处数十年来得更热烈，更痛快一些。抑或可以说，在林渺的身上有一种很特别的气质和灵气，使人不由自主地受到感染。因此，无论林渺怎样，他只会祝福。

金田义和苏弃的心思一样，因为他知道林渺对他们是真诚的。因此，他们愿意为林渺做任何事。此刻，他们只会为林渺高兴，就因为林渺这一个月来的改变。

有人在白府门前杀了邯郸王家的十名家将，这件事迅即使得整个白府沸腾了起来。

白府门外立刻围了许多人，之中包括白府的五位长老和白庆，王贤应与他的另外一些家将自然也在其中。

看到死者，几乎所有人都镇住了，对方竟能以软软的一笺书信切断王家家将的大拇指，而后劲仍能够割断他的喉咙使其致命，其功力之高，手法之巧，实已达到了骇人听闻的地步。而对方仅只在瞬间便击杀了王家的另外九名家将，连苏弃都未能看清对方是如何出招的，这样的速度怎能不让人惊骇？

死的虽只是王家的十名家将，但何尝不是在向湖阳世家示威呢，也似乎是在演戏给湖阳世家看。

圣门与魔宗是同一组织，湖阳世家的人对此并不陌生，魔宗内部的人员都称自己为圣门，但他们的敌人则称之为魔宗。这是一个很广义的，不同于其他任何形式的教派帮会，它是由一些错综复杂的势力组合而成，似乎遍布了每一个行业。是以，湖阳世家并不称之为魔教，而称之为魔宗。

事实上，如果魔宗之人真的都有这般可怕，湖阳世家也只有认命一途了。但魔宗绝不会人人都如此厉害，这三个神秘的人物，一定都是魔宗之中极为厉害的角色，这是可以肯定的。

魔宗的口气确实很狂，居然要湖阳世家也加入他们的组织，而且是五天之内作出决定，这正好是白鹰丧期之后的事。

在唐子乡这块弹丸之地，湖阳世家绝不允许魔宗之人如此猖狂，因此，湖阳世家立刻遣出百余名家将四处搜寻那三名魔宗高手的下落，无论以怎样的手段，他们都不会放过那三名嚣张的人。

金田义和苏弃无可奈何，他们知道，要在眼下湖阳世家中找到如那魔宗使者般的高手很难，除非是白善麟归返或白鹤回来，眼下唐子乡白府的人，连白庆也难是对方三人中的任何一人之敌，五位长老单打独斗，只怕也占不到丝毫便宜。

湖阳世家虽然拥有好手甚多，但是毕竟是靠商业起家。在武学之上，比之许多武学世家来说，仍显不足，府中没有绝世高手，这是湖阳世家的一大遗憾。

湖阳世家一向礼贤下士，这些年来也招揽了不少奇人异士，但是在湖阳世家之人的眼中，最重要的还是生意。因此，所招之人多为文士，在武学上极有成就的人并没有，像金田义、苏弃等人虽然武功不差，但遇上真正的高手却是没有用处。他们只不过是在江湖之中颇有侠名而已，而当湖阳世家在遇到有黑道之人劫货之时，许多黑道的小贼还会给金田义和苏弃一些面子，就因此，他们这才会受到湖阳世家的重视礼遇。

而金田义和苏弃却很清楚地知道，自己在江湖之中，充其量也不过是个二流角色。

湖阳世家注重武学上的人才还是这两年的事，那是因为魔宗的出现，使得白家深切地感受到，在乱世之中，文虽能经商治家，但却无法保家拒敌，而像魔宗这样不择手段的强横势力，完全是以武力解决一切，与其理论根本就没有任何作用。是以，湖阳世家这才提倡武风，但时日太短，根本就培养不出超水平的武学人才。而真正的高手，要么隐居山野，要么自起炉灶，趁天下大乱之时独树一帜，揭竿而起，诸如王凤、王匡、王常等人就是如此，而琅邪的樊崇更有东海第一高手之称，其手下三老无一不是绝世高手，这也是赤眉军战无不胜的根本原因。而湖阳世家虽富可敌国，但却是外盛内虚，这实在是可悲。

眼下，若是要对付一支义军，湖阳世家并不担心，至少他们可以想出对策，但事实上他们所要对付的却是神秘莫测、不择手段的魔宗，湖阳世家有力却难使出来，敌暗我明，打一开始便落在绝对的下风，这也是一件极为痛苦的事……

唐子乡虽不大，但是想要找出魔宗三大高手却似乎并不容易，事实上谁都料到了结果。白家只是做个样子而已，以那三人的武功，既然敢来便不会怕被人搜寻，自会有脱身之计。

每一路白府家将归返都是同样的答案，并未找到那三人的行踪。

是夜，白玉兰久未成眠，窗外的月光透入，使得屋内多了几分清雅。

白玉兰在想林渺白天所说的话，在想着将要面对的事情。小晴喜欢林渺，她很清楚，她不知道自己是不是自私，不过，她并不介意小晴的介入，因为她们本就亲如姐妹。不知为什么，对于林渺，她有一种特别信赖的感觉，或者是因为那个梦，抑或也不是。

小晴知道小姐白玉兰曾做过那个梦，白玉兰的心思并不瞒小晴，因为自小两人便是一起长大的玩伴，没有任何秘密可言。只不过，小晴并没有把白玉兰的这个梦告诉林渺，或许是没有必要，或许她不想……

白玉兰心神恍惚，半梦半醒之际，蓦地听到一声低闷的响声在她的房中响起，她立刻惊醒，却见一道人影已落在她的卧房之中。

白玉兰大惊，弹身而起，正欲高呼，忽觉一只大手紧捂住她的檀口，沉重的压力又将她推回床上。

"玉兰，是我！"竟是林渺的声音。

白玉兰又惊又喜，却不明白林渺怎地半夜跑到她的卧房中来，心中不由得突突乱跳。

林渺见白玉兰没有再挣扎，显然已听出了他的声音，这才松手长长地吁了口气，却一下子软坐在白玉兰的榻边，大口大口地喘着气。

"阿渺，你怎么了？"白玉兰感到事情有些不对，不由得急问道。

林渺半晌才摇了摇头，苦笑道："还死不了，只是挨了两掌而已。"

"你受伤了？"白玉兰大惊而起，忙扶住林渺。

林渺点了点头，却又大口地喘了几口气，并未说话。

白玉兰几乎心神大乱，急道："让我看看你的伤势，你怎么受伤了呢？是什么人干的？"

"别点灯，不要惊动任何人！"林渺一把拉住白玉兰，也急声道。

"怎么了？"白玉兰不解。

林渺苦笑道："我想，他们会追到这里来的。"

"他们？什么人敢夜犯我白府！在这里你还怕什么人？"白玉兰更为不解。

“是你三姑丈，他的掌好沉，若不是我逃得够快，只怕再也见不到你了。”林渺似乎缓过了一口气，说话也流畅了一些。

“三姑丈刘玄？他怎会伤你？你在什么地方遇上了他？”白玉兰再吃一惊，她怎也没有料到伤林渺的人居然会是圣公刘玄。

“在他的船上。我追踪那三个魔宗的使者，后来见那三人上了一艘三桅大船，于是我便跟了上去，也因此，遇上了你姑丈。那三个魔宗的使者竟称他为圣护法，当我看到那个圣护法竟是你三姑丈之时，不由大吃一惊，也就让他们发现了，我就只好落荒而逃。那三个家伙的确很厉害，竟让我左支右拙，而你姑丈也便给了我一掌！”

说到这里，林渺喘了口气，苦笑接道：“亏幸他这一掌把我送到水中，否则只怕你见到的只是一具千疮百孔的尸体了……咳咳……”

“血……”月光之下，白玉兰发现林渺竟咳出鲜血来，不由惊得心神大乱。

林渺用衣襟擦了擦嘴角的鲜血，道：“没事，把地上的血洗干净，不要留下任何痕迹，这是淤血，咳出来就好了！”

白玉兰心中稍安，她倒没有想到林渺伤得竟如此之重，道：“我去让晴儿来！”

“不要惊动她，她可能睡了。”林渺又道。

“那你怎么办？”

“我只要调养几天便不会有事。不过，我听到了一个大秘密，你姑丈大概是不会放过我的。所以，他一直在追我，一路上有好几次差点被他追上，幸亏我还有点小聪明，只是多挨了他一掌，不过这一掌还真不好受，如果我估计没错的话，他应该追到府外了。”

“什么秘密？”

“你姑丈身为魔宗的圣护法，这本身便是一个大秘密，而他们更要在路上暗算你爹，让你叔祖做湖阳世家之主。这样，你叔祖便会支持你姑丈的义军，甚至是魔宗，其中内情我不甚清楚，但你叔祖似乎与你姑丈达成了一个共同的协议。我本想再多听一些，谁知被他们发现了行踪。对了，你爹现在哪里?”林渺急问道。

“什么？他们要暗算我爹?!”白玉兰惊得花容失色，失声问道。

“不错，若是你爹成了湖阳世家的主人，那他一定不会支持你姑丈，而你姑丈的妻子又是你叔祖的女儿，只要让你叔祖当上了湖阳世家的主人，那么，你叔祖又怎会不支持自己女婿的事业？到时，湖阳世家还不是刘玄的家？你爹一去，他们会立刻让你远嫁邯郸，那湖阳世家就全是你叔祖的人了，即使你知道因果，也孤掌难鸣，他们这计谋不谓不毒!”林渺吸了口气道。

第二十二章　孤掌难鸣

白玉兰半晌没有说话，她不知道该说什么好，或者是被这突如其来的消息给惊得蒙住了。

“阿渺，我该怎么办？我爹现在大概快到弋阳了，他们乘快马自官道赶回，大约还有两天的路程，你一定要想法救我爹！”白玉兰似乎突地清醒了过来，一把抓住林渺的手，激动地道。

林渺心中涌出无限的怜惜，白玉兰的小手冰凉，他可以感受到白玉兰那无助的惊恐和担忧。同时，他又想到了小晴的预感，看来他不能不相信小晴那特别的预感了，可是他又能有什么办法呢？他能够在路上截住白善麟，阻止魔宗的人对白善麟施以毒手吗？毕竟，他根本就不清楚白善麟此刻身在何处，就是他赶向弋阳，能在路上遇到白善麟吗？

“玉兰！”林渺伸手将白玉兰紧紧地揽住，他感到白玉兰的身子冰冷。可想而知，这突如其来的消息对她的打击有多大。

林渺轻柔的呼唤使白玉兰醒过神来，但她却急得流下了眼泪。

林渺为其擦去眼泪，吸了口气道：“待会儿我便立即赶去弋阳，但愿能够与你爹在路上相会。相信吉人自有天相，你爹不会有事的。何况你爹的武功那么好，而且身边又有那么多的高手相护，如果这么容易对付，那你爹哪还能活到今天？”

林渺的话让白玉兰稍稍安下了心，她也明白父亲的武功绝高，这次赶回奔丧，身边又带了数十名好手，其实力足够自保。

“可是明枪易躲，暗箭难防，他们如果要暗算我爹，那又该怎么办呢？”白玉兰仍担心地问道。

“你爹又不是初行江湖没有经验的人，他身边岂会没有经验丰富的江湖好手？这些人自然会加以提防！”林渺又安慰道。

“现在我最担心的倒是玉兰你！”林渺道。

“担心我？”

“在湖阳世家之中，只怕很难有人完全可信，如果他们没能对付你爹，只怕会想法对付玉兰了。”

“我只要呆在府中，还不信有人敢来府中对付我。”白玉兰道。

林渺吸了口气，白玉兰说的倒也是，只要呆在白府之中小心戒备，应该不会有多大的问题。不过，这种戒备对于真正的高手来说似乎并不能取到多大的效果，他能够在那些守卫毫无知觉的情况下潜入白玉兰的卧房，别人也同样可以做到。

“玉兰不觉得这种戒备太稀松了吗？我能够自府外偷偷潜到你的闺房，别人也有可能做到，这样的环境之中，玉兰还是要小心一些为妙。”林渺道。

经林渺这样一提醒，白玉兰才想起林渺怎能够在如此深夜如入无人之境般潜入她的闺房之中，不由得讶异问道：“你潜来没有人发现？”

“应该不会有人发现，否则只怕早就闹起来了。”林渺耸耸肩道。

白玉兰心想也是，倒也感到林渺的担心不是多余的，她的心也渐渐平静了下来，讶然问道：“你竟能自那三位魔宗使者和我姑丈手中逃出来？”

林渺也稍感欣慰，他知道白玉兰已清醒了过来，知道开始思索问题了，不由得点了点头道：“我这不是逃出来了吗？”

“听他们说，那三个神秘人的武功极为可怕，剑法更是高深莫测，而我姑丈的武功更已达到了登峰造极之境，你是怎么逃出来的？”白玉兰疑惑地问道。

“如果不是这样，只怕我会宰了他们，你不要这么小看我好不好？士别三日当刮目相看，别以为我还是宛城的那个小混混。”林渺没好气地道。

白玉兰不由得歉然笑了笑道：“你生气了？”

“为什么要生气？生气只是拿别人的无知来折磨自己，我才没有那么傻呢……”说到这里，林渺不由得笑了起来。

白玉兰也不由得笑了，禁不住重复着林渺刚才的话：“生气只是拿别人的无知来折磨自己！说得多好啊，阿渺的话总这般令人深思。”

“好像是我的麻烦来了！”林渺侧耳细听半晌，突然道。

白玉兰皱了皱眉，她也听到了白府之中似是人声渐高。

“让我们去揭穿他的阴谋！”白玉兰立身而起道。

“如果我是刘玄，一定会说‘林渺’是魔宗的奸细，你认为府中的人会相信我还是会相信刘玄呢？”林渺突然道。

白玉兰不由得愕然，林渺的话倒真将她问住了，不禁惑然望了林渺一眼，断然道：“我相信你绝对不会是魔宗的奸细！”

林渺不由得涩然一笑道：“你当然不相信，是因为你了解我，可是别人会怎么想？湖阳世家的长老们会怎么想？他们难道会相信林渺而不相信名动一方的圣公刘玄？何况刘玄还是湖阳世家的娇客，又是刘家首屈一指的人物，若不是我亲耳所听，亲眼所见，我也绝不会相信他会是魔宗的人。何况，魔宗的人神通广大，连齐万寿那样的人物和刘玄都成了魔宗的人，那在湖阳世家之中又可能存在着多少魔宗的人呢？只要这些人一起哄，只怕没有几个人会为我们说话了，即使是你的话也显得单薄，因为许多人都知道，你对我另眼相看，甚至会说是我在迷惑你……”

白玉兰不由得笑了，反问道：“你是在迷惑我吗？”

林渺不由得也好笑道：“我也不知道是谁在迷惑谁，反正不是我的错。”

白玉兰不由得娇媚地白了林渺一眼，心中充盈着一丝甜蜜。

“拿镜子和水来！”林渺突地想起了什么似地道：“对了，让晴儿快去为我准备一套衣服！”

白玉兰一怔，不明白林渺要做什么，但只要是林渺的吩咐，她就照办，并不想多问什么原因。

小晴知道林渺受伤，也心神大乱，她也听到了那渐响的人声，而白玉兰悄悄地唤醒她，她便知道有事情发生，只是没料到竟会是林渺受了伤。

小晴找来衣服之时，林渺就着月光，面对镜子，竟描出另一副脸谱。小晴若不是自那身染血且破了两个掌印的衣服上看出端倪，还真不知道眼前之人便是林渺。

“像不像?”林渺见小晴来了，不由得低声问道。

“白良?”小晴讶异地问道。

“不错，是白良，今天我倒要充当一次那小子了，看来我这易容术学得还不赖。”林渺欣慰地道。

“连我都怀疑你是不是真的阿渺了。”小晴见林渺如此逼真的易容之术，心头大宽，不由得打趣道。

“你的敏锐直觉难道不灵了吗?要不要来验明正身呀?”林渺笑着反问道。

“别闹了，快换上衣服吧。”白玉兰催道。

林渺接过小晴送来的衣服，也不脱内衣便即穿上。

“这把龙腾刀可得藏好，否则只怕会露馅。”林渺道。

“你放在衣袍内就行了，他们不会太在意你这位白良的。也许，你这一路上用到它之处还很多。”白玉兰提醒道。

“那也是，这把刀还真是救命之物，我这就离开唐子乡，一定会找到你爹，过几天我再回来找你。”林渺紧了紧身，肃然道。

“小心些!”白玉兰提醒道。

小晴突地拉了林渺一下，道：“更叔也在主人身边。”

林渺一怔，却见小晴说话时的眼神怪异，不由得心中一动，回应道：“我会在意的。”

小晴顿时明白林渺已经清楚了她的话意，不由欣慰地笑了笑道：“小姐和我便在这里等你的消息。”

白玉兰并没有觉察到林渺和小晴对话中的特别含义，林渺自不点破，因为对更叔的疑虑只是小晴的直觉，并无证据，再说他也不想让白玉兰多这份担心，是以他和小晴都没有点破。

“什么人?”朝阳阁外传来了护卫的呼喝。

“有刺客闯入了府中，总管和圣公来看看小姐。”阁外有人沉声道。

“原来是圣公和总管呀!”护在阁外的家将立刻变得恭敬，他们哪想到这么深夜刘玄和白庆会来造访朝阳阁?

“还不快开门?”白庆吩咐道。

朝阳阁的大门很快打开，但白庆和刘玄却在上楼之际被白玉兰的亲卫家将阻住。

“小姐已休息，夜已太深，有什么事情圣公和总管明日再来!”

白庆大恼，望了望刘玄，刘玄沉声道：“今夜府中来了刺客，我们是来看一下小姐是否安好……”

“那容小的上楼通禀一声，请圣公和总管稍候。”那亲卫家将并不通融，事实上这么晚了，朝阳阁禁止非亲卫家将私入，即使是总管白庆和长老们都不行。因为这里是白玉兰的地方，夜里若这些男人造访，那成何体统?是以白鹰曾下了禁令，因此连白庆也莫可奈何。

“小姐安好，已经休息了。这么晚了，她不想见客，请圣公见谅，若有其他的事，让小婢明天转告小姐，或者明日圣公再来也可。圣公和总管请了!”喜儿缓步自楼上行下，不卑不亢地下起了逐客令，刚才那位上楼的家将也随之下楼了。

白庆和刘玄对视了一眼，白庆突地问道：“你们有没有发现有什么异常?”

“禀总管，这里没有发现什么。”那家将道。

“如果看到林渺，立刻通知我。喜儿，你去告诉小姐，让她提防林渺，这人是魔宗混入我湖阳世家的奸细!”白庆望着喜儿，认真地道。

“阿渺是魔宗的奸细？”喜儿诧异地问道。

“不错，圣公亲眼见到他今日与那三名魔宗使者密会，这才前来通知小姐，让小姐千万不要让这个魔宗的奸细有机可乘！”白庆悠然道。

“喜儿是不是见过了林渺？”刘玄盯着喜儿，突然问道。

“今天上午见到过，不过，总管不是让他晚上到你那里去吗？”喜儿诧异地道。

刘玄望了白庆一眼，没有再说话。

“不会吧，阿渺只是宛城的小混混，又是朝中的通缉犯，他怎会是魔宗的奸细呢？还救过小姐呢！”说话者是亲卫家将中的白术，他与林渺的关系极好，不由辩驳道。

“你知道什么？难道圣公还会冤枉他不成？”白庆怒叱道。

“是，小的不敢！”白术吃了一惊，忙回答道，他可不敢跟白庆拗嘴。

“听着，你们若是谁发现林渺归返而不来相报，定以家规处置！”白庆冷冷道。

“总管觉得事情有这么严重吗？”白庆和刘玄不由得都一惊，抬头望去，白庆立时低呼：“小姐！”

“玉兰！”刘玄也叫了声。

白玉兰披上一件长裘，小晴立于她身侧，在火光的映衬下，有种说不出的清美。

天气微凉，时已入冬，这般深夜，自然颇有凉意。

“玉兰还没休息吗？”刘玄不由得问道。

白玉兰不答反问：“姑丈是何时到府的？怎么玉兰没有听到半点消息呢？”

“哦，我刚到！”刘玄干笑一声，有些不自然地道。

“哦，原来如此，看来姑丈这些日子为战事实在是太过操劳，以至这么晚才来，不知姑丈说阿渺与魔宗人相会可有证据？”

“这个，这个……”刘玄不由得一时语塞，竟答不上来。

白玉兰淡淡一笑，缓步自楼上行下，悠然反问道：“姑丈今日中午并未来唐子乡，根本就未曾见过那三名魔宗的人，何以能说阿涉是在与这三人相会呢？而姑丈又是在什么地方见到他们相会呢?”

白玉兰毫不留情，句句逼人，只问得刘玄脸色一阵乱变，白庆的脸色也变了。

“我想姑丈一定是看错了，认错了人吧？对于阿涉的身份，我们全都有根可查，包括他出生到现在我们都查得很清楚，要说他是魔宗的人，玉兰第一个不信!”白玉兰毫不掩饰地道。

“我绝没有看错，我听到过他们的交谈，这才出手，谁知那小子极为狡猾，竟给他溜掉了。”刘玄肃然道。

“那姑丈可有将另外三人擒下?”白玉兰又反问道。

“这三人的武功极为了得，我虽伤了他们，却没能将之留住，或许这便成了遗憾。难道玉兰认为姑丈会说谎?”刘玄被说得有些恼羞成怒了，不由得反问道。

“侄女自然不敢，只是在没有弄清事实之前，侄女希望能得到一个合理的解释，相信姑丈也知道，阿涉是我的朋友，否则姑丈也不会这么深夜来访我朝阳阁了。”白玉兰并没有给刘玄留什么面子，坦然道。

刘玄一听，果然神情极为难看，愤然道：“我只是担心你受到那狡猾的小子欺骗，这才深夜来此提醒你，如果你定要认为姑丈别有用心的话，我也无话可说!”

刘玄说完拂袖转身而去。

“圣公!”白庆吃了一惊，但却没有办法，只好跟在刘玄身后退出朝阳阁。

白玉兰并不在意，只是悠然返身回到闺阁之中。

再回闺阁，林涉却踪迹杳无，显然已经走了。

“小姐，他走了!”小晴不无担心地道。

白玉兰却发现桌上有几个以水写成的字，水迹未干，依稀可辨：“我去弋阳，数日后再见!”

“他刚刚走!”白玉兰叹了口气道，她也不无担心，不仅仅是担心林渺，更担心父亲的安危。

“你说爹他会不会有事?”白玉兰忧心忡忡地向小晴问道。

小晴一震，道：“吉人自有天相，主人不会有事的。”

“你觉得更叔这人怎么样?”白玉兰突地话音一转，问道。

小晴再震，定定地望着白玉兰，神情有些古怪地道：“晴儿也说不清楚。”

“其实你早就觉察到了什么，是吗?”白玉兰吸了口气，望着小晴悠然问道。

小晴脸色大变，反问道：“难道小姐也觉察到了什么?”

白玉兰的脸色顿时失去血色，苦涩地摇了摇头，道：“只是感觉，可我一直都不敢相信感觉会是真的。”

“也许只是小姐太过担心的原因吧，更叔在我湖阳世家待了已有二十载，相信不会有什么问题。”小晴出言安慰道。

白玉兰涩然笑了笑道：“但愿如此!”

林渺轻易地便混出白府，自没有人对白良的身份有什么怀疑。虽是深夜，但是因为刘玄刚到府中，是以仍到处有人活动。

辨准方向，林渺连夜赶路，直赴弋阳。他想救白善麟，并不是因为白善麟对他好，而是因为白玉兰，他不愿白玉兰有任何的遗憾，或是任何的伤害。

林渺真的很难弄明白，魔宗究竟是怎样一个组织?其庞大究竟达到了一个什么样的程度?在他的眼中，齐万寿和刘玄无不是叱咤一方的风云人物，可是这两个大名鼎鼎的人物竟然全都是魔宗之人。单凭这两人联合，其力量便已庞大得惊人，可又是什么人能够驾驭这两人呢?

仅只是想一想便让林渺觉得心寒，如果有选择，他宁可到那洪荒的云梦泽中去面对众兽，也不愿面对这神秘莫可揣度的魔宗。

魔宗究竟有何目的和意图呢？难道便仅仅是想占有湖阳世家的财产吗？若说这便是他们的目的，实让人难以信服，仅以宛城齐家和刘玄的家财只怕也不会比湖阳世家逊色多少。

刘玄是魔宗的圣护法，那刘秀呢？还有那仅闻其名而未谋其面的刘寅呢？这些人与魔宗是不是也有关系？他只听说过刘家财势庞大至极，但是这些好像都只是虚谈，刘家的财势又在哪里？好像也是极为神秘。

想到这里，林渺不由得大大地吃了一惊，忖道："莫非魔宗便是刘家弄的鬼？说不定刘秀也是个什么圣护法呢！妈的，要真是这样，刘秀那小子可真不够意思了，若有机会，我定要当面问问他！老子以为他是个正人君子，没想到他也会是个偷鸡偷狗、尽做见不得人的勾当的伪君子……"

突然之间，林渺感到一股强大的杀机似乎正在某一个角落滋长，他不由得放缓了脚步，讶异地打量了一下四周。这么晚了，难道还会有人在这里等候他？抑或是仍有人识破了他的行踪？

杀机弥漫在夜空之中，使得夜更凉，仿佛冷风瑟瑟，让人心悸。

林渺深深地吸了一口凉气，杀机是来自左上方的屋顶之上，虽然他的视线无法捕捉到那潜于其中的身影。但他知道，这绝对是个高手，至于是什么人物，他目前还不清楚。

杀机，似乎并不只一处，不过，事情发展到了这一地步，他已经没有退路。林渺依然若无其事地大步而行，但他的手已经搭在了衣袍中的刀柄上。

杀机依然存在，只是那个人一直都不曾现身，这让林渺有些疑惑。

"难道这个人并不是针对自己？抑或对方发现自己的面容改变，并未认出自己来？而这人究竟属于哪一路人马呢？何以潜伏在这里呢？"林渺心中暗想着。

唐子乡不算小，虽然并无坚城，但是也有密集的村落，可算是一个大市集。以白府为中心，围成一个方圆十余里的庄园，在庄外也有矮墙，此刻林渺已经走到了这片矮墙的边缘，只要翻出这堵墙，就算是走出了唐子乡。

矮墙之外，林渺发现静候着几人。

几人全都是一身黑衣，静立于树旁草木之间，仿佛完全融入黑夜，若不仔细看，还真不会注意。

“你终于来了。”一个冷冷的声音自草木间传来，一道身影缓缓升起，并缓步向林渺靠近。

林渺愕然，这群人竟似乎专门在这里等候他，好像知道他一定会从这里走出唐子乡一般。

“你们是什么人?”林渺不由得讶异问道。

“嗯，你不是他!”那缓步走来的人显然看清了林渺的面目，不由吃惊地低呼道。

林渺心中暗松了口气，忖道：“看来这群人并没有真正认出自己来，抑或这些人并不是在等我，而是另有要事而已。”

“原来认错人了。”林渺故作轻松地一笑道，他可不想在这里与对方纠缠，他根本不知道这些人与刘玄是什么关系，万一是刘玄或魔宗的人，那可就大为不妙了。因此，他只想早些离开这是非之地，而且，他此刻有伤在身，不宜与高手交锋。

那人一阵错愕之后，仔细地打量了林渺一眼，又扭头向一旁静候的几人望了一眼，接着沉声问道：“这么晚了，朋友意欲何往?”

“当然是离开唐子乡喽。”林渺笑了笑道。

“朋友是哪路人?该不会这么巧便从这里走过吧?”那人声音之中多了几许敌意，显然怀疑林渺的目的和身份。

“这个世上偶然的事情多得很，又有什么好奇怪的?不过，我并不想知道你们是谁，以及要干什么，我尚要赶我的路，请朋友借道一用可行?”林渺直截了当地道。

林渺的直接让那人也微感惊讶，但对方显然亦不想节外生枝，淡淡地笑了笑道："既然朋友这么坦白，那便请尽快离开此地吧……"

"沈铁林！"林渺突然吃惊地低呼了一声，他看清了与他正面相对的人面目。

那人不由得吃了一惊，急退一步，沉声问道："你究竟是什么人?"

林渺不由得笑了，心中涌起一种难以叙说的轻松，欣喜地踏前一步，欢悦地道："沈大哥，我是阿渺呀!"

沈铁林一怔，冷笑地望着林渺，手指微勾，林渺伸手在脸上一抹，撕下一块薄皮来。

沈铁林借着月色看清了林渺的真面目，不由得讶异道："是你！你小子怎不在宛城跑到这里来了?"说话间，沈铁林放松了戒备，欣喜地踏上了两步。

林渺也踏步伸手与沈铁林的手紧握在一起。

"快来见过这几位兄弟!"沈铁林说完领着林渺向树林暗处走去。

"原来是沈大哥的朋友。"那隐于暗处的几人也松了口气道。

"这位是吴大哥的好兄弟林渺!"沈铁林一指林渺向那几人介绍道。

"在下莽道吴心!"一道人打扮者伸出大手，欣然道。

林渺心情大好，也伸手相握，欣然道："今后我们可要好好亲近了。"

"哈哈哈，一定一定!"莽道坦然笑道。

"这位是断魂双枪崔健，这位是鼎鼎大名的关东第一大盗朴岩久……"

"哈哈哈，小兄弟，你是吴大哥的兄弟，自然也便是我们的兄弟，什么时候跟我朴岩久去劫几票?"朴岩久极为豪爽地一拍林渺的肩头道。

"那可还得朴大哥带着，否则只怕我会走丢掉的哦。"林渺不由得也笑了。

众人不由得都逗乐了，沈铁林将八人全都介绍了一遍。这八人全都是关东有名的黑道人物，不过林渺对江湖之中的事并不太熟悉，对关东的事也不甚了解，自是没有听说过这几人的名头，但这些人都是沈铁林和吴汉的朋友，他自然欢喜。

吴汉做亭长之时，与林渺相交极厚，因为吴汉小时候曾向林渺的父亲求学，而且两人住得不远，在地头上混的，没有人不认识吴汉的，而林渺认识沈铁林和沈青衣兄妹二人也是在吴汉家开始的，那时候林渺虽只是个小混混，但沈铁林却不介意，反而喜欢这大孩子的精明古怪。林渺与沈铁林的妹妹沈青衣最是投缘，沈青衣一直都当林渺是个可爱的小弟弟，因此才特别关爱，这也使林渺对沈铁林了解得更多。吴汉的许多朋友都识得林渺，包括杜茂，不过后来杜茂犯事，吴汉因救杜茂而离开了宛城。林渺回宛城之时并没能见到吴汉，深感遗憾，但后来梁心仪的事和刘秀的事使他根本就没有时间分神想其他的，却没料到会在这里见到沈铁林。

“沈大哥怎会深夜守在此地呢？沈姐姐、吴大哥和杜大哥可好？”林渺不由得讶异问道，说到这里，林渺突地转身。

沈铁林正欲回答，却见林渺突然转身，不由得打住了话题，目光循着林渺所视方向望去，不禁手心一紧。

“好狡猾的小子，我差点看走眼了！”一个冷冷的声音自矮墙之上传来，紧接三道如幽灵般的身影自墙头飘了过来。

林渺无可奈何地耸耸肩，扭头向沈铁林道：“他们只是来找我的。”说话间便向那三人迎去。

沈铁林趋步而上，与林渺并肩，有些惊讶地问道：“他们是什么人？”他已感到来自对方三人的强大杀机，直觉告诉他，这三人全都是可怕的高手，可是他不明白林渺怎会惹上这样的高手，数月之前他见到的林渺只是街头的混混，虽然有个不简单的头脑，却不是什么人物。

“圣门的人，也或许应该叫魔宗，究竟是什么玩意儿我也不明白！”林渺耸耸肩，无可奈何地道。

“圣门？你怎么惹上了他们？”沈铁林吃了一惊，讶异地问道。

“原来沈大哥也知道他们呀，不过这是我的事，便由我来解决好了。”林渺淡淡地道，语气倒是很坚决。

“阿渺怎说这样的话？你的事就是我的事，何须分彼此？”沈铁林责备道。

“是啊，小兄弟怎说这样见外的话？”莽道也有些责备地道，说完大步来到那三人之前，冷喝道：“你们有什么事，尽管跟本道爷说好了！”

林渺不由得微感有趣，他可以感觉到，这三人便是那伏在屋顶上而未动手之人，他们正是那三名魔宗使者，他自然知道莽道不是这三人的对手。

“我要他的脑袋，你也可以代给吗？”那三人冷冷问道。

莽道一怔，随即不由得笑了，道：“你们要道爷的脑袋还不简单？道爷正觉得这颗脑袋长在脖子上太累，找不到合适的人送出去，如果你们真要的话，只要拿出点本事让道爷看看，就给你们好了。”

“小心！”林渺蓦地低呼。

莽道听得林渺惊呼，便觉冷风嗖嗖而过，一道凄寒之意直逼脖项，不由得大惊。他看到那距他最近的黑衣人动了一下，而不知从哪里划出的剑此时距他只有尺许，这之中的两丈距离根本就像不存在一般。

莽道疾退，他不能不退，他从来都没有见过如此快捷的剑，如此诡异的身法，简直没有半点征兆。

莽道退出三步，正觉胸前一凉之际，便听得“叮、当……”两声清脆的金铁交击声响起，随即他的身子被一股强劲掀得倒滑五尺。

莽道吃惊，但他知道自己没死，而此刻站在他刚才所立之处的是林渺，那神秘剑手却已退回了自己的位置，似乎微有些狼狈。

“你是沈家的人？”那魔宗使者收回剑，讶异地望了望扶住莽道的沈铁林，问道。

莽道知道，刚才出手的是沈铁林和林渺，只有沈家的暗器才会有这么快，但是那第二声轻响却是林渺的刀声，这让莽道心中暗惊，林渺的速度几乎可以追上沈铁林的暗器，这怎么不让他吃惊？

沈铁林也吃惊，他绝没想到林渺出招会如此之快，同时他也明白，刚才如只凭自己的暗器尚不能逼退对方，若不是林渺的出手，只怕莽道多少会受一些伤了。

"不错！"沈铁林并没有否认。

朴岩久和崔健及其余的几人全都围了过来，对于这神秘人刚才那一剑，他们确实感到极为吃惊。不可否认，那一剑确实有种惊心动魄之感，快得让人吃惊。

"你们要找的人是我，既然你们要对我穷追不舍，那我也只好与你们奉陪到底了！"林渺冷冷道。

沈铁林有些诧异地望了林渺一眼，不知道他怎么得罪了这群可怕的高手。不过，他感觉到，林渺变了，再也不是昔日宛城之中那个小混混，而拥有了一派高手风范。

这几个月中，究竟发生了什么事呢？沈铁林并不知道，他也无从猜起，包括林渺何以会出现在湖阳世家。

"你确实是个人才，杀了你太可惜，如果你愿意随我入圣门，本使定会大力推荐你。"那为首之人再一次打量了林渺一眼，沉声道。

"道不同，不相为谋，我没有兴趣去做那些见不得人的勾当。"林渺断然拒绝道。

"那本使就留你不得！"

"哼！"林渺不屑地笑了笑道："如果仅凭你们三人便能杀得了我，那我也活不到现在了，没有刘玄，你们还差了那么一点！"

"那就试试吧！"说话间，那为首的人已蓦然出剑。

"试试就试试！"林渺旋步，竟抢攻而上。

沈铁林吃了一惊，莽道和崔健诸人也大惊，皆不由得退了半丈，是因为林渺激起的杀机。

林渺出招，简洁而利落，但刀锋所过之处，空气犹如布帛崩裂般发出沉闷的暴响，而强大的气旋却是自林渺的脚步之间溢出。

刀招简洁，但林渺的步伐却玄奇无伦，相衬之下，这简单的一刀，却变得拥有了无尽的生机和活力，更似有一种张狂的霸杀之意奔涌其间。

那神秘剑手的剑快如电，掩起的剑气若巨网般充斥着每一寸空间，割体生寒，破空有声。每一剑都似乎将林渺的进攻角度尽数封死，但是却总似乎给了林渺穿插的缝隙。

“当……”刀剑相击，擦出一溜火花，那神秘剑手仿佛出了无数剑，但林渺绝对只是一刀，化繁为简的一刀，在空中仿佛划过了千万里的距离，那优美诡异而精彩的轨迹让人心神禁不住为之颤抖。而这一刀的尽头，却是那神秘剑手剑身的锋端。

“蹬蹬蹬……”神秘剑手竟急退四步，林渺稳立如山，刀锋微扬，如苍松劲柏般立于凄风之中，傲意盈然，其姿态之优雅，犹如超然于物外的观日散仙。

沈铁林诸人不由得心神俱醉，他们从未见过比这更优美的一刀，比这更洒脱的一刀，林渺留给他们的，似乎唯有惊叹和欣喜。

林渺没有追击，他感到心口微有些牵痛，那是刘玄留在他身上的伤势。是以，他并没有立刻加以追击。

魔宗三名使者都吃了一惊，吃惊于林渺如行云流水般的一刀，惊讶于林渺这找不出任何破绽的架势。

事实上，他们在刘玄的三桅大船上已经领教过林渺的武功，只是当时是以三对一，而林渺一心想逃，这才使林渺左支右绌。而刘玄的一掌却使得林渺脱出了他们的包围，这才又要大费周折地来对付林渺。

“就凭你一人，不是我的对手，你们三个一起上吧，省得我多费手脚!”林渺不无狂傲地笑了笑道。

那三人不由得相视望了一眼，又扫视了沈铁林和朴岩久诸人一眼，他们也感到了来自这九人的压力，再加上林渺，对方有十名好手，而自己只有三人，相形之下，他们发现自己有些轻敌大意了。不过，此刻似乎后悔也没有用，他们知道，如果他们以三对一的话，沈铁林诸人绝不会坐视不理，对于沈家的暗器，他们似乎也颇为顾忌。

“好朋友，何必畏首畏尾呢？不如我们大家一起玩玩，既来之则安之吧！”朴岩久朗声笑道。

崔健和莽道诸人立刻散开，欲成合围之势。

“走！”那为首的魔宗剑手不由得低喝一声，他们可不想让这几人形成合围之势，也便是说，他们根本就没有信心对付这十人的联手之攻，这些人可不像是王郎的家将，尤其是林渺和沈铁林。

魔宗的三名使者仿佛都抱有同一心思，旋身便退，他们本以为林渺已身受重伤，可是刚才那一击之下，他们才发现，事实根本就不是他们所想象的那样，他们也便不能不退。

“想走？没那么容易！”沈铁林冷哼一声，双手齐扬。

林渺只觉得身边似有一阵暴雨洒过，风声狂飙而起，他不禁吃了一惊。

“暴风骤雨！”那为首的魔宗使者不由得惊呼，身形疾旋暴退，手中之剑仿佛圈起一面巨盾。

“叮叮叮……”无数轻响中夹着几声闷哼，那三名魔宗使者的身子如投林夜鸟般掠过矮墙，消失在众人的视线之中。

林渺并没有追，只是长长地吁了口气，他的心口一阵绞痛，那股暗伤因刚才倾力出招而牵发，是以他并没有追击。

“妈的，这三个混蛋溜得比鬼还快！”说话的是关东响马游灿。

“他们居然可以躲过沈大哥的暴风骤雨，魔宗的人还真不简单。”莽道吃惊地道。

“听说魔宗的势力极为庞大和神秘。阿渺，你是怎么与他们对上的？”沈铁林讶异问道。

“说来话长，不知沈大哥深夜在此做啥？”林渺反问道。

“王郎的儿子王贤应来了湖阳，王郎那混蛋抢走了我们自关外运来的一批良马，因此我们便要拿王贤应来讨还公道！”沈铁林沉声道。

“啊……”林渺恍然，心道：“原来沈大哥等人是来对付王贤应的。”不由讶异问道：“难道有人去对付王贤应了？”

“杜茂和青衣他们已经潜入了白府，王贤应这小子是个草包，相信他们会得手的。”沈铁林道。

林渺大喜，问道：“原来杜大哥和沈姐姐也来了，那可真是太好了！”

林渺话音刚落，便听风声响起。

“杜大哥和青衣回来了。”崔健低呼道。

“大哥，我们没办法下手！”沈青衣如夜鸟一般落到沈铁林的身边道。

“沈姐姐，杜大哥！”林渺欢喜地呼道。

“咦，你小子怎么在这里？”杜茂也发现了沈铁林身边的林渺，不由得讶异地问道。

“阿渺！”沈青衣也惊喜地叫了一声。

“知道你们在这里，我哪能不来呀？”林渺不由打趣道。

“嗯，你小子贫嘴的习惯还没改，不过好像长高了许多。就你一个人来呀？”杜茂神采仍不减当日，欢笑道。

“自然是我一个人了。”

“心仪妹妹呢？”沈青衣不由得讶异问道。

林渺心头一痛，不由苦涩地笑了笑道：“一言难尽。”

沈青衣和杜茂不由得一怔，似乎感觉到了不对。

“怎么，吵架了？你小子是不是欺负了她？”杜茂微有些光火地问道。

林渺只觉鼻头一酸，深深地吸了口气，黯然道：“她死了。”

“什么……？”杜茂和沈青衣几乎异口同声惊问道。

沈青衣怔了半晌，仿佛看到了林渺眼中的泪光，正欲再说些什么，沈铁林却拍了拍林渺的肩头，安慰道：“人死不能复生，阿渺想开些，这里不是说话的地方，我们找个安全的地方再细谈吧。”

“是啊，小兄弟，我们先去找个安全的地方吧。”莽道也转换话题道。

杜茂和沈青衣回过神来，心中不免充满歉意。

白府之中，因为刘玄的到来，而且在宣布林渺为魔宗奸细后，所有的戒备都加强了，是以沈青衣和杜茂两人无功而返。

以沈青衣和杜茂的武功，出入白府不是太难，但若想在戒备森严的府内生擒王贤应却是不可能的。仅只是王家的家将就让他们有些头大，而且白府院落太多，便是想找到王贤应的住处也不太容易。杜茂和沈青衣在没有收获之下，怕沈铁林诸人在外久等了，这才退了出来。

篝火噼啪，林渺将这几个月来的经历简略地讲了一遍，但却略过在云梦泽中玄门的经历。

沈铁林诸人听得都不由得大为唏嘘，但也无可奈何。同时为林渺感到高兴，也对梁心仪的死感到痛心。

“阿渺，不如你跟姐姐一起去北方好了，在那里天高皇帝远，什么事情都是我们自己说了算，心情好了，牧马塞外，想做什么就做什么。”沈青衣提议道。

“是啊，既然湖阳世家都乱成这样子了，他们也容不下你，就跟着我们一起牧马塞外好了，那里有一望无际的大草原，也有找不到尽头的沙漠，劫富济贫，占山为王，做什么买卖都行！”杜茂抓住林渺的肩头，豪气干云地道。

“你吴汉大哥此刻便在关东，我们已有了数百弟兄，到那里去定能够开创自己的天地，湖阳世家有什么了不起，只要兄弟你乐意，我们也可以搞个什么世家的，保证十年之内也会富可比及湖阳世家！”沈铁林笑道。

“是呀，便是老哥我偷个一两次就可弄到十万八万的……”

“谁跟你老盗一样？”莽道不由得打断朴岩久的话道。

“怎么，你这臭牛鼻子看不起我朴岩久么？有本事你去化缘也化个十万八万两来着？”

林渺不由大感好笑，但却知道这些人都是一片好意，同时心头一动，暗忖道：“如果我与玉兰私奔，带着她和晴儿直赴关东或塞外，谁还能够找得到我们呢？”想到这儿，不由道：“我真想马上就跟大家前往塞外，不过，我还有些事没有办好，等我办好了这些事，便立刻去北方找沈大哥和沈姐姐，到时候再与众位兄长驰骋关东好了。”

杜茂望了望林渺，反问道：“你还有什么事未了呀？”

“我答应过琅邪鬼叟，要把这盒不知是什么的东西送给樊祟，待这件事办完，我就可以去找诸位兄长了。”林渺诚然道。

“对，答应人家的事不能不做，大丈夫一诺千金，方是我的好兄弟！”杜茂重重地拍了拍林渺的肩头，欣然道。

“我现在要去弋阳会白善麟，提醒他注意魔宗之人的暗算，不能久留，便要与众位告辞了。”

“哦，那也好，这一路上你要小心了，若到了北方，记得去渔阳找我们，到了渔阳留下暗记，自然会有人带你去找我们。”沈青衣叮嘱道。

“乘我的马去吧！”杜茂转身去解下自己的坐骑，拉到林渺的身前道。

“如此不谢了！”林渺也不客气地接过马缰。

“呵，跟老哥我自然不用这么客套，记得来渔阳找我们就是。”杜茂爽然道。

“一定！”林渺翻身上马，扭头向众人挥了挥头，高声道。

沈青衣和杜茂诸人望着林渺和战马缓缓地没入夜幕之中，不由心中充满了一种异样的感触，他们也无法明白这究竟是怎样的一种感触。

朴岩久和崔健诸人也不由得相视无语，也许连他们自己也不清楚这相视的意义。

朝阳升起的时候，林渺已经到了天河口附近。这里属桐柏山脚下，越过桐柏山便到了信阳地界，不过林渺却感到饥饿异常。

昨天整个下午都不曾吃东西，又跑了一个晚上，人疲马困自是难免，林渺暗自后悔昨晚没让晴儿备些干粮什么的，不过此刻幸亏快到了天河口，到集市上去赶顿早饭还不是问题。

昨夜行了近两百里路，这匹战马确实是极为能跑，幸亏这一段路虽无官道之畅通，但路途倒不是很陡。借着月色，以林渺的眼力看路自不是问题，不过，过了天河口便全都是山路，这就有些不好走了。

当然，眼下天已大亮，山路险陡也无所谓了。

“伙计，再赶一会儿吧！”林渺在一个山岗上眺望远处有炊烟升起的天河集，一夹马腹，自语道。

天河口是一个不大的集子，只有几十户人家，这里并没有什么专门的酒楼之类的，即使有卖酒菜的，也是在农户家中。不过，在集子之上可以吃到最新鲜的野味，这一点绝不假，酒水也是农家自酿的，倒颇具一番农家风味。

林渺可不管这些，他只是想喂饱马，填饱肚子好上路，至于金银，他有的是。

玄门之中的大批宝藏虽然搬得差不多了，可是里面零零落散下的一些金银珠宝足够任何人一辈子衣食无忧，尤其是在密室之中的夜明珠，每一颗都可卖出万两以上的价格，而里面竟有数十颗龙眼大的夜明珠，仅这些东西便足够让普通人活几辈子都不愁吃穿了。既入宝穴，林渺自不会空手而归，是以他身上现在最不缺的便是银子。

林渺在集上买了两套换洗衣服，一些干粮，以及弓箭之类的，打了一个小包，他可不想再在路上挨饿受冻。

虽然天气的冷热对林渺并无影响，可饥饿却是难以忍受的。

离开天河口已是日上三竿之时了，人马俱饱，精神正旺，虽然昨夜他没有休息，但这似乎并不影响林渺的精神状态，他体内似乎有使不完的精力，尽管受了伤。

桐柏山脉延绵六百余里，过了天河口，便是前不着村、后不着店的荒野，林渺走了百余里山路，只见到过一位猎人，而这位猎人给他带来的却只有一个不好的消息，那便是到信阳必经之地的铁鸡岭这些日子是一片危地，山路已被一帮强人所断，过往的行人和客商没人能够逃出其手，尽皆被洗劫一空。

老猎人倒确实没有说错，林渺才到铁鸡岭下，便差点掉进了陷马坑。他当然不会听老猎人的话掉头回去。

对于铁鸡岭有山贼，林渺并不感到奇怪和惊讶。在这种民不聊生的年代，受不了朝廷盘剥，或是走投无路的人落草为寇，占山为王的多不胜数，这个深在桐柏山中的铁鸡岭上有山贼那又有什么值得奇怪的？对于普通山贼，林渺可不曾放在心上，除非魔宗的高手追来。昨夜是仗着人多，才吓退了那三名魔宗使者，否则只要那三人一气强攻，他必会旧伤复发，那时恐怕唯有死路一条了，但是他命不该绝，在这种情况下，竟与沈铁林相遇。

避过陷马坑，战马有些不安地低嘶，林渺也带缓缰绳，仔细打量了一下这里的地形，还确实险要异常。

苍松斜张，怪石横空，路若盘肠乱绕，沟涧纵横，蛇虫出没无常，远山萧萧，眼前一座奇峰突起，如束翅仰首之鸡对天长啼，难怪有铁鸡岭之称。

第二十三章　信阳之行

“嗖……”林渺正在打量着山势，蓦地斜飞出一支冷箭，倒让他吃了一惊，伸手轻挑却抓住了箭尾。

“来者何人?”一阵粗豪的喝声自山坡之顶传来，显然山坡之上的人见林渺竟抓住了这支冷箭，也吃了一惊，这才现身开口问道。

林渺抬头环望，却见数十名喽啰出现在山坡之上，有十几张大弓已满弦，箭在弦上，对准了他，而开口说话者却是一位长相极横、满脸大胡子的汉子，此人手执磨盘大的开山斧，立于一块大石之上，叉腰横目。

“我只是过路的，想向众位借个道儿，也算是交个朋友如何?”林渺仰首抱拳，极为客气地道。

“想借道?不难，我们这里有个规矩，过道只需留下买路钱，便可以了。”那大胡子汉子哈哈一笑，朗声道。

“哦，阁下要多少呢?若是不多，就当是交个朋友好了!”林渺倒觉得这群人也怪可怜的，虽然是山贼，却一个个衣衫褴褛，穿得破破烂烂，现在都已是冬天了，山里头更是特别冷一些，有几人衣衫太单薄，冻得直抖都被他看得清清楚楚。他也知道这些人是迫不得已才会来此占山为寇，这才有此一说。

林渺的话倒让山坡之上的几十名喽啰傻了，那名头目也怔了一下，他们没有料到林渺这般镇定，而且如此好说话。

“哦，你有多少钱?”那大胡子汉子仔细打量了林渺一眼，反问道。

“给你一百两够不够?”林渺笑着问道。

“啊……”山头上的众山贼不由得交头接耳起来，只看林渺的穿着并不像有钱之人，只是跨下之马倒还神骏，而且他们哪见过一个被劫之人主动提出送他们一百两银子的？要知道，一百两银子可不是一个小数目，他们平时劫了那些过往的商客，最多也不过七八十两，有百余两银子的是少之又少，几乎一年都难得碰到一个。当然，这也是因为这里山路太过荒僻之故。

这时自山坡上又出现了两条大汉，来到那大胡子身边轻轻耳语了几句，那大胡子蓦地喝道：“小子，本大爷要你身上所有的银子！若是你乖乖将之献出来，本大爷可免你一死，若是心情好，你的马也给你留下，小子，你决定吧!”

林渺不由有些微恼，叱道：“贪得无厌，这对你们没有好处，如果你们以为可以对付得了我，那就来把银子拿去吧!”说话间策马便向山坡上驰去。

那大胡子脸色微变，他身边的两名大汉却喝道：“小子，你若执意要找死，那就休怪大爷不客气了！给我放箭!”

“嗖嗖……”十余支劲箭飞奔向林渺和战马!

林渺不由得笑了，这些箭矢在他的眼里根本就算不了什么，这群山贼遇上他还不知进退，确实算是倒霉了。

“啪啪……”林渺马鞭疾挥，便像是在水中捡木料一般，空中的箭矢仿佛全找到了目标——直向马鞭撞来。

山坡之上的众喽啰都吃了一惊，但他们还没来得及上第二支箭时，林渺的身子已若苍鹰般在虚空中划了一道优美的弧线，稳稳落在坡顶，而那匹战马依然正冲向山坡。

“就凭你们？不知天高地厚!”林渺冷叱道。

“兄弟们，给我上!”那大胡子也大大地吃了一惊，林渺竟然如此厉害，这近十丈的空间一掠而过，像鸟一样，而刚才击落那些怒箭，也让他心头发寒，是以立刻呼喝喽啰们攻击。

林渺并不出兵刃，反而把马鞭向腰间一插，屈指成勾，脚下如行云流水般向那大胡子逼去。双手遇人抓人，遇兵刃抓兵刃，凡触其手或近其身三尺者，皆如草人一般被抛了出去，这群喽啰丝毫不顶用，没有一个攻上来的人能够站着作第二轮攻击，下吓得剩下的人全都退到一边，不敢出手。

在林渺与那大胡子三人之间没有一个人挡路，要么在地上呻吟，要么惊恐地在一旁望着林渺。

“大爷劈了你！”大胡子终于受不了林渺那种沉重目光的逼视，双手挥斧，飞劈而下，斧大力沉，倒也颇有气势。

林渺淡淡笑了笑，悠然退了一步。

“轰……”第一斧劈得石屑乱飞，但却落空了，“呼……”巨斧又横劈过来，林渺再避，“呼……”巨斧攻势再变。

那大胡子的变招倒还真怪，力道浑猛，斧招直接而连贯，但是连劈了三十多招却没沾上林渺的衣边。

“你还不够，你们三人一起上吧！”林渺向那一边立着的两人淡然道。

“老子一个足够，何须他们相助?”大胡子大怒，斧招再变，如暴风骤雨一般，气势更烈，众喽啰不由得皆大声叫好。

林渺笑了，这大胡子倒也真犟，不过也真有些本事。当然，他根本就不会在意，拖了这么久，他只不过是想看看这些人有什么能耐而已。

“叮……”林渺伸指疾弹，准确地击在斧面上。

大胡子身子一震，斧势微滞，他只感到一股极热之气自斧身窜入体内，使他不由自主地退了一步。

“该结束了！”大胡子微退一步之时，林渺手臂长舒，冷冷道。

大胡子刚想挥斧斜切，断掉林渺手臂之时，可是林渺的手已经钳住了他的手腕。林渺的手比他的思想还要快。

“喳……”大胡子一声惨哼，手臂脱臼，手腕仿佛折断了一般，巨斧竟落在林渺手中，不仅如此，巨斧更打了一个美丽的旋，刃口轻巧地落到大胡子的脖子之上。

大胡子眼睛一闭，暗忖："这回死定了！"可是等了半晌，只觉得脖子凉凉的，脑袋似乎仍长在脖子上，不由得睁开眼来，正对着林渺那似笑非笑的目光。

"你服不服？"林渺淡然问道。

大胡子脸色很难看，林渺的武功确实深不可测，他根本就没法相比。他也知道，刚才林渺是故意留手，否则他早就败了。

"有什么不服的，要杀就杀，要是我铁胡子皱半下眉头，就不是好汉！"那大胡子冷然道，语调中没有半分畏怯之色。

"大爷手下留情！"一旁的两名汉子不由得大急，忙呼道。

"老二、老三，有什么好求的？我铁胡子自占山那一天起，便知道有这么一天，我杀了别人，今天别人来杀我这也公平，要杀便杀吧！"铁胡子一挺脖子，向那两人叱道。

"大哥！"那两名汉子蹙然呼道。

林渺突然哈哈大笑起来。

"有什么好笑的？"铁胡子怒道。

林渺更乐，将手中巨斧移开，笑道："好汉子，我喜欢，今天我心情好，不想杀人。"说完把斧柄又塞到铁胡子手中。

铁胡子和众喽啰不由得惊愕，铁胡子也不敢相信这是真的，皆愕然地望着林渺。

"大家同是为了混饭吃，兵刃相见只是不得已而为之，占山为贼，落草为寇，大概也不是诸位所希望的，大家也是为生活所迫。不过，日后还望各位别乱杀无辜为好，既劫财便不要伤命。"林渺说到这里，自怀中掏出两大锭金子，拉过铁胡子左手，放上去，道："这里是五十两金子，便当是交个朋友，拿去给你的兄弟们添些过冬的衣物，剩下的就充作给他们造几间小屋吧。"

“啊……”铁胡子十分惊愕，眼睛瞪得如铜铃一般大，他都怀疑林渺是不是疯了，把他打败了，还给他五十两金子，这便像是在做梦一般。

所有山贼们都傻了，五十两金子等于几百两银子，这么多银子可买到十几车衣物，买粮也可买近千担。对于一个普通人来说，这简直是不可思议的，可是，现在林渺居然会白白给他们，他们真的怀疑这人是不是疯了。

“圣公在湖阳世家!”

刘秀的眉头微舒，但刘寅的眉头却皱了起来。

刘寅看上去比刘秀魁梧、健壮，肩宽背厚，挺拔如山岳；脸庞宽厚，给人以稳重厚直、不怒自威之感，尤其在其皱眉之际，仿佛给人一种极度深思，颇有忧国忧民之态。

相较于刘寅，刘秀便显得纤长而清秀一些。

刘寅不说话，便可让人感觉到其气度宽宏，智计深沉，绝没有人怀疑是经不起大风大浪之人，而他成为刘家的代表人物，并不是侥幸所致。

长兄如父，刘秀最敬重之人便是刘寅，事实上，这么多年来，他一直都以这位大哥为榜样。刘寅比他整整大了十五岁，在世俗风霜的侵蚀下，刘寅有着比铁还坚的心志，更懂得如何把握时机。是以，他起事了。

刘寅的身边不乏优秀人才，对一切，他都能坦然，可是今天他却皱眉了。

刘寅很少皱眉，刘嘉最清楚，他比刘秀还明白这位大堂兄的为人，是以，他也感到极度讶然。不过，刘寅心中的事，只要他自己不愿说出来，任谁也猜不透，包括刘嘉和刘秀。

“大哥觉得事有不妥吗?”刘嘉讶然问道。

刘寅仍未说话，只是将目光投向了刘秀。

“只要平林、新市两路义军愿意与我们结合，其他的应该都不是问题。”刘秀发表自己的意见道。

“问题并不是在于这里！”刘寅突然出声道，同时向厅内的亲卫战士低喝道：“你们先出去，唤福叔来！”

刘秀一怔，不明白刘寅何以突地小题大做起来，一时之间，厅中只剩下他、刘嘉、刘寅以及刘寅府上的总管强叔四人。

“大哥觉得圣公会有问题吗？”刘秀反问道。

“他此去湖阳世家自然没什么不对，白鹰老太爷去世，论理我们也得去吊丧，不过，因军务不能分身，圣公身为白家姑爷自当去一趟，只是我总觉得白老太爷死得有些古怪。据我所知，白鹰老太爷的武功不在我之下，老当益壮，怎会突然暴病而亡呢？这之中便夹杂着一些不可忽略的问题。”刘寅悠然道。

“那也只是湖阳世家的事，与我们又有何关系呢？”刘嘉讶异地问道。

“强叔，你把近日所得消息重述一遍。”刘寅淡然吩咐。

强叔自怀中掏出一本册子，轻轻地摊开，眯眼道：“地皇三年四月，绿林军瘟疫，兵士死伤过半，圣公向族中府库支出白银二十万两，而自其府下拨出三十万两，合计五十万两，支援绿林军，而使义军得以转移。同月，圣公加入绿林军，与陈牧相合，得绿林军近三分之一的兵力，成为平林军。五月，圣公又向府库支出十万两白银，并私自向淮阳七叔购战马五百骑，兵刃万件，粮五十车。同月，圣公又收到战船五艘，却为一批神秘人所送。据查，此战船为湖阳世家大船所改装，而送船者却并非湖阳世家之人。平林军收到战船之时，下江兵也收到以圣公名义所增的五艘三桅战船，而后也便是靠这些战船破竟陵……”

“慢，你说有人以圣公的名义送战船给下江兵？”刘秀讶异问道。

“不错，所有消息都是得自最可靠的兄弟。”总管强叔肃然道。

“圣公若是购船，我们怎会不知？”刘嘉也讶异。

“是的，刘家与湖阳世家同走盐运，规定船只不可私购私售，必须向湖阳世家问过之后才能决定，除非特别情况！”刘寅淡然道。

“圣公为何要向七叔购粮与兵刃？他怎也应该问问三哥才对呀。”刘嘉又道。

“强叔，继续念!”刘寅没答，只是又吩咐道。

“圣公在六月、七月之中分别游说了刘森、刘永、老五。七叔刘成似乎与圣公关系极为密切，帮其游说众位长者。八月，圣公于燕子楼中议事，后王凤、王匡又收到以圣公名义而送的粮草五百车。可据我所知，圣公各地粮库并无这么多存粮，这些粮草与七月湖阳世家漕运所失之数几乎吻合……”

强叔一气念完那本册子之上的记载，刚好刘福也已赶来。

刘寅望了愣神的刘秀和刘嘉一眼，悠然吸了口气道：“圣公此次去湖阳世家，如果我没有猜错的话，只是在寻求支持，白太爷一死，几乎可以肯定，他能得到湖阳世家的支持。”

顿了顿，刘寅又接道：“这些年来，他在湖阳世家中安插了不少人物，或许湖阳世家一无所知，但这一切却瞒不过我。小时候，他便是一个攻于心计、野心极大的人，这次若是他取得湖阳世家的支持，其势力必定盖过我们，那族中的几位长叔只怕会偏向他，力促他成为刘家之主了。”

“那我们要不要等着先看看湖阳世家的动静，再作决定要不要与他们合兵呢?”刘嘉问道。

“合兵之事刻不容缓，只有合兵才能快速出击，不至于使战士们的热情冷淡下去。不管如何，合兵关系到大局问题，不可因私人问题而耽误大局!”刘寅肃然道。

“我们是不是太安逸了，总觉得几位族叔都极力支持我们这一方，与他们之间的感情却生疏了一些，我们也应该常与众位族叔联络才对。”刘秀微责道。

“大哥生性耿直，不喜欢这种逢场作戏的手段，这也是没有办法。”刘嘉无可奈何地道。

“如果族叔们真的要支持他们，那也是没办法的事，不过将来无论是他还是我成了刘家之主，只要这个天下是刘家的也足以慰藉先祖之灵了!”

刘寅吸了一口气，又道：“不过，我总觉得，在圣公的背后，除了刘家、湖阳世家之外，似乎还有另一股力量在支持他，而许多事情都是这股力量在为圣公操持，那船、那粮便全都是由这股力量操办。而联系湖阳世家发生的事，这股力量与湖阳世家近来所遇的神秘强敌魔宗一定有着密切的联系，我只是担心我的猜测会成为事实！”刘寅叹了口气道。

“如果真是这样，那白老太爷的去世岂不是很有可能与圣公有关了?”刘秀吃了一惊，问道。

“这个无法断定，但愿不是这样！”刘寅说着扭头向老仆刘福道：“福叔，把我们置于各地的产业账目全部都备两份！”

刘福一怔，笑道：“我明白大公子的意思！”

“账目备两份又是何意?”刘嘉不解。

刘秀不由得眼放异光，笑道：“大哥妙策！”旋又转头向刘嘉笑道：“一份给别人看，而另一份则是留给自己用了。”

刘嘉顿悟，与刘强对望了一眼，不由得相视而笑。

“即使是对自家人，我们也不能轻松大意，唉……这些年来三叔也不知道跑到哪里去了，没有他在，这个家族都似乎没有了主心骨，各自为政，如果真是这样，将来的乱子只怕会多得让人头大！”刘寅不由得叹道。

刘秀神色也一黯，他知道刘寅的感受，事实上，如果三叔刘正还在的话，此刻也不只是他们零星的起事了，以三叔刘正在族中的地位，只要振臂一呼，各地刘家宗室无不跟着响应。可是在十余年前，当刘秀仍在长安游学之际，刘正突然失踪，从此再无消息，刘家四处派人打听却无结果。刘家众宗族之人不相信刘正死了，因为以刘正的武功，天下几乎没有人可以杀得了他。

当年便是王莽也极惧刘正，而刘家宗亲包括河间王、济阴侯等刘室宗亲对刘正的话都不敢不听，只是刘正从来都无心政事，所以从未参政。后来刘正一失踪，刘家宗室许多都各自为政，虽对南阳宗亲有些照应，但大都享于安乐，不思进取，难成大器。唯在族人之中有威望一些的便是刘秀七叔淮阳侯刘其，只是此人受王莽所忌，日子并不好过。另外便是沛郡太守刘森，梁王刘永。

刘寅和刘玄并无官职，但却在年轻一辈中最富进取心，年轻之时便声名远播，极受刘正喜爱。所以，他们二人在刘家宗族的地位也极高，颇得长辈的支持。

可是眼下，刘寅和刘玄皆起兵，且又要合兵一处，两人在军中的地位，却要看刘家宗族对谁的支持更大一些了。

“大哥，若合兵，便要进军北上，我想去把莺莺接到春陵。”刘秀突然道。

刘寅一怔，旋又笑了起来，道：“兄弟你终于开窍了，那太好了，我也想见见莺莺究竟有何魅力，竟让我这眼高于顶的兄弟如此动心！”

刘秀俊脸一红，悻悻地笑了笑。

林渺并不在意这群人的目光，松手跃上马背，淡然道：“后会有期！”

铁胡子诸人这才回过神来，知道这一切都是真的，不由高呼：“请留步！”

林渺带住马儿，扭头反问道：“还有什么事吗？”

“请问阁下高姓大名？”铁胡子诚恳地问道。

林渺不由得笑了，却并没想隐瞒自己的名字，淡然道：“林渺。”

“林渺？”铁胡子念了一遍，他身边的两名大汉不由得抢前几步，来到林渺马前，单膝跪倒道：“如果林大侠不弃，请留下来做我们的龙头可好？我想，铁鸡岭上的两百余兄弟一定非常高兴的。”

铁胡子一听，也抢上几步来到林渺的马前，诚恳地道：“是啊，大侠便做我们的龙头好了，如今世上这么乱，而大侠身负这么好的武功，不如也领着我们反了，创一番事业岂不是更好？”

林渺一听乐了，指着自己的鼻尖反问道：“我？”

“当然是，我们都是诚心诚意的！”那群喽啰兵也奔了过来。

“这可不行，我还有事！”林渺见这些人都是认真的，不由得摇了摇头道。

“我们可以等大侠办好了事再回来呀！”铁胡子恳然道。

林渺心中暗想：“妈的，要是有这么一群喽啰兵，至少也算多一些帮手，只要真能让这些人听话，至少不是一件坏事，自己到哪里都只是一个人的话，也确实闷得慌，倒不如做个便宜龙头，说不准真有用得着这些人的一天呢。”思及此处，扭头沉声问道：“你们真的想要我做你们的龙头？”

“当然是真的！”众山贼一听林渺的话风有转机，不由得大喜，都点头道。

“你们一共有多少人？”林渺又问道。

“我们共有两百三十多人，还有百余名兄弟在寨子里。”铁胡子道。

“那好，你们便在这里等我几天，我去弋阳办完事就来找你们！但你们得答应我，不可以滥伤无辜，劫财可以杀人却少来，事情不可做绝！”林渺沉声道。

铁胡子诸人一听皆大喜，齐声道：“一切听龙头的吩咐，不杀人就不杀人！”

林渺心里也感到大为爽快，虽然这些人只是一群普通的山贼，但在做许多事时至少不用自己亲自出手了。

“我这里有颗宝珠，你们差人去信阳卖了，可值几千两银子，便买些东西来装备一下自己，多余的存着，等我归返！”林渺说话间自怀中掏出一颗龙眼大的夜明珠，抛给铁胡子，淡然道。

铁胡子和众人眼都直了，哪里见过如此宝珠？不过，铁胡子和那两个头目虽然吃惊，却知道这是林渺对他们的极大信任，否则的话，怎会把这么值钱的宝贝让他们去换，而不怕他们占为己有呢？

“铁胡子一切听从龙头的吩咐，这便去信阳！”铁胡子小心地揣好宝珠，一仰脖子认真地道。

“很好，那我走了！你们回去交代一下。”林渺淡然道。

众喽啰全傻眼了，林渺出手之大方，几乎让他们咋舌，哪有这一甩手便是五十两黄金，又是值几千两银子的宝物？有这几千两银子，全寨的兄弟这一年都不用愁了，一时之间他们根本就不清楚林渺的身份，拥有那么好的武功，又拥有那么多的金银珍宝，而且是那么年轻，这样的人究竟会是一个什么身份呢？

而听林渺所说的话，做事的方式又不像个富家子弟，彬彬有礼而不骄不躁，没有一点漠视一切的傲态。

铁胡子诸人目送着林渺远去，心情久久都无法平静。他们也不知道今天究竟是遇上了一个怎样的人物，完全无可揣度。

信阳城，并不大，因桐柏山和大别山两大山脉阻住了其南北的通道，使得陆路极不方便，而且又不如弋阳旁邻淮水。

自信阳至淮水，要乘快骑行半日，因此信阳的水陆两路都不发达，这也便注定了信阳并无多大的战略地位。

也许正因为信阳不具战略地位，才使得这里得以偏安，战火并未烧至此处，虽四方烽烟俱起，但这里的一切依然照旧。

平桥集是信阳最大的集市，甚至比信阳城内还要热闹，因为平桥集上许多行业官府根本管不了，三教九流之人皆汇集于此，少了官府的剥削，这里自然要繁荣得多。而在城内，则是完全属于官府的地方，谁敢闹事？城门一闭，来个瓮中捉鳖，除非你有足够造反的实力，但在平桥集上，就不用有这种担心。

近来四方民乱，使得信阳知县也寒了胆，不敢太过张狂，对于有些事情只好睁一只眼闭一只眼，他可不想自己眼下的安乐被这群已经快无法无天的刁民一把火给烧了，这也便成了平桥集比信阳城内繁华的原因。

当然，在平桥集上官府管得少了，但并不代表就很安宁，相反，这里更乱一些，仅仅只是减了一些重税而已。

平桥集其实也是一个不大的小镇，但这里却成了信阳周围各村落交易的聚集地。

林渺来到平桥集已是黄昏，他并不想再继续前行，他担心若是白善麟自弋阳赶回，这段时间也应该赶到信阳了，若是他盲目地前行，只怕会错过。因此，他要在平桥集打尖住宿。

平桥集实是几条街，四面都有入口，四周并无高墙相围，只所以木栅栏自四面圈起，这些只是防止虎狼等野兽袭入村落之中。

“嗨，客爷，要住店吗?”林渺牵马正漫无目的地走在街道上，突地自身边传来一个声音。

林渺扭头，却是一旁徕风客栈中的店小二。

“有上等客房吗?”林渺扭头问道。

“有，怎会没有呢?”那小二一听林渺有住店的打算，不由得喜笑颜开，热情地上前牵过林渺的马。

林渺也懒得在意，反正要住店，哪里都一样，吩咐道：“用上好的豆料喂我的马。”

“没问题，客爷你先里边请!”那店小二将马儿交给另一名小二，领着林渺进了店房之中。

徕风客栈还不算小，堂内空阔，一楼为酒店，二楼才是客房所在。

“掌柜，有住店的客爷！要最好的上房!”店小二和掌柜打了个招呼。

“有！有！带客爷到第三间客房!”掌柜吩咐着一脸堆笑地道。

“客爷，你请跟我来!”店小二客气地领着林渺向那木板楼梯上行去。

林渺正欲行上，抬头之际，却见一拄着拐杖的瘸子自楼上缓步而下。

店小二也愣了一下，他似不知道这瘸子是何时上楼的，不过，这瘸子衣着光鲜，戴着牛耳皮帽，不似乞丐，店小二可不敢乱得罪人。

“爷，您小心点。”店小二见那瘸子晃晃悠悠的，不由担心地伸手去扶道。

那瘸子见店小二伸手来扶，竟伸手一拨，口中冷喝道：“多事!”

店小二像触电般，身子竟一下子自楼梯上摔了下来，林渺伸手忙将之扶住。

店小二吓得脸色都白了，若不是林渺刚好在楼梯之下扶住他，只怕要摔个头破血流，店小二是又惊又气，他一片好心，对方不仅不领情，还这样对他，怎叫他不气？

客栈中喝酒的人全都扭过头来观望，那瘸子却若无其事地自楼上缓步踱下，一走一拐，倒像一只老鸭子。

林渺觉得这瘸子怪怪的，不过他也不想多惹事，拉着店小二让开一条道。

瘸子却在林渺身前立了一下，又向那店小二瞪了一眼，阴阴地道："别以为你瘸爷走路不稳，你小子有两条腿也不比我行，下次小心点!"

店小二吓得退了一步，这瘸子虽衣着光鲜，但面容却极为狰狞，说出这阴狠的话时更显得狰狞可怖，像是一头欲择人而噬的野狼，脸上一道长长的刀疤更是让人无法忘怀。

林渺也愕然，这瘸子确实是丑，而且脾气似乎特别古怪，但也挺好玩，让店小二这么丢丑，只是为了证明自己一只腿比别人走得更稳当，这犟脾气倒有趣，他不由得仔细打量了这瘸子一眼，这人给人印象倒极为深刻，一根枣木拐，显是经过精雕细刻而成，显得极为沉重而粗实。

拐身有龙纹雕刻，颇为精致，而整个拐身显是用一根粗木完成，无任何拼接痕迹，可显出这个瘸子并不是个潦倒之人，而让林渺惊讶的是拐头似乎有些微微的红色，似有点点鲜血。不过，若不仔细看，根本无法分辨。

瘸子见许多人都望着他，他冷冷地扫了众人一眼，那些观望的人连忙收回目光，不敢与之对视，见如此情景，瘸子才冷哼一声，一摇一摆地行出了客栈的大门。

店小二望着瘸子的背影小声地诅咒了几句，他实在是气得够呛。

"阿虎，那位瘸爷是什么时候上楼的？"掌柜的也回过神来，不由得惊奇地问道。

店小二一脸不高兴地回答道："我哪里知道？"

掌柜的眉头一皱，自语道："奇怪，这位瘸爷是什么时候进来的，我怎就没记忆呢？"

林渺也感到有趣，掌柜、小二连这么一个大活人是怎么进来的都不知道。

"客爷，你跟我来吧！"店小二领着林渺便向楼上行去，对刚才发生的事，他只好是自认倒霉了。

"谢谢客爷刚才扶我一把！"

"小事！"林渺淡然道。

上得楼来，林渺便嗅到一阵浓浓的血腥味，不由得顿了顿。

店小二见林渺一顿，不由得讶异地问道："怎么了客爷？"

"你们这里怎么有这么浓的血腥味？"林渺问道。

"血腥味？"店小二一听，不由得笑道："客爷真会开玩笑，怎么会呢？"

林渺鼻子触动了一下，蓦地想起那瘸子的拐杖上的血迹，不由得指向二号房道："你去里面看看！"

店小二将信将疑地敲了敲二号房门。

林渺微微皱眉，他并不想管什么闲事，不过，倒想知道这是怎么回事，因为这只是和他隔壁的房间。

"客官……"店小二敲了好半晌，二号客房之中并没有人应声，店小二的脸色不由得变了，用力推了一下门，房门应手而开。

"啊……"店小二一声惊呼，吓得倒退几步，撞到林渺的身上，才知道高喊："出人命了……！"

林渺脸色微变，二号客房之中两具尸体叠在一块儿，满地都是鲜血。

店小二这一惊呼，把楼下喝酒的人和掌柜的都吓了一跳。

"怎么回事？"掌柜的脸色有些发青地怒问道。

"这里……这里有死人！"店小二脸色发白地回答道。

掌柜三步并作两步地赶到楼上，一看，也傻眼了，脸色顿时苍白地道："快报官！"

店小二一时也有些手足无措，望了林渺一眼道："好，我这就去！"

林渺感到心中不舒服，他本是来住店，想住得干干净净、利利落落，却没料到现在如此大煞风景，不由得暗叹口气，忖道："这个天下，哪里都一样乱！"

掌柜的还算镇定，走到房中看了一看，林渺斜瞟两眼，蓦地惊呼："袁义！"

掌柜回头，林渺已大步跨入房中，他心神大震，死者正是曾与他在湖阳白府中交过手的袁义，而另一具尸体也是白府的家将。

"更叔……"林渺退出房，在掌柜大惑不解之时，突地高呼，同时迅速击开所有客房的门。

"客爷，你干什么？"掌柜的惊问，而那几个被林渺击开房门的房间中传出一些人的惊叫和怒骂。

"是刚才那瘸子干的，找那人！"林渺揪住掌柜，沉声道。

掌柜一下被林渺提了起来，不由吓得脸色发青，还当眼前的林渺发了疯。

"这两个死者是我的朋友，你给我照顾一下马匹，我去去就回！"林渺见掌柜吓得够呛，不由得沉声补充道。

"哦，是的，一定……"掌柜一听死者是林渺的朋友，更惊，有些语无伦次地答道。

林渺放下掌柜迅速赶出客栈的大门，早已不见那瘸子的踪影，不过他不急，以那瘸子的特别，自然会引人注意，只要他在这个集子之上，便一定会找到他。

天色已暗，风极寒，天桥集上也已渐渐冷落，并无多少人有雅兴笙歌夜舞，或许是因为世道已让每个人心中有着无法排遣的压力，天冷了，也便只想待在家中，享受这不知能持续到何年何月的温暖。

林渺的心中极乱，抑或是悲愤，袁义死了，那白善麟呢？更叔呢？还有其余的白府家将呢？对方为什么要杀袁义呢？既然白善麟并未与他们在一起，又何必赶尽杀绝呢？

古宅，坐落在平桥集的最北端，这是那瘸子最后出现的地方，但并没有人知道瘸子究竟是什么人物，抑或有人知道，只是没有人说。

不过，这些并不重要，林渺总会来面对这些。他要知道白善麟的下落，要知道白府其他人的下落，不为别的，就因为对白玉兰的承诺。

古宅周围并无几户人家，稀稀落落，冷冷清清，像是秋天的树木，孤零零地找不到几片为其掩饰的叶子。

黑而厚实的大门，陷在青褐色的高墙之间，透着浑重而森然的气势。

大门和院墙之后的院落似乎空寂无人，这里一般很少有人来，同时，这里也是官府最不愿过问的地方，抑或就因为平桥集有这座古宅的存在，官府才会睁一只眼闭一只睁。

“轰……”林渺的脚狂踹在厚实的院门之上，院门立刻碎裂成无数的木片向院子之中洒去，巨大的声音惊动了十数丈外的几户人家，有人探头望了一下，见是发生在古宅的事，又将脑袋缩了回去。有两个小孩好奇地跑到门口望着林渺的背影，却被大人揪了回去。

林渺并没有看见那一幕，他的目光只是注视着那有些空荡荡的院子，对于散落在地上的碎木，连瞟都未曾瞟一眼，他只是悠然地踏入沉寂的古宅深院之中。

蓦然之间，林渺笑了，露出一丝淡淡的轻笑，而瘸子也悠然地自古宅内屋之中露出了那张狰狞而愤怒的脸。

看见林渺和那扇被碎的门，瘸子愕然了，三角形的眼中闪过一丝凶厉而讶异之色，然后，他的整个身子都挪出了院子。

林渺嗅到了酒香，他对自己的鼻子颇为满意，不能说像狗一样灵敏，但这只鼻子还的确比较管用。他可以肯定，这酒至少已在地下埋了十几年。

“是你!”那瘸子的声音极为冷厉。

“是我。”林渺冷眼相对，正是这个瘸子，也正是这根拐杖，可是，袁义和另外一名兄弟却是死在利器之下，而且是一击致命，凶器应该不是这根拐杖。

“你来干什么?”瘸子竟没有立刻发怒，他似乎也感觉到来者不善。

“杀人偿命，欠债还钱，我是来找你偿命来了!”林渺冷冷地道。

“找我偿命?”瘸子笑了，像是听到了一个很好笑的笑话，又问道：“你是什么人?”

“湖阳世家的朋友!”林渺淡淡地道。

瘸子的脸色顿变，愣看林渺半晌，不由得哈哈大笑起来。

林渺没动，也没出声，只是定定地望着瘸子那笑起来极为狰狞的脸，仿佛根本就不在意对方的任何表情。

瘸子见林渺没有任何反应，似乎觉得一个人在那里傻笑没什么意思，这使他感到极度的愤怒，所以他顿住了笑声。

瘸子顿住了笑声，林渺却笑了，笑得那般随意，那般放肆。

林渺的笑声像是一桶油洒在烈火之上，顿把瘸子的怒意激得更烈。

“你笑什么?有什么好笑的?”瘸子几乎是微吼道，他真的是动怒了，像是受到莫大的污辱一般。

半晌，林渺才打住笑声，高深莫测地望了瘸子一眼，淡淡地道：“笑你!”

瘸子更怒，怒笑道：“你找死……”

“瘸子啊，你怎这般沉不住气?他只不过是想激怒你而已!来，喝杯酒消消火吧。”一个悠然的声音打断了瘸子的话，自古宅中又转出了一个人，一手端着一杯酒，来到瘸子身边轻递过去。

瘸子一听此语，顿时平静了下来，冷冷地望了林渺一眼，“哼”了一声，伸手接过那杯酒一饮而尽。

林渺讶异，这后出来的人紫衣金冠，却是个白面书生，与瘸子的丑几乎形成了鲜明的对比。

白面书生望了林渺一眼，淡淡地笑了笑，笑容极为生动，林渺也不得不承认这人确实风度翩翩。

“小兄弟如何称呼？”白面书生不愠不火地问道，说话间浅尝了一口美酒。

林渺嘴角边挑起一丝淡漠，冷冷道：“这并不重要，我只要白善麟的行踪。”

那白面书生不由得又笑了，道：“你就为他而来？”

“这可算是目的之一。”

“那目的之二呢？”白面书生仿佛极为讶异。

“自然是要让你们这群见不得人的魔宗杂碎永远不见天日了！”林渺想到袁义之死及那群曾与自己共患难的兄弟们生死未卜，不由得杀机上涌地道。

“小子不怕闪了舌头吗？”瘸子不屑地道。

“这么说，你们真的是魔宗的人了？”林渺一听，冷冷地道。

瘸子一愕，那白面书生也微皱了皱眉头，哼了声道：“是又怎样，不是又怎样，如果你真的想去见白善麟的话，现在赶回湖阳世家或可见他最后一面。”

林渺神色大变，心神微松之际，忽觉一道暗影扑面而至。

林渺吃了一惊，旋身伸手向暗影抓去，那是一只酒杯，林渺虽稍分神，但却仍看清了来物。

“啪……”林渺手指刚触酒杯之际，酒杯竟霍然炸开，化成六片分射向林渺身上要害。

林渺再惊，这是瘸子的酒杯，他没料到这瘸子手法如此精妙，而且运力如此之巧，他唯有倒射而出，袍袖疾挥，如一道屏风般推向那六片酒杯碎片。

“噗噗……”借后退的缓冲距离，林渺竟以衣袖裹住了这散飞的酒杯碎片。

“好个风卷残云!”那白面书生拍掌赞道，似乎是对林渺这样化解那碎杯之危的招式极为欣赏。

林渺却没有半点闲暇，瘸子已如飞锥般以拐杖为中心直撞而至。

强大的压力若一口巨大的锅般自上而下向林渺扣来。

真难以想象，这瘸子竟拥有如此可怕的身法和速度，无论是暗器手法还是对劲气的运用，都达到了收发自如的超水准境界。

“还给你!”林渺一抖手，袖间的六片碎杯倒射而出，同时林渺出脚，就地狂扫，地面上的碎木如被龙卷风卷起，若漫天飞蝗一般直扑那飞旋而至的瘸子。

瘸子也吃了一惊，在那六片碎杯掠过之际，他眼前的天空似乎突地一片暗淡，满眼尽是带着锐啸的碎木，而林渺的身子完全没在这片碎木之中。

林渺战术之灵动确让瘸子吃惊，现在他才知道，眼前这个年轻人绝不是那么容易对付的。不过，他并不在意，反而身形旋得更疾。

“轰……”碎木与瘸子那奔旋的气劲一触，立刻化为飞灰，瘸子也如破入大气层的陨石，突破阻碍，在碎木的背后，他看到了林渺的双眸，那亮而冷的目光如两柄冰寒彻骨、无坚不摧的剑，直插入他的思想之中。

瘸子在心神大震之时，发现了林渺的双手，像两只旋转的法轮般的手，而在这双手之间仿有一个巨大的黑洞，将所有的力量和生机无休止地吸扯进去，包括他的拐杖和整个身躯。

陡然之间，瘸子竟感觉到自己因快速旋转而狂增的力道竟毫无用处。

“轰……”瘸子倏觉身子巨震，林渺的双手竟搭在了他的单拐之上，一股强大的力量使他旋转的身体在空中骤然停住，他的五脏六腑也似嗡地一下沿着惯性旋开了。

瘸子几乎怀疑自己是不是做错了梦，林渺的功力竟如此之高，完全超出了其年龄的限制。

“不过如此!”林渺抓住拐身，身子顺拐疾撞而出，可是陡然间他似乎感到有一点不妙，那是因为瘸子的眼神。

瘸子的眼中闪过一丝狡黠的杀机，那不是惊骇，而是欣喜。

在电光石火之间，林渺的恼中闪过袁义的致命之伤，那不是拐棍之类钝器所伤，而是利器诸如刀剑之类的。也便是说瘸子真正攻击的武器不是拐杖，而是刀剑之类的利器，而这些东西在哪里?

“喳……”林渺的假设还没有出炉之时，手中所抓的拐身竟蓦地炸开，一道雪亮的光彩自拐中闪出。

林渺大惊，松手疾退，退比进更快，甚至比那闪出的雪亮光彩还要快。

“哧……”林渺发出一声轻哼，身形在瘸子三丈外立定，胸前的衣衫裂开一道尺许长的裂口，淡淡的血丝在那自裂开衣衫中袒露的胸脯上凝出一条细长的红线。

林渺伸手轻轻拭去那血线，眸子里射出骇人的杀机。

血迹染红了那裂开的衣衫，但这只是皮肉之伤，那自拐中弹出必杀的一剑，只是在林渺的胸部割破了一层皮。

是的，林渺没有猜错，这瘸子的真正杀招不是那独拐，而是那柄藏于拐中的剑，而这一刻林渺也明白了何以他会看到瘸子拐头的点点血迹，那是因为拐端的利剑收回之际，剑上的血迹遗落于拐外的。

瘸子单足而立，手中的拐平举，以一种极为怪异的姿势对着林渺，他的表情之中也有一丝愕然，没料到林渺能逃过他这绝杀的一招，仅只是被割破了一层皮而已，这不能不让他惊讶，而更让他惊讶的是林渺的速度，那犹如鬼魅般的速度!

“能够避开老子这一击，你确应值得骄傲!”瘸子冷冷地道。

林渺也冷冷地望了瘸子一眼，漠然道：“一切才刚刚开始，你不会再有第二次机会!”

瘸子脸色微变，哼了一声道：“那就要看你有没有这个能耐了。”

林渺悠然吸了口气，缓步便向瘸子行去，目光却紧紧地逼视着瘸子的眼睛。

瘸子心神微怔，林渺的目光仿佛直接穿透到他的心底，将他内心的惊惧一览无余。而林渺的每一步都似乎轻松至极，步调之间却仿佛夹着一种奇异的频率，而这种频率正深深地干扰着瘸子的心跳，使他的呼吸也不自然起来。

这是一种特别的压力，正因为林渺的轻松反衬着其强大无论的信心，这种信心便是对对方最好的压力。

瘸子正是有感于林渺那无与伦比的自信和气势，这才不自觉地感到了威胁，不自觉地感到势弱。他从来没想过，面对这样一个年轻人，他竟会生出恐惧，生出退意，但他知道，如果再让林渺这样一步步地逼来，对方的气势在此消彼涨之下，只会让他崩溃。

那白面书生眉头深深地皱起，也显出了一丝诧异。他看到了瘸子额头上渗出了汗珠，这是很少有过的事，刚才双方电光石火之间的交手，他并没有看得太真切，因为那些碎末触到瘸子的气劲爆成粉末，正是这些粉末混淆了他的视线。当他看到东西之时，便是林渺疾退，胸前划出了那一道长长的血痕，而瘸子则已经出剑了。

白面书生知道瘸子出剑都是必杀的，但是这次林渺却没有死，让他有些惊讶，不过，眼下的形势应该是瘸子占了些许上风，可是为何瘸子会额角出汗呢？他没有亲身经历，自无法明白瘸子的苦处。

“呀……”瘸子低吼一声，手中的拐杖吞吐如毒蛇般挥出，拐头的利剑划过一道光弧，直切向林渺的面门，他那独脚仿如装有弹簧一般疾弹而起，人在空中，犹如一只巨大的蛤蟆。

林渺笑了，瘸子终于按捺不住了，一切仿佛全都在他的掌握之中。

拐、剑逼近两尺，林渺这才停步，出手！

林渺手掌划过之处，一抹光彩悠然而出，他出剑了，但瘸子却不知林渺这一剑来自何方，仿佛一直便存在于林渺的掌间。

“叮……”两柄剑在虚空之中擦出一溜火花，瘸子的独腿以最快的速度撑出。

“轰……”瘸子的独腿与林渺的左掌相逢于空中，强大无比的气旋自相触之处迸发。

瘸子如弹丸般飞跌两丈，落地一个踉跄。

“青月手!”瘸子和那白面书生同时惊呼，他们识得林渺刚才击出的一掌，正是游幽的绝技青月手。

林渺的脚步没有停，目光依然紧紧逼视着瘸子的眼睛，但他掌中之剑却已不见。

瘸子没能来得及缓过一口气，林渺那强大的压力又紧紧地锁住了他的心神，他简直害怕对视林渺的眼睛，可是他又无法躲开林渺的目光。刚才那一击，他深切地感受到林渺的功力更胜于他，而最让他惊讶的却还是林渺居然会使游幽的青月手。

“你怎会青月手?”白面书生吃惊地问道。

林渺笑而不答，他没有答话的必要。

“你是游幽的人?青月坛怎会有你这号人?”瘸子有些怒道。

“哼，这个你去问游幽就知道了!”林渺冷笑道。

瘸子脸色再变，同时又惑然，便是游幽也不可能比他厉害出这么多呀!游幽的武功虽然比他强，但是绝不可能强横到这种地步。

白面书生此时也看出了瘸子并不是林渺的对手，他正准备出手之际，林渺已如轻风般掠向瘸子。

这是林渺第一次主动进攻，瘸子几乎是没能看清林渺是如何动的，便已越过了两丈空间，来到了他的面前。而在他的面前还不是林渺的面容，而是如烈日般灿烂的光芒。

太阳已经沉落西山，唯西天的晚霞色彩依旧，此刻正是白昼与黑夜交替之时，虽然天色已暗，可是借着微弱的光芒，林渺的剑芒仍灿烂至极。

第二十四章　魔门妖孽

瘸子惊骇，林渺的剑仿佛是自地底炸出的地火，强烈的剑气使空气发出刺耳的低啸。

“叮……”瘸子的拐上剑直抵林渺的剑，但意外也便是在这一刻发生。

林渺的剑花突散，化为点点流萤消散，而瘸子拐头的剑仿佛抵在虚空，全无着落。

在流萤飞散渐逝的刹那，一道幽光却由天空之中划落，以无与伦比的速度和强大得让人窒息的气势狂压而下。

白面书生脸都绿了，大吼一声，手中的酒杯疾射而出。

瘸子心神狂震，他的拐剑在刺空之际，立刻斜挑林渺的面门，但挑中的只是一道虚影，同时，更觉风雷之声迫至头顶，等他意识到不妙、举拐狂挑之际，只觉手中一轻，头顶一阵清凉，便永远地失去了知觉。

“啪……”林渺的剑再现，却是在那个飞射而来的酒杯逼临两尺之际。

酒杯化为碎片，散落而下，而林渺错步自瘸子的身边擦过，与瘸子背身相距丈许而立，他的目光却紧锁着那白面书生，在他的左手之上，却是已出鞘的龙腾刀，右手之上横立着尺许长的短剑，神情悠然至极。

白面书生的脸色极为难看，眸子里闪过一丝惊骇之色，他看到了瘸子那与林渺背对而立的身子自上至下迅速泛出一道红线，在冷风之中，竟化成两片向左右两个方向倒去，手中的拐剑断为两截，五脏六腑像是一堆朽化的垃圾一般瘫落在地，鲜血若自一个破碎的水缸中狂泻而出。

场面之惨令白面书生想吐，要把前两天所食的所有东西都呕了出来。

林渺没动，只是静静地看着那白面书生在呕，在吐，他也不想回头，只是皱了皱鼻子，似在怨这浓浓的血腥味。他根本不用回头看，完全可以肯定瘸子已死，除非瘸子有九条命。

白面书生呕吐了一地，他从来都不惧怕杀人，更不会在乎血腥，可是此刻他却为一个死人而呕吐。如果在一刻以前，打死他，他也不会相信，可是……

白面书生呕吐了一阵，再也吐不出什么，连一点酸水也吐不出来，可是仍有要吐的冲动。

林渺杀了瘸子，而且是一刀将之劈成了两半，这一刀的威势让那白面书生无法不生出惊骇，他还没来得及出手相助，瘸子便已死了。这一切，只是因为林渺出手太快，而瘸子也只用了最致命的一招，这便使得白面书生根本就没有相救的机会。

白面书生脸色发白，不知是因为刚才那一阵呕吐还是因为内心的惧意，但是，他望向林渺的眼神却是很怪。

“现在，该轮到你了。”林渺将刀缓缓地插入背后的鞘中，望着那白面书生，冷冷道。

“好狠的刀，不过，想杀我，还不够!”白面书生说完，狡猾地一笑，翻身倒射入古宅之中。

“想走?”林渺冷哼一声，身形飞扑而上。

“哗……”古宅的门窗忽闭，林渺落入宅内，却只见那书生影子一闪，去了后院。

“哼，逃到天涯海角，老子也要把你追到!”林渺心中暗想，但身形刚动，便听“哗”的一声巨响，头顶之上劲风狂扑而下。

林渺吃了一惊，却见一张挂有铁钩的大网当空罩落。

“哼……”林渺根本就不在意，身子依然向后院冲去，背上的刀狂斩而出。

“哧……”那大网应声而裂，分成两半。

“嗖嗖……”一阵强弩硬箭自宅中四面射出，直取林渺。

林渺微骇，他倒没有想到这古宅之中会有这么多机关，但既来之则安之，他必须面对这一切。

“哗……”林渺掀翻身边的大桌，手抓桌腿，狂扫而出。

大桌面宽，如一道屏风般在林渺的周围转了一个圈。

“噗噗……”箭支尽数钉在其上，林渺暗哼一声，不想在这里作太久的停留，依然向后院追去，但才踏出一步，便觉脚下一空，身子疾坠而下。

林渺大惊，伸手疾抓，但四面空空，除了自己手中所握的大桌外，什么也没有，他低头之际，更是大骇，只见脚底之下竟是密密麻麻锋利无比的铁刺，像是无数根钉耙并排而列。

铁刺的底部深嵌地下，露出地面的皆有两尺余长。

在这古宅的客厅之中竟然有这样一个要命的陷阱。

“哧……”百忙之中，林渺将手中的大桌子倒扣而下，身子微缩。

大桌子的四腿同时插入尖刺中间，而林渺却缩身桌面之上，险险避过那绝杀之局。

所幸大桌的四条腿有三尺长，这下子正好借这张桌面在这些尖利穿喉的铁刺之间架起了一个不大的平台。

桌面之上钉满了箭矢，不过这并不影响林渺立足，因为他只是想在桌面之上借力。

是的，林渺可不想被困在这个陷阱之中，足下借力，如一支怒箭般向几有五丈高的陷阱出口射去。不过此刻他已没有抓那白面书生的念头，只是想回到那大厅迅速离开这个鬼地方。

“轰……”林渺的身子快接近出口之际，陷阱口竟迅速合拢，两块合拢的陷阱盖发出一阵沉闷的金铁之音。

陷阱之中顿时一片漆黑，“砰……”林渺愤怒出拳，但是却只使那陷阱盖发出一阵沉闷的“嗡”响，而他的身子被反弹之力震得迅速坠落。

林渺大恼，但是却无可奈何，只好凭记忆，再次轻落在那张桌面之上。脚与桌面相击，在封闭的陷阱之中产生了一丝悠然回音。

才落到桌面，林渺顿觉风声倏起，仿有无数的锐风自四面狂飙而至，并带着轻悠的锐啸。

是暗箭！这简直让林渺一个头两个大，在这漆黑的陷阱之中居然还有要命的机关！这一刻，他根本就没得考虑，唯一可做的便是出剑。

“叮叮……”黑暗之中，林渺只能在身体的周围绕起一堵剑盾，那如夜蝙蝠般的暗箭一触剑身立刻弹身而飞。

良久，林渺并未感到再有什么动静，陷阱之中仿佛又归于寂静，四周一片死寂，他感到只有自己的呼吸很粗重。

林渺心中暗怪自己太过粗心大意，不过，说到对敌的江湖经验，他仍不够。在天和街与混混相斗与现在相比，那又完全是另外一回事，不过，他学会了镇定，遇上任何事情都绝不慌乱。

林渺掏出怀中的夜明珠，和润而微弱的光亮仍能够使他看清陷阱之中的每一寸空间。

这陷阱至少有四丈五尺高，方圆两丈，空间倒似乎不小，从上到下，壁部光滑，倒像所以精铁铸造而成的。不过，林渺知道，这些墙壁绝不是铁铸的，看似光滑，但却暗藏机关，因为他身边那些散落的箭矢便是最好的证明。如果这墙壁真是铁铸，又如此光滑不留痕迹的话，那这些箭矢又是自哪里射出来的呢？所以，他可以肯定这片墙壁的光滑只是假象。

底部每巴掌大的一块地方都有一根尖利的长刺，使人绝难立足其上，而他所处的位置正是陷阱的中心，林渺不能不感谢这张大桌子，若不是这张大桌子，只怕此刻他已经被钉在这陷阱之底了。他根本就不可能立足于这尖刺之上挡开刚才那一轮自黑暗中狂射而出的箭矢，但正是这张大桌子所搭的平台救了他。

林渺抬头望了望洞顶，那是两块极厚的铁板盖子，想自下破开那两块极厚的铁板，只怕很难，因为空中根本就没有立足之地，他无法借力，即使是拥有龙腾刀也是枉然。

“小子，你还活着吗？哈哈哈……”那白面书生的声音自陷阱的四面八方传来，听起来仿佛是回音。

林渺心中大恨，这家伙居然这般狡猾，不过，此刻他已成了别人的阶下之囚，又有什么话好说呢？

那白面书生没听到林渺的回答，不由再次得意地大笑起来。

林渺操起散落在桌面的箭矢，只要那白面书生一露面，便予以最强的攻击。

“小子，我知道你还活着，你真有本事，真让我玉面郎君不能不佩服。不过，就算你能够避过前两劫，仍只有死路一条！没有人能活着走出这口天机井！”那白面书生阴冷地笑道。

林渺心中不由得发寒，他再看了看这平静如死的陷阱，手心却渗出冷汗，忖道：“难道这里还有什么特别的机关不成？而外面那混蛋好像可以看到我没死，这又是为何呢？”

“小子，你慢慢玩吧，我要去为湖阳世家准备新的一轮丧事了，若白善麟的尸骨不给他送回去，岂不是太不好意思？”

“混蛋，王八羔子！有种你就放老子出去，老子定将你们什么鸟宗主的鸟蛋捏破，再把你爷爷、你老爹还有你全部阉掉，把你们什么圣护法、坛主、使者全他妈的变成太监……”林渺听到白善麟真的死了，不由怒火填膺，破口狂骂，一时之间什么最难听就骂什么，哪里管得了身份和斯文？

玉面郎君一听，顿时也怒极反笑道：“好，小子，你有种！但老子就是不放你出来，先在这里把你的鸟蛋捏破！”

“喳喳……”微光之中，四面井壁突地现出一个个拇指大的圆孔。

林渺正自惊异之际，小孔之中蓦地暴伸出一根根尖利无比的长铁刺。

林渺大骇，这与那箭矢不同，这些尖利的铁刺如无数杆利枪般自四面密密麻麻地同时扎来，狼牙交错，只要身在这陷阱之中，便根本不可能躲得了，除非你是一只小老鼠，这才有可能在这贯穿陷阱的每一寸空间的铁刺之中存活。

但林渺不是小老鼠，他是人，而在这交错的铁刺之间几乎只有拳头大小的间隙。

铁刺伸出快极，像是根部有一个个弹簧，将之猛然弹出，布满了陷阱中每一寸空间。

林渺低号，龙腾刀若电光闪过，反射着夜明珠的光润，有种异样诡异的气势。

“叮叮叮……”林渺飞撞向左面伸出的铁刺，他要赌一把，置之死地而后生。

铁刺应刀而断，而林渺的身子暴缩，嵌入那断了大半截的断刺之间。

“哚……哚……”所有的铁刺都伸到了尽头，四面的铁刺全都交错一起，所有的尖端在陷阱的中心交错成一个奇妙的同心圆图案，这个陷阱在刹那之间仿佛变成了一个堆满铁刺的储存室，只不过每根铁刺根部之间仍有拳头大小的距离。

林渺浑身直冒冷汗，他不敢稍动，因为对面的铁刺几乎指在了他的鼻翼之上，如果他再微退一点的话，他仍无法避免被铁刺扎穿的命运。这里的每根铁刺至少有丈二尺长，顺着这环形的铁壁伸出，在井室的中心便形成了两尺的交叠空间，这两尺的交叠空间成了密密麻麻的铁刺环。

那张桌子也被铁刺刺成两半，伤痕累累，所幸，其并不太宽厚，仍有些部分处在铁刺的缝隙间。不过，只要拔出铁刺，这张桌子便将散成一堆木料。

这一劫，避得有些侥幸，但总算躲过了此劫，林渺的刀刚好斩断左壁铁刺五尺，这便给了他两尺余的逃命空间。

“叮叮……”林渺龙腾疾挥，再断数十根利刺，他可不想当这些尖刺第二次再扎来之时，还会这么狼狈。因此，他必须为自己劈开一片安全的空间。

“铮铮……”所有的铁刺在突然之间又暴缩入内壁之中，林渺的身子差点被拖得翻倒在井底的尖刺之中，不过他急忙以长刀拄地，再翻身落在那破碎的桌子之上。

至少有这几块木板垫在尖刺之上，仍可以稍撑一段时间，可林渺知道，这样绝不是办法。

“妈的，老子劈你这狗屁天机井！”林渺心一横，暗忖之际，挥刀便向井底的铁刺斩去。

龙腾刀果然不愧是欧冶子所铸的不世神刀，在林渺功力相辅之下，那些倒立的尖刺皆应刀而断，立刻露出一大片安全地面。

林渺大喜，心道：“这把刀可真是救命的主儿，若没有它，老子今天死定了，看来白老爷子真是做了一件大好事。”

林渺落到井底，清理了一大片安全空地，也不想用刀再乱斩，怕用力过度，使刀卷了刃，那可就不好玩了，这一刻这把刀可比什么都重要，说不定还可凭这刀劈开那铁盖子，脱出重围。

正在林渺想着如何用刀劈开那破铁盖之际，倏然觉得有一种异样的气味钻入鼻中，他吃惊地抬头一看，只见井端有一股淡烟缓缓飘下，不由得大骇。

“哈哈哈……”玉面郎君的笑声又自井外传来：“小子，我不能不佩服你，居然还能够活着毁我机关。不过，就算你有那柄神刀，能破这些破铜烂铁，但你能够在这绝毒的瘴气下仍不死吗？说实在的，你是我遇到过的最难缠的人，你死后，我会给你留个全尸的！”

林渺心中大恨，这玉面郎君确实歹毒，竟一波接一波地攻击，可是这也没办法，望着那降下的瘴气，他忽心中一动……

“三少，大夫人请你去一下。”刘秀正在书房中翻看近日来各路探子所送来的各路义军的情况，突地有家人来唤。

刘秀一怔，忙放下手中的东西，吩咐道：“福叔，你帮我收拾一下，我去见嫂嫂。”

刘福应了声，刘秀匆匆赶到后阁，丫头见刘秀来了，不由得呼道：“三少到！”

刘秀才到门口，他嫂嫂李盈秀便自阁中迎出，神色急灼地道：“文叔来了，快进来！”

“发生了什么事？”刘秀大感错愕，他还从未见嫂子这般焦急过。

“琦琪带着几个丫头到洛阳玩去了，这孩子！”李盈秀急得差点没掉眼泪。

刘秀一听，不由得也傻眼了。琦琪是他的小侄女，也是刘寅的掌上明珠，今年才十五岁，平日里成了刘府的活宝，正因集万千宠爱于一身，才使得她无法无天，像个野小子，而且脑子里尽是一些天真不切实际的想法，但有一点是刘秀很赞赏的，那便是她想到什么，就一定会去做，可是眼下竟然单身去了洛阳，怎能不让他头大？

“她前几天说想去洛阳玩，我没在意，谁知今早她说出去溜溜，到现在还没有回来，我让人在她的房中却只找到这封信！”李盈秀掏出一封信交给刘秀。

刘秀抖开信笺看了一遍，也不由得皱眉低怨道：“这孩子，胡闹！”

“文叔，现在该怎么办？还没让伯升知道。”

“嫂子不用担心，我立刻派人去追回琦琪，就算追不回，也多派人保护她，不会有事的。”刘秀安慰道。

“先不要让伯升知道，他要是知道了定会发火，不要让他太分神。”李盈秀提议道。

刘秀不由得苦笑道：“大哥迟早会知道的，不过嫂子说的也对，先不让他知道，这些日子来他为合兵的事太过操劳了！我待会儿飞鸽传书去洛阳所经过的各城兄弟，密切关注琦琪的行踪。这丫头，怎就不分轻重呢？好了，嫂子，还有别的事吗？”

“没事了，这事就交给文叔了。”李盈秀道。

“好的，我明日还要去棘阳一趟，便先告辞了，嫂子放心好了。”刘秀说完便告退而出。

“喳……”陷阱的内壁裂开一道不宽的门。

井中依然充斥着一股浓浓的瘴气，但却漆黑一片，夜明珠的光亮被林渺倒下的躯体遮盖，所以陷阱之中一片漆黑。

唯一的光线，是自那由井底内壁张开的门外透入的。

有脚步声，脚步声很清晰，那是因为这密闭的空间有回音。

“把这小子的尸体拖出来！”一个冷冷的声音悠然传入那密闭的陷阱。

“这小子死得太便宜了！”玉面郎君的声音有些阴狠，想到瘸子惨死的样子，他恨不能多给林渺几刀。

“你断定这小子已经死了吗？”那冷冷的声音向玉面郎君问道。

“他都在这巨毒的瘴气中泡了一夜了，是个铁人也都已没命了！难道圣使还会怀疑这瘴气的毒性吗？”玉面郎君淡然反问道。

“嗯！”那冷冷的声音竟似点了点头，立刻有两名魔宗弟子举着火把向陷阱中步去。

“喳，嚓……”陷阱中发出一阵异响，井底的尖刺竟全都缩回了地底。

玉面郎君透过那扇小门，发现林渺已如一摊烂泥般瘫在地上，感觉不到半点生机，身边横置着一柄近四尺的刀。

“把那柄刀也带出来！”玉面郎君吩咐道。

“这小子是什么人？居然能力杀瘸子！”玉面郎君身边的黑衣人问道。

“我也不知道，他只说是湖阳世家的朋友，如果他没死的话，倒可以让圣使问问。不过，现在你只好失望了。”玉面郎君淡淡地笑了笑，对这位圣使，他似乎并不怎么在意。

“还有颗夜明珠！”一名魔宗弟子搬起林渺的尸体，却发现林渺身子下面那颗散发着温润光彩的夜明珠，不由得叫道。

“带出来！”玉面郎君吩咐道。

“看来这小子还真有些来头！”圣使自语道。

“真难以想象，这小子居然还要本郎君使出最后一招，若是这小子连毒也不怕的话，那只怕我也难以想到对策了！”玉面郎君不由得有些无可奈何地道。

“那叶兄可以在一月后再打开这扇密门呀！”圣使笑道。

玉面郎君不由得笑了，道：“这是没有办法的办法。”

“只要这小子是人，便有办法对付，不相信饿他一个月，他还会不死！”圣使阴笑道。

玉面郎君与之相视而笑，确实，如果连这些毒瘴都不能让林渺致死的话，那他便只好活活饿死这个顽强的对手了。

“可惜，如此人才，却在这里白白死掉了！”玉面郎君不无感慨地道。

“看不出叶兄还是个爱才惜才之人！”圣使不无揶揄地道。

“你见过这小子的出手就知道，这小子确实让我不得不佩服！”玉面郎君毫不介意地道。

两名魔宗弟子将林渺的尸体连刀一起抬了出来，已有另外几名魔宗弟子举起火把。

他们所处的是一处隧道，隧道之中的空间比较紧窄，也极为黑暗，虽然此刻已是白天，但隧道之中依然没有天光。

圣使乍见两名魔宗弟子抬出的林渺的尸体，不由一震，惊得倒退一步，脱口道：“是他！”

玉面郎君不由得讶异，反问道：“难道圣使认识这小子？”

“真是无心插柳柳成荫，我们追杀他，却总是给他溜了，没想到竟死在你的手中！”圣使吸了口气道。

“这小子是什么人？我怎么从未听过？”玉面郎君讶异地问道。

“这只是前天的事，这小子居然潜到圣护法的船上偷听到我们与圣护法的对话，没想到这小子精得像只狐狸，中了圣护法一掌，还能逃脱。后来，我们追杀也没有结果，却没料到他竟如此之快，此刻跑到这里来了。”这圣使正是当日在白府前杀王家家将的其中一人。

“这小子居然能自圣护法和你们手底下溜走？”玉面郎君吃惊至极地问道。

“不错，他能杀死瘸子，根本就不值得怀疑。叶兄，这次，你立了大功一件！”圣使笑道。

玉面郎君不由得意地笑了起来。

“把他抬到地面上去！听说这小子与樊祟很有关系！”圣使道。

“这消息是从哪里得来的呢？”玉面郎君讶异地问道。

“当然是湖阳世家，这小子名为林渺，曾与白庆一道去过云梦沼泽，还听说把游幽弄得灰头土脸，且身怀三老令！”圣使淡淡地道。

“哦？”玉面郎君显得极为兴奋。

隧道距地面并不深，不过，这条隧道却有十数丈长，众人很快走出了地面。

玉面郎君吸了口气，地面上的空气比隧道中要清新多了。

“砰……”林渺的尸体被抛落地上。

林渺的尸体依然如一摊烂泥，感觉不到半点生机，脸色似乎苍白得有些不正常。

玉面郎君伸手探了一下林渺的鼻息，没有任何感觉，不由得暗笑自己多此一举。在那瘴气之中泡了一整夜，便是有解药也只是死路一条，何况林渺根本没有解药。

“唉，可惜，这小子要是没死，只怕用途还大些！”圣使也探了探林渺的鼻息，又拾起林渺的龙腾刀。

“真是一把好刀！”圣使不由得赞道。

“若不是这把刀，这小子早死了好多次，也用不了我这么麻烦动用瘴气了！”玉面郎君道。

“哦？”圣使讶异，道：“要是我们能找到那块三老令，只怕比这把刀更有价值了!”

玉面郎君一听双眼都亮了。

“这小子怀中鼓鼓的，似乎放了不少东西，让我来看看有些什么玩意儿!”圣使此刻似乎颇有闲情，抑或，是因为林渺的死，让他感到极为舒心，至少，使刘玄去了一大心病。

林渺曾听到他们的密谈，因此，刘玄绝不允许林渺活在世上，此刻林渺的死，正合他的心意。

圣使的手伸往林渺的怀中，蓦地如触电般震了一下，骇然惊退。

玉面郎君也骇了一跳，但刹那间他立刻明白是怎么回事，因为有一只手抓住了那只伸入林渺怀中的手。

抓住圣使左手的，竟是林渺的手!

玉面郎君魂飞魄散，他竟看到林渺睁开了眼睛，那冷厉而充满杀机的目光仿佛一支利箭扎入他的心中。

“这不可能!”玉面郎君心中低呼，这不可能！他无论如何也不敢相信林渺还活着，一个在这巨毒的瘴气之中浸泡了一夜的人，居然还会活着而未受这巨毒的侵蚀，除非他百毒不侵!

事实让人不能有任何怀疑。

林渺不但睁开了眼睛，抓住了圣使伸入他怀中的左手，而且，林渺的右拳以快如闪电的速度狂轰而出。

圣使想退，也在退，但是他忽略了已与林渺连成了一体，他的右手仍握着林渺的刀，但是根本就来不及出击，林渺的重拳已捣在了他的胸腔。

“轰……”圣使听到了自己肋骨爆裂的声音，以及内腑挪挤的声音，一股灼热的气流自他胸腔之中涌出，化成狂射的血箭自他张开惨嘶的口中喷射而出。

林渺没避，那冲出的热血尽数洒在他的胸衣之上。

林渺就只出了一拳，击在圣使的胸部，但强大的冲击力使得圣使被林渺所抓的左手脱臼了。

林渺立定，挺拔如山，但那高傲的圣使已如一摊烂泥般瘫落，生机尽绝。

这一切发生得太快，玉面郎君根本就没有回过神来，便是那死去的圣使也没能弄清是怎么回事，正因为林渺杀得他措手不及，这才落得死不瞑目。

“呀……”那几名魔宗弟子一见林渺居然死而复活，还杀了圣使，不由得同时低吼，狂扑而上。

林渺一声轻笑，左手一抖，圣使的尸体便如风轮般旋出，狂扫扑来的魔宗弟子！而林渺的身子却已来到玉面郎君的面前。

玉面郎君大骇，他竟没有看清那柄刀是怎么落到林渺手中的，而林渺的刀已化作一抹淡彩飞扫而至。

玉面郎君疾退，他根本就不敢正面面对林渺的锋芒。或许是因为他还未自这突如其来的怔愕之中找回自己的感觉，而林渺将这一切的节奏调得太快，他根本就没有任何心理准备。

“砰……”一名魔宗弟子被尸体撞飞，而另外几人则依旧扑了上来。

“裂……”玉面郎君踢出一把椅子，但这根本就不可能阻住林渺几乎无坚不摧的刀锋。

“哐……”玉面郎君暴退三丈，闪身至一只巨大的铜钟之后，击飞铜钟狂撞而出。

林渺虽速度快绝，但似乎仍缓了一步，无法追上玉面郎君，反而迎上了狂撞而至的巨钟。

刀锋所过之处，铜钟竟被斩出一道裂痕，林渺鼻子微怔，一缓之际，魔宗弟子已经飞扑而至。

“找死!”林渺冷喝，反身回刀，借着透过窗子的阳光，划出一抹淡彩。

“呀……”那几名魔宗弟子的兵刃一触刀锋，立刻碎裂，兵刃断裂之际，身体也在刀锋过处纷纷解体。

鲜血狂洒，使古宅之中弥漫了一层可怖的死气。

林渺这一刀断了三名魔宗弟子的腰身，顿时将所有人都镇住了，剩下的四名魔宗弟子低嚎一声，竟四散逃开。

林渺并不想追这些魔宗弟子，他只想揪住那杀千刀的玉面郎君，但当他转头再看之际，玉面郎君早已踪迹全无。

林渺不由得大为恼怒，飞身破窗而出，落到院子之中，可是依然未见玉面郎君的踪影，显然这家伙比狐狸还狡猾，定是躲入了这古宅的地道之中。

林渺极速截住两名正欲越墙而逃的魔宗弟子，冷喝道："站住!"

那两名魔宗弟子脸色苍白，骇然暴退丈许，紧张地靠在一起，横剑对视着林渺，不敢言语。

林渺心中好笑，这两个魔宗弟子似乎胆子不大，手与脚都在不由自主地发抖，这一切自然瞒不过林渺的眼睛。

"你们想死还是要活?"林渺冷冷地问道。

那两名魔宗弟子不由得相视望了一眼，又有些惑然地望着林渺，旋都扑通一声跪倒在地，求饶道："请大侠饶命，我们不想死!"

"若不想死，那你们就告诉我玉面郎君去了哪里?"林渺冷冷地道。

"大侠明鉴，我们也不知道，我们只是随圣使来这里的，对这里的地形我们也不熟悉。"一名魔宗弟子乞求道，同时又自怀中掏出那颗夜明珠道："这珠子是大侠之物，小的不敢乱拿，还请大侠饶过我们。"

林渺伸手接过那颗珠子，看这两人的表情，并不似是在说谎，心中不禁暗恼，知道便是杀了这两人也没有用处。

"我再问你，你们来信阳有什么目的?"林渺又问道。

"为了湖阳世家的主人白善麟!"

"那他现在怎么样了?"林渺一震，急问道。

"几位圣使已经得手，我们只是留在这里善后的……"

"什么?"林渺只觉得脑中"嗡"地一下炸开了，仿佛在刹那之间变得一片空白。他本是来提醒白善麟的，希望能够阻止魔宗的杀戮，但却没料到最终还是前功尽弃。

白善麟死了，那他该如何向白玉兰交代？而白玉兰如果知道这一结果会有什么反应？林渺不敢去想这些问题，他心中竟对魔宗有种前所未有的恨意。

这并不是说，白善麟曾经给过林渺多少好处，而是林渺感到一种强烈的挫败感，在与魔宗的较量中，他输了，而且还输得很惨，惨得他都害怕回湖阳世家面见白玉兰。

那两名魔宗弟子也愣了，他们感到林渺像是突然失了魂一般。不过，他们仍不敢稍动，林渺杀人的气势仍深深地烙在他们的心头，使他们不敢存在着半点侥幸的心理。

林渺身上的骨节发出一阵“啪啦……”暴响，在刹那之间，仿佛涌起了无限的杀机，他心中的恨仿佛要破体而出。

“大侠饶命……”

林渺顿时清醒，虽然他恨，可是并不关这两人的事，而仅凭这两人也翻不起什么大浪，不由淡漠地道：“我不杀你们!”

“谢谢大侠！谢谢大侠……”那两人一听皆大喜过望。

“你们本来是住在哪里的?”林渺又冷冷问道。

那两人相视望了一眼，面显难色。

“快说!”林渺怒吼道。

“在……在棘阳!”

“你们是棘阳的人，也就是说你们的分坛在棘阳了?”林渺又冷冷问道。

“是……是的!”那两人脸色发青地道。

“很好，你们是属于哪一坛的弟子?”林渺紧接着问道。

“朱雀坛!”

“那你们的分坛又设在棘阳何处？如果有半句谎言就杀了你们!”说话间林渺一脚将其中一人踢昏，冷冷指着发抖的那人道：“你先说!”

“是，是燕子楼!”

“燕子楼？燕子楼是你们朱雀坛的分坛？”林渺张大着嘴巴，吃惊地问道。

“不，不错，小人正是燕子楼的人，那位圣使便是燕子楼的副总管商戚，小人若有半句谎言，就请大侠杀了我！”

林渺不由得呆住了，深深地吸了一口气，随即又问道：“那前日与商戚在一起的另外两个圣使又是什么人？”

“他们有一个是玄武坛的副坛主，我不知道叫什么，另一个则是燕子楼的护卫总教头铁忆！”

“燕子楼中所有的人都是魔宗的人？”林渺问道。

“不，有些婢妓并不是圣门的人，她们只是我们买来的。”

“很好！我再问一下他的口供，如果你们两人口供不对，就休要怪我不客气了！”林渺冷冷地道。

……

两名魔宗弟子的口供全无二致，这使林渺心中有些发寒，他怎么也没有料到，那闻名天下、享誉百余年的燕子楼居然会是魔宗的一处分坛。

先有齐万寿，再有刘玄，又有燕子楼，还不知道在后面会出现一些什么样的人物和组织，这个魔宗也确实让人心寒了。

燕子楼是林渺自小就向往的地方，其父年轻之时也常光顾，那里几乎是所有文人骚客都难以抗拒的地方。只不过，林渺从没有更多的钱去燕子楼潇洒一回，可是此刻却知道燕子楼居然会是魔宗的朱雀坛，他不知是该失望还是该伤感。

林渺让那两名魔宗弟子放火将这古宅全部点燃，既然玉面郎君愿意龟缩地下，就干脆让其变成烤猪好了。

那两名魔宗弟子不敢不从，只好四处纵火，使整个古宅在顷刻间化为一片火海。

林渺便守候在这片大火之外，他要等玉面郎君受不住火烤自地下冲出来。不过，林渺等了一个时辰，火势几乎已经将整个古宅完全吞没，几堵墙轰然倒下，依然没有见到玉面郎君的踪影，他只好作罢。

四周的邻居，由于房舍与古宅相隔较远，因此古宅的大火并不会影响他们。而对于古宅的大火，那些人似乎也都极为麻木，仿佛都视而不见，并没有人来为古宅扑火，抑或只是因为林渺便坐在古宅外的高坡之上，使得没有人敢贸然救火。

自然不会有人傻得不知道这火是林渺放的，不过，那又如何？在这个世上并没有多少公理，许多事情，官府根本就管不了，何况这些平民百姓？

对于古宅这个神秘的地方，平日便没有多少人敢去，这一刻自然也不敢。

林渺缓步踱回徕风客栈，其胸衣尽被血渍所染的样子让街头的行人都吓得纷纷避让。

此刻已日上三竿，平桥集上的店家都已开张，徕风客栈也不例外，店小二老远便认出了林渺，不禁又吃惊，又欣喜。

“客爷，你回来了，你没事吧?”店小二老远便迎了上来。

一时之间街边的许多人都指着林渺议论纷纷。那古宅被一把火点燃的事自然早已被集上的所有人知道了，因为林渺在那里坐守了一个时辰，有一个时辰，足够把任何消息传遍这巴掌大的集市，也有一些人看见林渺曾坐在那古宅外，因此这一议论，便有许多人知道，林渺就是烧毁古宅的凶手。

林渺木然地点了点头，他的心事很重，那是一种从没有过的心情。要说梁心仪的死让他感受到最深沉的痛苦和仇恨，但那是一种绝对具体而且有目标的情绪，可是此刻他的心情极乱，根本就不明白这种感觉，仿佛心头总有一丝无法排遣的郁闷。对未来，他似乎是一片茫然，这种感觉极不舒服。

“客爷整晚都没回，可把我们给担心死了，还没有吃早点吧？小的立刻去给你准备!”店小二热情至极，似乎并没有看到林渺那满身的血迹。

“我要你店里最好的菜和酒！”林渺淡淡地吩咐道，他只想痛快地喝一场。

“客爷，你回来了！”掌柜的见到林渺入店，也大感错愕地问道。

“那两具尸体呢？”林渺淡然问道。

掌柜的大为尴尬，一大早林渺便问这样不吉利的问题，他自然感到心里特别别扭，不过他可不敢得罪林渺，只看林渺那一身血衣，及刚刚听说的林渺烧了古宅，而且那两个死者又是其朋友，他哪敢得罪林渺？

“哦，衙门的差爷们搬走了！”掌柜的干笑道。

“有没有在他们身上和房间里找到什么特别的东西？”林渺沉声问道。

“好像……好像有一封信吧，在他们枕头下发现的。”掌柜的想了想道。

“信呢？”林渺心头一动，大步来到柜台前沉声问道。

掌柜的倒吓了一大跳，退后一步，忙道：“……还在我这儿，本来差爷也要拿走的，但见上面一个字也没有，就扔下了，小人这才捡起来。”

林渺听了这才松了一口气。这又是与那无字秘册一样的东西！

离开信阳，林渺便到铁鸡岭住了几日，并随便指点了一下寨中几个重要人物一些武功，这才急速赶回湖阳。

湖阳世家的丧事连办，谁也没想到白老太爷才去世不到半月，白善麟竟也被人害死。

白善麟之死，是中了魔宗的伏击，相随的白府家将只剩四人带着白善麟的尸体返回，更叔也身受重伤，这几乎是给湖阳世家雪上加霜。

白鹤顺理成章地成了白家之主。白善麟的遗体被装入白玉棺木，这本是为老祖宗准备的，现在只能先给白善麟用了。

出丧之际，白玉兰哭昏数次，这使白府之人更是伤感。白玉兰大闹灵堂，痛斥白鹤和刘玄，这使得湖阳世家人大为愕然，白鹤极恼，但却也拿这孙女没有办法，只好让家人将其锁在朝阳阁之中。

丧事本就不是什么好事，经白玉兰这么一闹，使得宾客们更是觉得没意思，纷纷在当天告辞而去，只有刘玄等湖阳世家近亲仍留在唐子乡。

唐子乡似乎曲终人散，湖阳世家仿佛也如西沉落日，让人感到一种前所未有的萧条和冷落，这自每一位湖阳世家的家将和家丁们的脸上和眼神之中可以看出。

此刻的湖阳世家已不是昔日的湖阳世家，白鹰在时，湖阳世家透着蓬勃的朝气，尽管在与魔宗相斗之中处处失利，可是每个人仍充满了希望，充满了斗志，但这一刻，每个人都仿佛已失去了心中的支柱，有着前所未有的颓丧。

每一位湖阳世家的家将似乎都在想着大小姐白玉兰在灵堂上的怒叱，每一个人心中都涌出一种淡淡的悲哀。

白善麟的死，乃至白鹰之死，都是这么突然，难道真如白玉兰所说，只是因为湖阳世家内部的斗争，只是一场权力的阴谋？湖阳世家的弟子们根本就不敢猜测。

为什么白鹤当场揉碎白玉兰递上的小册？为什么白鹤当时变了脸色？为什么那么多人全都错愕？为什么在那本小册被毁之后，白玉兰如疯似狂？难道真的是大小姐无理取闹？真的是大小姐悲痛过度？一向文静而坚毅的大小姐如此之反常，这不合常理。究竟那本册子之上有些什么呢？那真的是白横留下的遗证证明某些人是魔宗的人吗？

许许多多的问题，使得湖阳世家人心惶惶，可是谁也不敢言语，因为白鹤下了禁令，不准任何族人再谈此事，说这是家丑，现在白鹤是湖阳世家的主人，谁敢抗命，谁便是向整个家族宣战，所以，所有人都只能做哑巴。

没有总管和白鹤的手谕，湖阳世家所属不准任何人出入朝阳阁，这又是另一道禁令。

白鹤说，这是不想打扰小姐休息，小姐悲痛过度，需要休息。所以，白鹤下了这道命令，这连王贤应也感到错愕。不过，王贤应自然不在禁令之内，因为他不是湖阳世家的人，而且又是白玉兰的未婚夫。还听说，白鹤已经答应王贤应的婚事，准备近日送白玉兰去邯郸完婚。

本来是要在湖阳世家先完婚再送去邯郸，但湖阳世家摆着灵堂，自不能再设龙凤花烛，这便是白鹤让白玉兰和王贤应去邯郸完婚的意思，那些长老们也赞同白鹤的意见，认为让白玉兰离开这个伤心的地方，找一个爱她的人细心地叮护她才是最好的办法。

王贤应已派出快马回邯郸调迎亲的队伍，他必须要把这桩婚事办得轰轰烈烈，才对得起白玉兰，对得起湖阳世家的厚爱。

王贤应没有想到白玉兰此刻的心情，没有去考虑湖阳世家这一连串所发生的事情有着怎样的一个背景，他只有高兴和欢喜，因为能娶到白玉兰这样的一个妻子，他愿意拿出他能拿出的一切！每次看到白玉兰，他便不由得心都醉了，所以，婚事越快越好，他有些迫不及待，只是这几日难与白玉兰见面却是一个头痛的问题，白玉兰不见他。

湖阳世家最痛心的，不只是白玉兰，还有苏弃、白才和金田义，他们知道白玉兰没有说谎，知道那本册子的内容，知道此刻的湖阳世家已经不再是昔日的湖阳世家了，这种痛心便像是自己最心爱的儿子突然夭折一般。

金田义没有看那本册子的内容，但他知道它的存在，知道这是一个事实。苏弃没有隐瞒他们，他们有些恨杨叔，为什么杨叔不站出来说话？因为杨叔也知道这件事的真相，更让苏弃和白才诸人伤感的是，白鹤相信了刘玄的话，认为林渺乃是魔宗的人，连那与林渺共过患难生死的总管白庆和杨叔也不说句公道话，却只有几名普通的家将如白良、白泉、柳丁诸人质疑，这确实让他们心痛。也正因此，他们不觉得湖阳世家仍有值得留恋的地方，或许有，那也只有大小姐白玉兰和她的朝阳阁。

几乎所有到唐子乡奔丧的人都感觉到了湖阳世家的衰落，像一下子突然苍老了的中年人，沉重而阴郁的气氛显得有些死寂，也或许，这只是进入了冬天。

这是冬天，让人有些郁闷的冬天，萧瑟、苍凉、清冷，满街都是翻飞的败叶，像是在以一种没有格调的旋律为基调，不可抹杀地飞出一丝哀怨。这是深秋时节落下的叶子，也有的是刚落下的，它们飞旋，没有时间概念，只以自己的方式和姿态去阐述着凋零的伤感。

唐子乡的街旁，有人对着株柏树发呆，凝望着最后一片将坠未坠的叶子，仿佛在参悟某种神圣的禅机。

枯树底下，是一个茶棚，而这个人便端着杯中的茶杯凝目，没有人知道他在想什么，也没有人来问，因为这茶棚的生意也很冷清，昔日总会有些湖阳世家的家丁来喝喝茶，可是现在却没了。

神秘的人叹了口气，那片叶子终还是飘落了下来，晃悠悠地飘向茶桌边，那神秘的人缓缓伸出手，他接住了这片枯黄的叶子，于是起身扬长而去。

神秘人的方向，只是对着前方不远处的背影，那背影是白才！

白才的步履有些迟缓而沉重，仿佛揣着极为沉重的心事，他要去苏弃和金田义住的地方。

苏弃和金田义不再住在白府，他们离开了湖阳世家，悄然而去，只有白才才知道他们住的地方。

并没有多少人在意这两个无关紧要的人的存在，或许有，也或许没有……

苏弃和金田义住的地方很偏僻，他们只是在等，等一个人的出现，而这个人便是林渺！他们之所以不离开唐子乡，便是因为他们坚信，林渺一定会回来，一定会！不为别的，就为白玉兰！所以，苏弃和金田义在这里等着。

白才也在等，他与苏弃一样相信林渺，因为他们共过患难，共过生死，若让白才选择，他会放弃这已经迟暮的湖阳世家，因为他已经看不到任何希望。

白才走了很久，在小山坳之中看到了一间小屋，这是临时搭起的小草棚，只住着苏弃和金田义。

金田义和苏弃在下棋，白才放下手中带来的东西，立在一旁没有作声，他也不想说话，他并没有林渺的任何消息，这使他有些沮丧，所以，他并没有说话。

金田义和苏弃自然不会不知白才的到来，不过他们明白，白才不出声，便是表示没有林渺的消息，事实上，他们下棋也很难投入整个心神。

都已经许多天了，可是林渺依然不曾归来。自那日林渺去追击魔宗那三名使者之后，他们便没有见到林渺，但他们知道，那日林渺没死，因为刘玄正是那晚追到湖阳世家来的，也便是说，至少，在那夜之前，林渺依然活着，而且，苏弃绝对相信，林渺见过白玉兰，但为何林渺又会离开呢？而后又去了什么地方？

这个问题并不是太重要，重要的是林渺一定会在近期出现于唐子乡，这是苏弃心中坚定的信念。

蓦然之间，苏弃似乎感觉到了点什么，扭头向门外瞥了一眼，眼角的光亮之中，似乎有道暗影闪过。

"什么人？"苏弃低喝，同时迅速冲出茅屋。

冲出茅屋，苏弃微怔了一下，在茅屋的外面竟多了十余名以黄巾蒙面的人。

"没想到你俩居然躲到了这里，我还以为你们已经远走高飞了，看来，真是天要亡你们！"一名黄巾蒙面人望着赶出来的苏弃和金田义冷笑道。

苏弃和金田义皆变了脸色，白才更是吃惊，刚才他居然没有发现有这么多人跟踪，这使他又是惭愧又是后悔。

"你们是什么人？"金田义冷喝问道。

"要你们命的人！"那为首的黄巾蒙面人冷笑道，同时低喝："给我杀，一个不留！"

那群黄巾蒙面人一听，不再犹豫，立刻将苏弃三人环围起来。

"你们是白鹤和白庆的人！"苏弃沉声问道。

“你很聪明，但聪明的人往往不长寿!”那为首黄巾蒙面之人狞笑道。

苏弃、金田义和白才三人相视望了一眼，他们知道，白鹤是不会放过这几个真正知情的人的，而苏弃和金田义突然出走，更证明了其知情程度。只是这两人很知趣，事态一变，便立刻离开了白府，使得白鹤和白庆想对付这两人也没有机会。但白庆选择了一个非常正确的策略，那便是监视白才，通过白才来寻找苏弃和金田义的下落。

“苏弃，束手就擒或许还可以给你们一个全尸!”那为首黄巾蒙面人淡漠地道。

“你是柳昌！别装神弄鬼了，别以为这小块裹尸黄巾就可以遮掩你走狗的身份!”白才突地冷冷地道。

那为首蒙巾人一怔，讶异地望了白才一眼，不由得笑了，道：“想不到你小子有如此眼力，我还低估你了!”

苏弃和金田义更无怀疑，但却更是气恨，他们没想到白鹤竟如此赶尽杀绝，居然派柳昌来追杀他们，可见白鹤对他们还是颇为顾忌。要知道，平日里柳昌是管理家将训练的教头，虽然排在白充和白归之后，成为三教头，但实际上他比白充和白归更为重要。

白充和白归在白府之中只是负责挑选出优秀的家丁加入到家将的队伍之中，但是成为家将之后仍要由柳昌再强化训练，才算是合格的家将。因此，柳昌这位三教头在湖阳世家可谓是举足轻重的人物，却没想到却是白鹤的人，也难怪白鹤成了湖阳世家的主人，家将们和家族之中无人反对和质疑，事实上，这是白鹤早有准备的事。

白才心中也极为愤怒，不过，他知道柳昌的厉害，因为他也是自柳昌手下训练出的最优秀的家将之一。算起来，柳昌至少是他的半个师父，可是这一刻却要与之对敌。不用说，另外一群人也是白府的家将了，而且都是柳昌的心腹。

第二十五章　携美私奔

苏弃知道别无选择，若这十几人全都是柳昌心腹的话，今日之局他们恐怕就凶多吉少了。三人知道，论实力，他们中没有一人可胜柳昌，尽管苏弃与金田义从未与柳昌交过手，但是人的名树的影，他们知道在湖阳世家中，论武功，柳昌可以排在白庆之上，只在白善麟、白鹰、白鹤这几人之下，而苏弃三人的武功比白庆还差，又如何能胜柳昌呢？

“拿下！”柳昌低喝道。

“走！”苏弃低喝，与其在这里死守被困，倒不如突出重围，能逃一个是一个。

金田义和白才也立刻会意，弹身向茅屋之中掠去。

苏弃急速出剑，击开飞袭而来的几人，他没有走，只是要阻住这群人对金田义和白才的追袭。

“哧……”苏弃肩头裂开一道伤口，可是他并不在意对方的兵刃如何攻来，他的剑也反手插入对方的胸膛。

“砰……”苏弃中了一脚，但他依然未倒，手中之剑尽是同归于尽的打法。

“呀……呀……”金田义和白才又回来了，苏弃不走，他们也不走，两名自背后攻击苏弃的蒙面人在金田义和白才突然杀回之时竟被斩得身首异处。

苏弃被击得退了两步，竟撞到金田义的背上，他已浑身浴血。

“你们怎么还不走?!”见到金田义和白才，苏弃气恼地问道。

“大家生死与共，要死，大家一起死!”金田义和白才坚定地道。

“叮叮……”三人背靠背立刻又陷入重围之中。

“好个有情有义的金田义、苏弃、白才，果然是条汉子，那我便成全你们三人，就让你们痛痛快快地死好了!”柳昌冷笑之中，他出手了。

柳昌十指如戈，像一只张翼的大鹰一般，卷起铺天盖地的气劲直压向苏弃三人的头顶。

苏弃和金田义都吃了一惊，柳昌的功力之高，比他们估计的还要高，仅凭这股强大的气劲，便是他们两人联手，只怕也难是其敌。

白才并不意外，柳昌是他的教头，虽然他并不知道柳昌的底细，可是他却大概地知道柳昌会有多厉害，但他不怕。

死亡也没有什么值得害怕的，活着，虽然是一种幸福，但也是一种痛苦，此刻他在意的只是他身边的战友，这种真诚的情谊才是最值得珍惜的。

“呀……”白才无惧地挥刀迎向天空中落下的柳昌，迎着那犹如天塌地陷的压力，他有一种从未有过的激情。

“叮……”柳昌的指端抹过白才的刀锋，刀身竟然滑向一旁，而柳昌的大手带着腥红的色彩印向白才的顶门。

“枯血掌!”苏弃低呼，但是他根本就没有机会为白才挡住这绝杀的一掌，而金田义也相救不及。

白才闭上眼，他感到压力沉重得让他有些喘不过气来，他已经不管这究竟是怎样的一掌，他明白，自己生存的机会等于零。

“轰……”一阵沉重的气浪冲得白才的身躯跌了出去，痛感惊醒了他。

白才睁开眼来，他看到了柳昌那如鹰的身影又如鹰般飞退，而更有一道轻风自他身边刮过。

“砰砰……”两声沉闷的暴响夹杂着两声低哑的闷哼声，两名趁机攻击白才的蒙面人身子如纸鸢般飘出，那蒙面的黄巾也在刹那间被自喉中冲出的热血喷红。

白才仿佛听到了清脆的骨裂声，他知道，这是发自那两名蒙面人的胸腔，而他看到了自己身前多了一条高大的身影，更让他意外的是，这人手指之间竟夹着一片枯败却完整的树叶。

这人正是在那棵老树之下的神秘人。

白才一怔神之间，那人又动了，如一抹轻风般飞人苏弃和金田义之间，手中那片树叶顺势划出。

白才惊骇地发现，那夹有树叶的手奇迹般地在那刃隙剑缝间绕过，那树叶如蝶般在虚空疾速舞过。

金田义和苏弃的身子仿佛是受不住冲撞，跌退了一步，当他们发现这神秘人之时，两人身前的蒙面人已有四人哑然而倒，而一片树叶悠然地旋向那神秘人。

神秘人轻松伸手，叶子又落在指间，他再骤然出腿。

天空中似乎突然全变了，除了脚影，再也找不到其他……

“砰砰砰……”一阵闷响夹着一串惨哼，当脚影消失之时，地上，除了柳昌，没有一个仍可以站起来的蒙面人。

所有的人都傻了，包括柳昌、苏弃、金田义和白才，他们都傻傻地望着眼前这夹着树叶的神秘人物，仿佛是做了一场梦。

白才几乎不敢相信自己的眼睛，这片枯败的树叶竟然可以如刀锋一般杀人，他看见那四名在败叶下倒下的蒙面人，每个人的眉心皆有一道淡淡的血迹，而这正是那片枯黄如蝶般怪异的叶子所伤。同时他也明白，刚才正是眼前这神秘人物将他自死神的爪下救了回来，否则他绝对无法逃过柳昌那致命一击。

柳昌骇然地望着这不速之客，心中升起了一股从未有过的寒意。眼前这人一掌击退了他，又在他尚未回过气来之时解决了十名蒙面人，仅凭这份修为，便绝不是他所能拥有的。

“你到底是什么人?”柳昌惊骇地问道。

神秘人悠然地抬起手中的叶子，似乎有些感慨地望了柳昌一眼，自语道："叶子!"

"叶子?"柳昌和苏弃诸人全都愕然。

叶子是什么意思？难道是这人的名字？抑或代表一种深意？可是柳昌诸人全都没有听说过叶子这个代名。

"没听说过，朋友何以要插手我与他们之间的事?"柳昌有些愤然地问道。

"因为他们也是叶子!"神秘人不由得淡然道。

"他们也是叶子?"柳昌好像听到了一件最有趣的事情。

白才和苏弃三人也皆为之愕然，他们可不知道自己何时变成了叶子，但是他们似乎明白很可能是眼前之人在戏要柳昌，因为他们根本就不认识眼前这个人。不过，他们知道，眼前之人是友非敌。

柳昌似乎也明白，眼前之人只是在逗他，不由得怒吼一声，飞身疾扑而上。

苏弃三人不由得有些担心，但柳昌的身子跃上最高处之时竟向后方狂掠。

柳昌不是要战，而是要走！欲以进为退。

神秘的人笑了，他似乎早就看透了柳昌的心思，柳昌在空中一折之时，他便已经动了，如一支弩箭般飞撞向空中的柳昌。

"轰……"柳昌身子尚未落地之时，那神秘人的双掌便已狂撞而至。

两股强大的气劲相触，柳昌一落地便踉跄暴退两丈，骇然低呼："青月手!"

"你也识得这招!"神秘人淡淡笑了笑，似乎极为轻松地问道。

"你是游幽?"柳昌惊骇地问道。

"今日便饶你不死，回去告诉白庆和白鹤，他们不会有好日子过的!"神秘人冷冷地喝道。

柳昌的脸色极为难看，愤然道："好你个青月坛，你要为今日所做的一切承担后果!”

“哼!”神秘人不屑地冷哼了一声，并不理柳昌。

柳昌大为恼怒，但他却知道，自己根本就不是眼前这人的对手，留下来只是自取其辱，所以他愤然而去。

白才和苏弃讶异地望着眼前之人，他们知道，眼前这人绝不是游幽，因为他们知道游幽被齐万寿击下那堵绝崖，早就已经死了，可是为什么柳昌会说眼前之人是游幽呢?

“谢谢大侠出手相救，不知大侠尊姓大名?该如何称呼呢?”苏弃上前几步，恭敬地问道。

金田义和白才也纷纷上前行礼。

“你们两个倒是好难找呀!”

“阿渺!”那神秘人声音一变，苏弃和金田义不由得同时惊呼出来，对于林渺的声音，他们太熟悉了。

白才也是一脸难以置信的样子，惑然却不敢肯定问道:“你，你真的是阿渺?”

“自然是!”神秘人悠然一笑道，同时双手狠搓了一下面上的皮肤，在撤下双手之时，便露出了金田义、苏弃和白才熟悉至极的面孔。

“真的是你，不可能呀，你怎变得这么厉害?”白才咋舌道。

苏弃知道林渺此刻的易容之术极精，心下恍然，因为他曾经见过林渺的易容之术。

“士别三日当刮目相看，只有你才不长进!”林渺望了白才一眼，邪邪地笑了笑道。

“这几天你跑到哪里去?”金田义不由得问道。

林渺不由黯然叹了口气，道:“我去了信阳!”

“主人也被害死了，小姐悲痛欲绝，你却跑到信阳去!”白才有些怨道。

“我就是去信阳截住主人，想告诉他有人欲害他，可是我仍去迟了一步！”林渺无可奈何地道。

苏弃和金田义及白才全都黯然了，只是无可奈何地叹了口气。

“你有没有去见过玉兰小姐？过几天她便要嫁去邯郸了，王郎迎亲的队伍很快就会到来！”苏弃似乎想到了什么似的道。

“我知道这件事，我回唐子乡已有两日了，不过还没有去见玉兰，他们的戒备极为严密，刘玄和白庆看准我会去见玉兰，因此他们专为我设了个局，我只是在等待机会。我就知道他们也绝不会放过你们，因为白庆可以猜到那本册子是你们带给玉兰的，既然白鹤敢当众毁去那本册子，便一定下了杀人灭口的决心。因此，他们绝对会设法找到你们，我没找到你们，但却看到白才受了监视，所以我猜到他们会借白才找你们，没想到你们居然还真的没有离开唐子乡！”林渺吸了口气道。

苏弃和白才不由得都愕然。

“我们在这里只是想等你回来！”白才有些无辜地道，顿了顿，又道：“我知道你一定会来见小姐，否则我早就离开了湖阳。”

林渺有些惊愕。

“那阿渺准备怎么办？如果他们一直这样守着朝阳阁，那岂不是永远都没有机会去见小姐？”苏弃担心地问道。

林渺扬了扬手中那层揉得有些破烂的皮质，道：“我已经找到了机会，那便是今天，你们立刻去给我准备一辆马车，别忘了还请个车夫，天黑之后在官道口等我！”

“天黑之后在官道口等你？”白才有些讶异。

“不错！我要把玉兰和晴儿一起带走，离开湖阳世家！”林渺肃然道。

白才和苏弃不由得都傻怔了，半晌才回过神来，担心地道：“他们看得那么紧，你一个人能行吗？”

“自然可行！”林渺自信地道。

湖阳世家，外张内弛，谁都知道，魔宗曾经给湖阳世家五天的时间让其归服，可是五天时间已过，魔宗的人还没出现，也不知道究竟会弄出一些什么名堂来。所以，湖阳世家的内部仍然很紧张，只有少数人不担心。

当然，这段时日湖阳世家发生的事情太多，也使得人心惶惶，斗志尽消，平日里的许多事情仿佛都失去了意义。至少，在这一刻人们仍然无法抹去心中悲观的情绪。

朝阳阁，是看护得最紧的地方，因为白鹤已吩咐了，不准人随便进入，另一个因素只有少数人知道，那便是提防林渺的归返。

天色渐晚，朝阳阁中透出了幽暗的灯光，白庆步子有些沉缓地步了进来。

“总管！”守在朝阳阁外的护卫恭敬地道，此刻白庆在湖阳世家的地位似乎上升了许多，虽然人心不稳，但是对白庆却还是很恭敬。

白庆没有答理这几人，只是扫了一下朝阳阁内的护卫一眼，淡淡地问道：“晚餐给小姐送来了吗？”

“已经送来了！”一名护卫答道。

白庆大步向朝阳阁的阁楼上行去，这里几乎是三步一岗，五步一哨，而且在暗处还有人，确实对林渺挺看得起的。

“小姐吃了吗？”白庆沉声向守在楼口的护卫问道。

那几名护卫神色一黯，道：“小姐还是不吃！”

白庆点了点头，若是白玉兰不吃饭的话可就难向王郎父子交代了，所以，湖阳世家仍不能不让白玉兰好好地活着。

白庆望了一下阁楼上的灯光，大步来到白玉兰的闺室之外，见门外也有两人把守，不由得问道：“喜儿和小晴在不在里面？”

“回总管，在里面！”那两人见是白庆，变得极为恭敬地回答道。

“小姐，总管求见！”那两人随即呼道。

“不见，小姐谁也不见！”小晴愤然的声音传了出来。

白庆哼了一声，那两名护卫不由无奈地相视望了一眼，道：“总管别生气，小姐这几天心情极坏！”

“我知道，不用你告诉我！”白庆冷冷道，同时已不管白玉兰同不同意，便推门而入。

那两名护卫无可奈何地耸耸肩，心道：“你自己要进去挨骂可怪不得我们。”

“难道总管不知小姐不想见任何人吗？”小晴不冷不热地问道。

“知道，但是如果你关心小姐，就应该劝她吃饭！”白庆淡然道，同时摸出一块玉质护符在小晴的面前晃了一下。

小晴的脸色突变，白庆却突地竖指于嘴边，作一个噤声之状，旋又冷哼道：“你去告诉小姐，今天若是她不吃完这些东西，本总管便只好在这里守着了！”

小晴一怔，疑惑地望了白庆一眼，她不明白白庆为何作出这样古怪的动作，而且还向她使眼神。当然，她认识那块玉质护符，那正是当日林渺去云梦沼泽之时，白玉兰送给林渺的，可是怎会出现在白庆的手中呢？

“这里是小姐的闺阁，你身为总管，竟敢说此以下犯上之话？”小晴见白庆向她打眼色，不由得不解，但仍声色俱厉地道。

“这都是为了她好！”白庆高声道，旋又立刻小声变腔道：“晴儿，我是阿渺，快让小姐吃饭，吃饱了我们好上路！”说完又高声道：“如果小姐饿出病来，我们如何对得起老太爷和她爹？”

小晴大喜，林渺的声音和那块玉佩使她不再怀疑，但仍“哼”了一声，道：“小姐根本就不听我的！”

“但你作为下人，就应该去劝！”白庆装作恼火地道。

“这……”

“还不快去！”白庆又喝道。

小晴立刻进了内阁，白庆却退了出来，向门口的两名护卫道：“待会儿听到我的吩咐，你们便进来收拾东西。”

“是，小的明白！”一人道，白庆也便再返入其中。

那两名护卫却在纳闷，今天总管似乎颇有威严，居然能在气势上压倒小晴。

白庆径直走入白玉兰的闺房。

白玉兰显得极度憔悴，倚在床头，几盏清灯映得她面色极是苍白，头发微有些零乱，见到白庆进来，眸子里闪过一丝异样的神采。

白庆疾步来到白玉兰的床畔，痛惜地轻呼了声："玉兰，让你受苦了！"

"啊……"白玉兰一震，眸子里的异彩大盛，自被子里伸出湿润的手，惊喜地低呼道："阿渺，真的是你吗？"

林渺沉重地点了点头，紧握着白玉兰的手，一只手轻拂开那垂于白玉兰额头的青丝，又摸了一下她憔悴的脸庞，伤感地道："对不起，我还是去迟了，但我绝不会放过那些凶手的！今天，我便是来带玉兰离开这里，然后我会让他们还清血债！"

白玉兰的眸子里滑出两行清泪，一下子伏在林渺的肩头低泣了起来。

"来，玉兰，时间不多了，快吃点，我立刻给你们易容，苏弃他们已准备好了马车！我们的时间不多！"

白玉兰一震，回过神来，温驯地点了点头。

"玉兰还可以走得动吗？"林渺问道。

"嗯！"白玉兰又点了点头。

"那好！你先吃，我先为晴儿上妆！"林渺说完吩咐喜儿把饭菜端上来给白玉兰，并帮白玉兰扎头发。

……

"白庆"悠然行出闺房之外，向不远处的一名护卫道："你，过来！"随即又向守在门口的两名守卫道："你们三个进去把小姐的闺阁清理一下！"

"是！"这三名护卫忙跟在"白庆"身后走入闺阁之中，但是一进内厢房，他们不由得吓了一跳，因为他们各看到了一个面貌与自己相同的人，但是他们还没有自惊愕之中回过神来时，"白庆"已经出手了。

三人应手而倒，没有发出一声轻响。

"玉兰，你们快换上他们的衣服！""白庆"催道。

白玉兰几人你望了望我，我望了望你，也都自错愕中回过神来，眸子里闪过一丝欢喜的神采，刚才照了一回镜子，她们不由得不佩服这绝妙的易容之术。

走出闺阁，“白庆”又自楼下唤了两人上来，沉声吩咐道：“你们俩现在守好这里，没有主人和我的手谕，任何人都不得入内，包括王公子！他们俩随我去办事，等他们回来你们才可以换班，知道吗？”

“是！”那两名护卫恭敬地道。

“白庆”又向已经打扮成护卫的小晴道：“你把这些东西送去膳房。”

“白庆”这才大步向朝阳阁之外走去。在这里，并没有人敢过问“白庆”的事，也或者说在白府之中，“白庆”是畅通无阻的。

他们才走到白府门口，便听府中一片喧闹，“白庆”低呼了一声：“不好，他们发现了，我们快走！”

“白庆”一手抓起疲软的白玉兰，急步而行，刚拐过一道弯，便听府门口喊：“追，不要让他们跑了！”正是白庆的声音。

白玉兰大惊失色，急道：“怎么办？”

“不要急，就到了……”

“阿渺，快，这里！”就在此时，白玉兰听到了白才的声音自侧面不远处响起，不由大喜，急奔而至，却见已有健马相候。

“快上马！”白才一看“白庆”身边的三人，不由得催了一声，随即又问道：“小姐呢？”

“这就是！”小晴突地开口指了指一旁的护卫道。

白才这才恍然，大喜道：“快走，苏弃他们在前面接应！”

林渺一提白玉兰却拉到自己怀中共乘一骑，一抖缰绳道：“走！”

白才和小晴、喜儿也策马疾驰。

“不要让他们跑了！”火把的光亮在后方传来，白庆的声音有些气急败坏。

“阿涉，在这里……”苏弃的声音在官道上传来！

“好！”林涉大喜，策马而去，果见苏弃和金田义请来了一个年轻的车夫和一辆三马的大车，而金田义和苏弃正在一边，旁边还有两匹备鞍之马。

“啊，白总管！”那车夫也认出了“白庆”，在唐子乡还没人不认识白庆的。

“哦，你叫什么名字？”林涉装作白庆的声音沉声问道。

“小的陈济！”车夫似有些受宠若惊地道。

“好！我有点东西要你送往湖阳城，越快越好，立刻给我起程送去白府！”林涉说着把小晴手中提的送饭的东西放在车厢之中。

“好，小的一定送到！”陈济忙应声道。

“这是你的赏钱，一直跑，无论发生什么事，不准停车和掉头，直到送到白府为止，否则小心你的脑袋！”林涉一下子塞给陈济十两银子。

陈济一看，吓了一跳，但见这个大总管面色深沉不似说笑，连忙称谢。

“少废话，你就拿去交给一个叫更叔的人，他便知道是什么，快驾车！”林涉沉声道。

“是，是……驾！”陈济不敢再啰唆，但想有十两银子，出一趟车，那可是太划算了，而且说话的人又是湖阳世家大总管，这可是对他的莫大信任。因此，也不管拉的是什么，就向湖阳城跑去，还紧紧地记着“大总管”的吩咐，无论发生了什么事都不能停车和掉头……

苏弃和金田义见林涉竟然这样把车夫打发走了，顿时明白，不由得暗赞林涉的机智，他们还以为这马车是为白玉兰准备的。

“我们走小道！”林涉沉声吩咐，说话间一扬鞭便带马拐入小道之上。他们刚拐入小道，官道上便响起了一连串急促的蹄声。

“一定要把他们追回来！”白庆、刘玄等一干白府人物全都出动了，顺着马车的方向狂追而去，而林涉和白玉兰诸人则在夜色深处望着这群人自官道上经过。

白玉兰不由得心中洋溢出一种前所未有的依赖，林涉的安排竟是如此巧妙。

“我们现在去哪里？”白才不由得问道。

“桐柏山铁鸡岭。”林渺淡淡地道，随即又道：“他们很快会发现上当，会追过来的，我们先奔太白山吧！”

乘着夜色，林渺诸人沿着小路迅速前行，他们根本就不知道追兵什么时候会追来，唯有迅速赶到铁鸡寨，这群人才难以想到。

当然，林渺仅只是想在山寨之中安顿好白玉兰，然后再作周密的计划，现在唯一的目的，便是逃过追兵。他自然知道，刘玄不是好惹的主儿，而湖阳世家也绝不是好惹的主儿，尽管湖阳世家近来乱了套，可瘦死的骆驼比马大，对付一个小小的铁鸡寨，根本就不在话下。如果让这些人知道他们逃到了铁鸡岭上的铁鸡寨，只怕铁鸡寨会鸡犬不宁。

白玉兰失踪，王贤应岂肯甘休，到手的新娘便这样被人抢走。妙在他们根本就不能确定抢走白玉兰的人是谁，所能怀疑的仅仅是林渺而已。

跑不多时，又是一个岔道，一条是大路，一条仍是小山道。

“走大道！”林渺说着让苏弃诸人领着白玉兰先走一步，他却带马在小道的前一段路上跑了几遍，这才调马追上。

“阿渺这是干吗？”白才讶异问道。

“疑兵之计！”白玉兰欣喜地道。

林渺笑了笑，白玉兰一眼便看出了他的心思，足见她的聪慧，在这非常时期仍保持着清醒的头脑。

“我们走大道，他们岂不是更容易追击？”苏弃有些惑然地道。

“刘玄乃聪明人，他应该会有聪明的想法，聪明人都知道走大路容易追击，因此，他会认为我们不敢走大道！”林渺自信地道。

苏弃和金田义半信半疑，但他们却知道林渺总会有非常举措，就像当日以四人大战魔宗青月坛的数十杀手，在别人的眼中似乎是以卵击石，可是结果却能够大获全胜。因此，他们并不再提出什么异议。

白庆和刘玄差点给气咽住了，他们费了好大的力气才追上陈济所驾的马车，但却是空的，这一追几乎追了十余里。

陈济三马之车只拉着一个空车厢，见有人追击，还以为是有人想抢车厢之中贵重的东西，因为“大总管白庆”说无论发生了什么事都不可停车和掉头，这使他认为车厢之物是非常重要的，所以拼命地跑。因只拉了一个空车厢，跑起来特别快，白庆诸人想追上也要费一些力气。

白庆追上，却只有车厢里的几个饭碗和一个篮子，才知道上当，怎不叫他恼恨不已？而最难过的却是这车夫一点都不知情，连这车夫一起都被林渺耍了。

一怒之下，这倒霉的车夫成了替死鬼，白庆诸人再掉头追赶，这一来一回几乎跑了三十余里，有这段时间林渺已不知道跑到哪里去了，但是他们依然不肯松懈，要知道白玉兰可是事关重大，他们答应了王贤应的婚事，而到时候若交不出人来，他们根本就没有办法向王郎交待，弄不好两家还会反目成仇，到时湖阳世家想要将生意做到北方，那可就是难得很了，这对于整个家族的发展都极为重要！另外便是湖阳世家丢不起这个脸，居然让人在府中把白玉兰抢走。

掉头自小道又追出十余里，眼前却出现了一个岔道。

“查看一下，看他们向哪边跑了！”白庆举起火把吩咐道。

立刻有两路人马由大小道搜寻，半晌回来报道：“报总管，两条道似乎都有蹄印！”

白庆不由得惑然望了刘玄一眼，刘玄也似乎在考虑着什么。

“谅他们也不敢走大道，我们自小道追！”白庆狠狠地道。

“慢！如果这劫走玉兰的人是林渺那小子的话，我相信他一定会走大道！”刘玄突地呼住众人，分析道。

白庆一怔，他不知道何以刘玄敢如此肯定，不由得问道：“圣公怎这般肯定？”

“这小子精得像鬼一样，他一定会知道最危险的地方才是最安全的。

因此，如果我是他的话，便一定会走大道！只凭他能用那马车使我们上当，就知道此人心智极高！”刘玄沉声分析道。

白庆愕然，抑或刘玄比他更了解林渺这个人，而他与林渺相处的时间还要长一些，不过，林渺喜欢兵行险招这却是事实，而且总会在险中求胜，这才让那比林渺武功厉害得多、实力也强得太多的游幽差点命丧沔水。

“如果这个人不是林渺呢?”一位长老提出疑问道。

白庆和刘玄也皱了皱眉头，虽然他们猜测有很大的可能性是林渺，除林渺外他们想不出别人，但是如果万一不是林渺呢?

“我们仍向大道追！”刘玄肯定地道。

“如果我们再追错方向，只怕真的会让他们逍遥而去了，为了保险起见，我看我们还是分两路追击吧，以我们的人手应该够！”

白庆不由得赞同道：“久长老说得对，为了保险起见，我们还是分作两路追击吧！各路领三十骑！”

“那我便自小道追了！”白久沉声道。

“也好，我们若是没什么发现，便会掉头与久叔会合！”刘玄也客气地道。

“好的！”白久望了刘玄一眼，点了点头，随即又呼道：“走！”

林渺诸人顺大道疾奔，在这种道路上并没有什么顾忌，他们料定刘玄绝不会这么快追来，也便点亮了火把狂奔，速度自是越快越好，最妙的结果自然是他们全部逃脱而白庆和刘玄诸人连他们的影子都没有看到。

奔跑了三十余里，道路的尽头却横着一条七八丈宽的大河，河水在夜幕之中黝黑，不知深浅，几人不由得全都带住缰绳。白玉兰这些日子来心力憔悴，这一路狂奔，竟支撑不住，林渺只好将之揽过来。

“阿渺，现在该怎么办?摆渡的现在已经休息了，我们趟水过去吧！”白才提议道。

“不行，这水很深，又天寒地冻的，流速极急，没有摆渡的船只，马儿根本就过不去！玉兰和晴儿她们怎能过去呢？”林渺断然道。

“那可怎么办？”苏弃也有些急了。

“难道我们要等到天亮那船夫摆渡？”金田义也有些急了。

“如果这一等，说不定他们真的会追上来，那可不好办！”小晴也有些着急道。

林渺吸了口气，冲对岸高喊：“船家……”连喊数声，却无人答应，似乎对岸并没有人住一般，这下他可也急了。

“不如我一个人先过去，把他的渡船给划过来好了！”白才道。

林渺望了望对岸，不由得摇摇头道：“还不知道那渡船会系在哪里，你这样过去，也不知要花多少时间，如果他们分头追而不去查探路况的话，我们根本就没有多少时间可以浪费，我知道在下游还有一个渡口，船家是住在这边岸上的，我们到下游去！”

淯阳等地民众大慌，舂陵刘寅、平林陈牧、新市王凤王匡三支义军合兵，北进已是指日可待的事情，怎不使淯阳和宛城恐慌？

告急之书频频传入京城，使得王莽在长安也难以安心。绿林军的教训已经让王莽吃了不少苦头，而好不容易让绿林军解体，若是由刘寅再来一个合兵，南阳岂还有朝廷插足之处？所以，王莽焉能不急？所幸严尤和陈茂仍在竟陵，他便飞速遣人调严尤和陈茂大军准备及时支援宛城，而调遣属正、梁丘赐率兵镇守淯阳和棘阳两城。

这两城可谓是宛城的南面门户，而王兴因刘秀占驻宛城近月，虽又重夺回宛城，却无法平息王莽心中之怒，免王兴安众侯之职，调回长安。

棘阳依然是歌舞升平，因为燕子楼的大名，仍能够招来四方来客，使得棘阳仍是三教九流汇聚之地。

刘秀并不是很得意，此刻他便在棘阳。因为他想打燕子楼的主意，要带走曾莺莺，尽管昔日他是燕子楼的娇客，可是这一刻想拆燕子楼的楼牌，也让人难以接受，所以他遇上了麻烦。

这个麻烦不只是来自官府，也来自燕子楼内部。这里不是春陵，而且，刘秀此刻又是朝廷的重犯，搅得宛城一片狼藉的重犯。因此，刘秀不敢以真面目现身棘阳，而燕子楼中的人似乎知道刘秀打的是什么主意，根本不让他与曾莺莺有相处的机会，这使得刘秀不能不在漫长的寒夜中独品相思之苦。

水声湍湍，林渺策马向下游奔出近十里地，蓦地带住马缰，举目之际，他竟然发现大河之上竟有十余盏高高的灯笼悬于其上。

“有几艘大船！”苏弃也发现了那高悬的灯笼，不由道。

林渺点了点头，是的，在这僻静的河水之中竟然泊着两艘大船，而那灯笼便是悬于桅杆之上的。

“还是三桅大船，不知是谁家的三桅大船泊在这条河中呢？这里似乎并不是渡口呀！”白玉兰讶异道。

“奇怪，船上似乎并没有什么旗号，但不管是谁家的船，我们先去找渡口！”林渺也感惑然，但却似乎并不想理会是谁家的船。

大船泊于岸边，这里并无渡口码头，想来也只是在此过夜的路客。

“是官兵！”林渺突然有些吃惊地低呼了一声，他看清了那在大船之上放哨的身影，竟是朝廷的官兵。

“来者何人？站住！否则杀无赦！”大船上的官兵也发现了林渺诸人，因为林渺并未灭掉火把。

“咱们只是路过此地赶往渡口的，并非奸细！”林渺扬声道。

大船上的官兵相对望了一眼，小声地议论了几句，似乎有人入船舱之中禀报了。

“管你是路过的还是什么，通名，又要去何地？”官兵们强弩硬箭全上了弦，沉声问道。

“你们的大人是谁？有这般蛮横的吗？”林渺不由得也恼了，他哪里把这群普通官兵放在眼里，只是他并不想在这里纠缠，浪费时间而已。

大船甲板之上很快走出一人，一身皮裘，在十几盏风灯的映衬下，颇有孤崖苍松之气势。

林渺不由得一震，脱口低呼："纳言将军!"

"阿渺认识他?"苏弃在这夜色之中，无法看清那甲板上之人的面貌，但是却知道一定是官兵中的大人物出现了。

船上的官兵全都静了下来。

"他便是纳言将军严尤?"白玉兰在林渺鞍上，听到了林渺的低呼，不由得讶异地问道。

林渺点了点头，对严尤，他绝不陌生，因为他曾是严尤手下的精锐战士，几乎每天都要接受严尤的检阅，在严尤的身边他至少呆了四个月，所以他对严尤的印象极为深刻。

"来者何人?深夜至此所为何事?"严尤身边又出现了一条身影，开口说话的正是此人。

林渺不由得再震了一下，他感到头皮有些发紧，这说话之人竟是他在军营之中的统领教头严尤的心腹大将严允。

"未知纳言将军和严允将军夜泊此处，小人林渺，正被刘玄追杀，才逃至此处欲找渡船过河，方惊扰二位将军，实为不该!"林渺抱拳恭敬而客气地道。

大船上的严尤和严允都吃了一惊，他们的船上并没有竖起大旗，在如此黑夜之中，林渺居然能看清他两人的面容，而且还叫出名字，怎不叫他们吃惊?只是严尤和严允一时并未想起林渺是何人，但听说受刘玄的追杀，严允不由得喝问道："可是平林刘玄?"

林渺心想，刘玄乃是反贼，自己虽被通缉，但不至于有什么大事，相信若严尤与刘玄相遇，严尤当不会放过刘玄，倒不如借严尤和严允这两大高手来为自己挡敌。

"正是反贼刘玄，在下因洞悉其阴谋，所以被他们追杀，还请两位将军相助小人!"林渺高声道。

严允望了一下严尤，严尤点了点头，严允才高喊道："上前来答话！"

林渺一带马缰，七人便来到船下，船上的官兵依然严阵以待，张弓搭箭，若是林渺有半点异动，便立刻会被射成刺猬。

"放跳板，让他们上船！"严尤吩咐道。

"哗……"船舷开了一道侧门，一道伸缩式，以吊绳牵系的跳板缓缓搭落岸上。

林渺诸人皆下得马来，苏弃不由得惑然望了林渺一眼，有些担心，但欲言又止。

"没事，我认识两位将军！"林渺小声安慰道。

众人这才稍放心，因为他们知道，林渺也曾经是朝廷的通缉犯。

林渺诸人牵马坦然上了大船，立刻有官兵上前检查，没收了林渺诸人的弓箭劲弩之类的。

"把你们的兵刃全都交出来！"一名卫队队长冷冷地道。

林渺脸色不变，淡淡地道："弓弩没收可以，但兵刃也要没收这岂是待客之礼？"

"你们不是客人，而是可疑人物！"那卫队队长不带感情地道。

"如果堂堂纳言大将军眼里容不下这几柄刀剑，那岂不是贻笑大方？"林渺依然没有交出身上的兵刃，他不可能将龙腾刀交出，只是不卑不亢地道。

"大胆！"那卫队队长怒叱，众官兵长矛顿时架在林渺身上。

"哼，我只是说实话！便是兵刃交出也不过是件小事，兵刃只是方便杀人而已，要杀人，不用兵刃也是一样！这之中只不过是看一个人的气量与胆量问题，如果两位将军认为必须交出兵刃，我绝不反对！"林渺脸色不变，镇定至极地道。

"好，说得好！放开他们，让他们过来！"严尤悠然笑了笑，沉声吩咐道。

官兵们忙收回兵刃，那卫队队长瞪了林渺一眼，让开了路。

林渺不卑不亢地来到甲板之上，躬身行礼道："小人林渺见过两位将军！”

严允望着林渺半晌，似有所悟地问道：“我们似乎在哪里见过！”

“将军居然仍记得小的，让林渺深感荣幸，在数月前小人曾是将军手下的一名小卒！”说到这里，林渺不好意思地笑了笑道：“只是小人在城阳国外一战之中侥幸未死，而做了逃兵而已！”

严允顿时印象更为清晰，立刻记起了在他的手下确有林渺这个人。

林渺此刻已经卸了妆，以真面目相见，所以严允能看出来。

严尤讶然望了林渺一眼，他当然记不起林渺，但听林渺说起城阳国外一战，便知眼前这年轻人不是在说谎。

“你是哪个营的？”严允又问道。

“精锐左七营！”林渺平静地道。

严允的神色松了下来，却哈哈欢笑起来，他知道，林渺绝不是在说谎，只有他训练出的精锐战士才知道精锐战士的内营如何安排。

“原来是个逃兵！”严允有些好笑，但却很高兴，事实上在那一战之中精锐战士能活下来的并不多，而战后逃散的官兵不计其数，因此，他并不觉得逃兵有什么错。

“本将见你神光内敛，不应是平凡之辈，你真是精锐营中的战士？”严尤突然问道。

“不敢瞒将军，确曾是的，不过现在不是，我离军已有数月，之中周折颇多。将军应该相信，军中藏龙卧虎，何况士别三日当刮目相看。蒙将军之赞，林渺谢过了！”林渺不卑不亢地道。

严尤和严允对视了一眼，不由得都笑了。

“好一个军中藏龙卧虎，你这等人才昔日怎未能发现？”严尤赞赏道。

“昔日是美玉未琢，发现也为顽石一块，因时而宜，随境而迁，时缘未至，自难成器，将军何须叹息？”林渺并不推却地道，同时向身后的白玉兰诸人道：“还不来见过两位大将军？”

“见过大将军！”

严尤和严允一听，听出白玉兰诸人为女人，不由得有些惊讶，但是却被林渺的坦率言谈逗得起了兴致。他们发现和林渺谈话似乎颇有趣，而且，林渺谈吐极雅，又颇有道理。

“未知将军怎会泊船于此？将军不是在竟陵吗?”林渺不由得讶异地问道。

严尤并没有回答林渺的话，只是淡淡地问道：“刘玄为什么要追杀你?”

林渺心中一动，煞有介事地道：“这事说起来还与湖阳世家有关。刘玄起事以来，虽仗刘家财力，但是与朝廷相比尚显薄弱，而他乃是湖阳世家白鹤的女婿，因此，他一心想让湖阳世家成为其后援。但是湖阳世家的老太爷及白家主人白善麟却不欲助纣为虐，坚决不让湖阳世家转入战争。于是刘玄便设计与白鹤一起害死了白老太爷白鹰和白家主人白善麟，让白鹤成为白家主人，欲翁婿联手组建义军。而我正是知晓其害死白老太爷和白家主人的真相，并受主人之托救出白小姐，这才引来白家之人与刘玄的追杀，却不想在此遇上两位将军!”

“哦，原来白老太爷白鹰和白善麟竟是刘玄和白鹤害死，我还在奇怪，以白老太爷和白善麟的武功，怎会突然暴毙？看来真是家贼难防!”严尤恍然，他自然听说过湖阳世家的丧事，而且他似乎对白鹰和白善麟极为了解。

“我也曾怀疑是有人暗害的，果然不出我所料!”严允道，旋又扭头问道：“你的话有何为证?”

“小女子就是证人!”白玉兰撕下易容，戚然道。

严尤和严允不由觉得眼前一亮，顿为白玉兰的清丽和绝美怔了怔，但二人毕竟是见惯了大风大浪之人，立刻定下神来反问道：“姑娘是……”

“小女子正是白善麟之女白玉兰!”白玉兰福了一福道。

“哦?”严尤和严允再无怀疑。

“他们来了!”林渺突然道。

第二十六章　名将严尤

严尤和严允不由得举目随林渺的目光望去，果见远处有几点火光迅速向这边蜿蜒而来。

“哼，刘玄呀刘玄，这可是你自己送上门来的！”严尤自语地冷笑道。

“你们不如在舱中先用茶吧！”严尤望了望一身男装，却容颜憔悴的白玉兰，微有些怜惜地道。

“谢将军！那我们就恭敬不如从命了！”林渺坦然自若地道，仿佛根本就没有考虑到什么身份。

严尤和严允都笑了笑，他们并不介意，反而更觉得亲切与轻松。

“来人哪，带几位到舱中休息，准备茶点让贵客食用！”严允吩咐道。

“是！”那卫队队长此刻对林渺显得极为客气，他们倒也有些佩服林渺的胆色，敢这样跟严尤大将军说话。要知道严尤可谓是朝中第一上将军，本是朝中大司马，但由于当初曾建议王莽放下匈奴的问题先对付山东的盗贼，便被昏君王莽罢了官，但后来因樊崇势大，又不得不再次请出严尤，拜为纳言大将军，其身份在军中比之五虎大将军更高，可林渺与之相谈却似乎没有半点压力。

林渺诸人也不客气，他确实想让劳累的白玉兰好好休息一下。

“熄掉风灯！”严尤向官兵吩咐道。

官兵们立刻依言照办，知道将有大敌要来，两艘三桅大船同时摘下十二盏风灯，只留下舱内低暗的烛光，相较于漆黑的夜空，船上依然是一片黑暗，两艘大船便像是蛰伏于河畔的巨兽。

与此同时，大船之上灯火突灭，渐行渐近的刘玄诸人自然不会没看到，他们也感到奇怪，不过为了追回白玉兰，他们绝不会甘心半途而退。他们追到河边，本以为林渺诸人已渡河而去，但却发现河边有蹄印向下游而行，也便追了过来，远远地便看见了几点细微的光影，由于太远，根本就看不真切，等他们跑近一些，那光影又灭了。

“不好，刚才那光影好像是他们在渡河！”白庆猜测道。

刘玄也觉得这个可能性极大，因为他并没有看见那黑暗中的大船，而在远处也无法估计那光影的高度。

“我们快追！”刘玄道，到这时他们才发现双方的踪影，又怎肯放过？从开始到现在，他们似乎都一直没能摸到敌人的背影，总跟在其屁股后面乱转，这使他们感到极为窝囊。

刘玄没有回平林军中，是因为他要在湖阳世家之中商量更大的事情，对于那个什么林渺，也是他必杀的目标，因为此人知道他是魔宗护法的身份，这样的人，自然不允许其活在这个世上。

刘玄诸人再疾追数里，仿佛又看到了一点光亮，那是自船舱之中透出的微弱光亮。

“前面有船家！”白庆道。

“不是，是大船！”刘玄带住马缰，他隐隐感到有些不对劲。

“灭掉火把！”刘玄沉声吩咐道。

十几支火把顿灭，他们也知道，如果处在敌暗我明的情况之下，很可能会吃亏。但是刘玄也有些惑然，如果河中所泊真的是大船的话，那会是什么人呢？若是林渺，他又是自哪里弄来的大船？若不是林渺，又会是什么人呢？如果对方故意将自己等人引向这里……会不会是一个阴谋呢？

“我过去看一下！”白庆淡淡地道。

“小心一些！”刘玄叮嘱道。

白庆点了点头，这里沉寂得有些异常，或许并不是真的异常，而是那大船给人心中造成了一种无形的压力。

白庆领着数人策马便来到大船的近前，船上却是没有半点动静，连最初微弱的光亮也消失不见了，整艘大船便像是蛰伏在河中的巨兽，死寂一片。

白庆也感到有些讶异，他看到的不只是一艘大船，而是两艘，两艘船都是一样黑漆漆的一片，仿佛没有一个人存在，连船头上的风灯也没了，这不能不让他感到意外。他看不出这两艘船的来头，而在这样的河面之上，停着这样的两艘大船本就是极为突兀的。

“船上有人吗?”白庆身边的一名白府家将高声喊道。

船上仍没有半点声息，没有人回答他们的问话，只有一些余音在空旷的河面上荡漾不休。

白庆身边的诸人不由得都相对望了一眼，如果他们就这样沉默着绝不是办法，因为他们是来追回白玉兰的，万一把时间白白浪费在这里，让白玉兰走远，那可就得不偿失了。

“船上有人吗?”白庆也喊了一声。

依然没有人回答。

“阿金，你和小齐上去看看，小心些!”白庆吩咐道。

“是!”他身边的两人下马迅速奔至河边，跳过两丈多高的空间，跃上大船。

白庆望着两人矫健的身影，颇为满意地点了点头。这些年来，白府培养出来的家将还确实不差，人人都可算得上是好手。

望着阿金和小齐消失在黑暗中，白庆突然感到一种极为不安，但他也说不清具体是因为什么。

白庆身边的另外四名家将也同样产生了一种不安的感觉，有人提醒道：“总管，这船上好生古怪，我们还是把阿金他们唤回来，如果我们再喊无人答话的话，干脆便把这鬼船烧掉，看他们还能沉默多长时间!”

“是啊，要是他们仍做缩头乌龟不搭理，管他妈的是谁家的船，只要不是我湖阳世家的便烧他个七零八落!”

白庆心想：“如果你真缩而不见，便是先对我无礼，也怪不得我放火烧船了!”思及此处，他不由得点了点头道：“好，把阿金、小齐唤回来。”

“阿金！小齐……”白庆身边的四位家将喊了一阵，可船上杳无声息，根本就没有人答话。

白庆的脸色变得很难看，他心中不安的阴影继续扩张。这两个人竟然就这样了无声息地消失了，仿佛上了船之后便化成了空气一般。

“总管，放火吧，我看阿金和小齐定是凶多吉少，这船很是古怪!”

“放火!”白庆咬牙沉声道，此时他岂会不明白，这两艘船上藏着极大的凶险，也许劫走白玉兰的人便在这船上。只是这人究竟是谁呢？若说是林渺，他不可能拥有这样两艘大船，若是别人，又会是谁呢？他当然知道这绝不是魔宗的船，而且若是魔宗的人，白玉兰绝对不会跟着一起走，除非有白玉兰非去不可的吸引力。

“呼……”立刻有两名家将燃起火把。

白庆心想，此刻要是有酒便更妙了，他不禁忆起了林渺当日烧毁魔宗大船时的情景，仅用了十几坛烈酒便把游幽烧得狼狈而逃。不过话说回来，林渺这个人确实是个人才，没能把他争取过来，白庆有些后悔，但在这个乱世中不允许人有太多的后悔!

“嗖……嗖……呀……”一阵弦响与几声惨叫同时发出，还夹杂着一阵战马的惨嘶。

白庆吃了一惊，一排密密的怒箭自黑暗之中射来，杀得他措手不及，虽然他勉强避过，但那点亮火把的两名家将却连中十余箭，倒地而亡，另两名家将也中了数箭，却非致命之伤。

“退!”白庆低喝，损兵折将之下，他岂会不知这大船之上伏有极为强大的敌兵阵容，若他还待在此地岂不是成了箭靶？

几匹战马也都中箭而亡，白庆只好掠身飞退。

刘玄在不远处望着火光一亮的刹那所射出的那一簇弩箭，却吓了一跳，吓着他的并不是那一簇弩箭，而是那艘大船。

在火光亮起的时候，由于火把的光亮距大船极近，这使刘玄看清了那两艘大船的模样，以他的阅历，怎会认不出这两艘大船乃是军方的船只？而且是军方的战船！

刘玄的眼力极好，虽然湖阳世家是造船的，但白庆所处的方位使他没能看到船首，而刘玄与朝廷官兵打的交道多，所以他对官兵的战船熟悉得不能再熟悉，只是他不明白为何这两艘船连旗号都不挂。

白庆有些狼狈地退到刘玄的队伍之中，愤然道："我们以火箭烧掉这两艘破船吧！"

刘玄望了白庆一眼，又望了望那两艘大船，突然很坚决地道："我想，我们只好放弃这次行动退回去！"

"为什么？"白庆和身边的其他人也都为之愕然，不知刘玄此话的意思。

"因为这是两艘军方的战船，在它的前端包有特殊的铁皮和牛皮，而只看这型号，至少是大将军级的战船，若我没有猜错的话，船行此地的只有纳言将军严尤，或者是陈茂，如果真是他们的话，即使我们倾力而上，只怕也难讨便宜，在这两艘大船之上还不知藏了多少官兵，我们只好认栽了！"刘玄认真地道。

"啊！"白庆吃惊地低呼了一声，他本也感到这两艘大船很奇怪，听刘玄这么一说，还真有些像。

"他们怎会船行此地呢？"有人问道。

"现在平林军、新市兵和刘寅的春陵兵联合，宛城形势自然危急，大概只有严尤或陈茂两人才能镇住宛城，他们若是自陆路而行的话，必会惊动义军，而水路走淯水，也无法瞒过义军的耳目，所以他们便选择了这条极偏僻的水道秘密前去宛城！而义军把注意力都放在淯水和陆路上去了，却会忽略这里，严尤和陈茂果然非同常人！"刘玄赞道。

白庆诸人半信半疑，他们很难想象在竟陵的严尤和陈茂会自这里去宛城。当然，如果真的是严尤或是陈茂在大船之上，以他们眼下的实力，根本就敌我相差悬殊，虽然刘玄武功超绝，但严尤和陈茂都是当朝绝世好手，又岂会输给刘玄！而且这两人身份特殊，身边的亲卫也都是高手林立，就是没与白久兵分两路，他们也没有胜望，何况此时？

“他们怎会劫走小姐呢？如果他们是想去宛城，也不用如此打草惊蛇呀，这岂不是自暴身份吗？”白庆又疑惑地问道。

“这个也正是我难以理解的地方，看他们灭去灯火、降下旗帜的架势，分明是在摆一个陷阱让我们钻进去，可是他们若是想去宛城，确没有必要在此故布疑阵，但如果说他们没有劫玉兰，为何蹄印一直延伸到此处……”刘玄的眉头皱得很紧，他确实有些不解。不过，他并不想去赌。

“放火箭！”白庆吩咐了一声。

立刻有人点亮了火把，他们并没有准备专门的火箭，只能把火把拆装成火箭。

刘玄接过火把，道：“不用这么麻烦！”说话间竟将火把甩了出去。

火把拖起一道慧星般的光亮，切开夜空准确地落向大船。

“哚……”蓦地自大船暗处射出一支弩箭，准确无比地击中火把。

火把在空中爆成无数零碎的火星，像烟花一般洒落江面，而那支弩箭也同时坠落。

“嗖嗖……”一阵密集的箭雨如飞蝗般洒向白庆和刘玄诸人。

白庆和刘玄诸人都吃了一惊，刚才那一箭展示着放箭之人超凡的功力，他们也在这当儿看清了两艘大船的模样。

“叮叮……”箭雨虽然洒得漫天都是，但这群白家家将似乎有了准备，带马挥剑，击落了许多，但是由于夜里太暗，根本就看不见箭矢自哪个方向射来，只能凭感觉格挡，仍有数人中箭，数匹战马惨嘶而逃。

“走！”刘玄低喝，他怎会不明白船上的人确如他所猜，事实上，他在湖阳世家中早就得到消息，说严尤和陈茂近日要去宛城，其行极密难以查探。这一刻，他一见这两艘官方战船，便已猜到一二。

他的心思十分缜密，绝不干没有把握的事情，此刻又是敌暗我明，对方灭灯降旗明显是为了引诱自己前往并困住他。所以，即使是白玉兰在船上，他也不会傻得去做这绝没有把握的事情，而且能查到严尤和陈茂的行踪，已等于胜了一场。

刘玄拨马一走，白庆诸人也只好跟在其后而行，没有刘玄，他们更不敢与官兵交手，何况湖阳世家还不敢公开得罪严尤和陈茂。

刘玄竟然突地撤走，这下子倒大大地出乎船上众人的意料之外，但是如果要追的话，也难追上刘玄的快骑。另外，他们根本就不可能全体追击，若贸然离船追击的话，立刻就会由主动变成被动，所以严尤也只能任由数百步外还未靠近的刘玄拨马就走。

“好狡猾的刘玄！”林渺自船舱底也爬了上来，听着蹄声的远去，不由道。

“哦，何以见得？难道你知道刘玄因何而退？”严允讶异地望了林渺一眼，惊奇地问道。

“刘玄之走，自然是因为两位将军的存在。”林渺肃然道。

“因为我们的存在？难道他知道我们在船上？”严允反问道。

严尤也饶有兴趣地望着林渺。

“自然能够猜出一二，将军虽然降下了帅旗，灭了风灯，但别忘了，这两艘大船便是将军的标志，这包有铁皮和生牛皮的大战船只有朝中水军才有，而且如这三桅的大型战船若非结队出战，岂是随便什么人都能够擅自驱离水师大营的？以刘玄的眼力和阅历，他岂会不知道这两艘战船乃是新近在竟陵外大败王常军的水师快攻舰？而在竟陵，能有权让这两艘战舰远来此地的人大概只有严大将军和陈茂大将军了，而两位大将军中的任何一位都是此刻势单力薄的刘玄所惹不起的。”林渺淡淡地分析道。

严允不由得与严尤对视了一眼，林渺说出这些话来，他们才想到自己确实是百密一疏，忽略了这一点。

“刘玄果然精明过人，难怪能够如此投机取巧地成为绿林军的中坚人物！”严尤吸了口气淡淡地道。

“若是他真的知道了我们的行踪，只怕我们必须尽快赶到宛城才是!”严允微微担心地道。

“至少，他仍不能肯定我们的存在。刘玄只不过是投机取巧擅要手段笼络人心的人，若只凭他，仍不足以成大事，最可虑的应该是刘寅和刘秀两兄弟!”严尤吁了口气，平静地道。

“何以纳言将军会如此认为呢？刘玄在江湖中的口碑极好，也是一呼百应，何以成投机取巧之人?”林渺不解，虽然他知道刘玄不是个什么好东西，但此人在南阳、南郡乃至中原各地的声望却极高。

“哼，有些东西不能只看表面，这个世道声名鹊起之人并不是每个都有真材实料，这个乱世中，伪君子比比皆是，而刘玄便是其中之一。乍看其声名确实名动一方，但路遥知马力，日久见人心，只凭其要尽手段笼络绿林便知道此人权欲过强，无真正容人之心。但刘寅却是与他截然不同的人，此人务实，虽颇清高狂傲，但其韬略智慧过人，而其弟刘秀也是文武双全的不世人才，在中原，也只有刘家两兄弟才能算得上是真正的人物。而在绿林军中，若只是平林、新市两路义军联合刘寅，根本就不足为惧，就因为有刘玄的存在!”严尤侃侃而谈道。

“哦，纳言将军是说，刘玄绝不会让刘寅坐大，因此，势必会影响他们的战斗力，而使其难成大事?”林渺立刻插言问道。

“年轻人倒是思维敏捷，本帅就是这个意思。绿林军中，王匡和王凤、陈牧必会迎合刘玄，因为这几个人虽勇猛颇有实力，但目光短浅，被刘玄的甜头给打动了，定不会倾向刘寅。说起来，在绿林军中真正了不起的人物便是王常!”严尤直言不讳地道。

林渺虽没见过王凤、王匡、陈牧诸人，但听得严尤这样一分析，心中颇为敬佩，只看严尤那谈论人物的气度，那语气的中肯，便知其能成为一代名将绝非侥幸；对敌人的评价也是那般认真而坦诚，可看出其胸怀坦荡，或许这便是知己知彼、百战百胜的要素所在了。

“年轻人，本帅若是没有看错的话，将来你也会成就非凡，不知你是否愿意跟本帅一起继续从军？”严尤突然认真地问道。

林渺吓了一跳，干笑道：“恕小民直言，我实不想受着种种军规的约束，虽然当日在军中学会了很多往日没能掌握的东西，但是既然我已做了逃兵，也不想再入军营了。”

“就因为受不了军规军纪的约束？”严允有些不高兴地反问道。

“当然并非这些。其实，小人很希望有一个安定的世界，过一种平静的生活，尽管这个世道已经乱得不成样子，可是在江湖之中总比在军营内更为自在，不怕将军怪罪，小人对眼下的朝廷并不喜欢，所以只好谢过将军的厚爱了！”林渺直言不讳地道。

严尤和严允不由得眉头都皱了起来，严允甚至有些怒意，林渺居然敢当着他们的面直言抨击朝廷，他身为朝廷重臣，自是在面子上过不去了。

半晌，严尤才对着面无惧色的林渺笑了笑，拍拍其肩膀，坦然道：“年轻人，有胆色，本帅并不怪你，因为你说的是真话！”

“谢谢将军不怪之恩。”林渺也很是意外，心中更是对严尤多了几分敬意。

“那你要去哪里呢？”严尤淡淡地问道。

林渺心道：“就因严尤的大度，自己也不应该欺瞒。而以严尤的身份，又岂会是背后耍手段的小人？”不由道：“不瞒将军，我此刻是想上桐柏山，在那里有一寨兄弟，先到那里避一避刘玄和湖阳世家的追杀，日后的事以后再作打算，现在没有想那么远。”

严尤不由得笑了，反问道：“你也学会了占山为王？”

林渺不由得干笑道：“不过我绝不会骚扰百姓，滥杀无辜，也只是为了维持生计。当然，这只是眼前，以后如何发展就要另外再看了，但不管如何，我都绝不会骚扰百姓，滥杀无辜！”

严允和严尤见林渺如此坦率，却并没有什么大的反应。

严尤望了林渺半晌，才道：“希望你说的是真的，本帅也相信你有一颗正义的心，大丈夫生于世，当顶天立地，为百姓谋得幸福才是。”说到这里，严尤轻轻地叹了口气，接道："年轻人，我有一句话要送给你，希望你能牢牢地记住它！"

"将军请讲，小人定当铭记于心！"林渺突然之间似乎感到严尤内心深处有一点无奈，抑或只是一些感慨，严尤的那一声叹息仿佛将一种深沉的沧桑感注入了他的心中。

"顺民心者昌，逆民心者亡，民即天，欲图发展者，休要逆天而行，方能成事。年轻人，你且记住了！"严尤悠然道。

林渺一愣，他不明白严尤此话是何意，这种话若是拿去劝导一方霸主或是王莽还有些意义，可是对他说这样的话却显得不伦不类，而且此话仿佛暗示当今朝廷的衰落之根源，这怎不让林渺一时摸不着头脑？

严允也十分惊愕，不知道严尤何以向一个名不见经传的年轻人说这样的话，而且林渺几个月之前还是他手下的一个小卒。他也和林渺一样，觉得严尤的话太过突兀，而且颇有交浅言深的感觉，不过，他从不会怀疑严尤的话有什么不对。

严尤并不在意严允和林渺的不解，只是淡淡地道："也许你此刻并不明白我为何要说这些，但日后你一定会明白的。好了，我是官，你是贼，官贼不能同船，我便送你到对岸去吧。"

林渺这才回过神来，知道严尤是在下逐客令。不过，他也觉得没有再留在船上的必要，而严尤能以这样的态度对他，已让他感到大为意外了。

"那便先谢过将军了！"林渺坦然道。

"希望日后还有相见之机。"严尤淡淡地道。

"相信会有这么一天的！"

……

几人赶到铁鸡寨已是黄昏，受到了寨中之人最为热情的欢迎，因为林渺乃是这里的大龙头。

白才和白玉兰诸人不知道林渺何时成了山大王，但听过山上众人说了之后也皆恍然，更颇感欣慰，至少他们此刻有个安身之所，也不是人单力薄。当然，这群人不可能对抗得了湖阳世家的高手，但掩饰白玉兰诸人的身份却是再好不过，谁也不会想到林渺居然会把白玉兰藏在这山贼窝中。

对于寨中诸人，仅几位主要人物知道白玉兰的身份，对余者皆不透露。寨中为白玉兰诸人单独安排住处，把林渺的主楼与白玉兰所住的地方靠在一起，事实上，所有寨众已将白玉兰当成了林渺的女人。

不过，因为白善麟新丧，白玉兰便在铁鸡寨自己的屋中为其父守孝三月，所以林渺并没有向白玉兰提成亲之事。

林渺在山上住了三天，他将白善麟让袁义送回白府欲给白玉兰的信交给了白玉兰，而他早就看过了信中的内容。

原来，白善麟早就知道其叔父白鹤有欲登家主之位的心思，甚至预料到家族可能会有大变发生，于是早早就将湖阳世家的许多家业转移变卖为金银珠宝而藏在一个秘密的地方，甚至包括那部曾经劳动梼栳帮绑架白玉兰的《楚王战策》也都在那里藏着，而在那张没字的白纸上正标明了藏宝的地点和开启之法。

让林渺和白玉兰欣喜的是，那些由白善麟转移的产业全都由白善麟的亲信在经营，这些人只认白善麟以及那留于密处的令牌。这些产业连白鹰都不知道，白家也只白善麟一人知晓，一人可以指挥。也便是说，只要找到那密址，拿出那块令牌，也便等于拥有了白善麟转移于暗处的所有产业。而白善麟更注明，若是他不幸死去，那些人仍会听白玉兰一人调令，因为白玉兰是其所指定的继承人。也便是说，现在，那些暗处的白家产业只有白玉兰和那块令牌才能够调用。

林渺早就看过这信笺，他不得不佩服白善麟的高瞻远瞩。

在铁鸡寨住了三日，林渺便动身去宛城，他要找到密址，找出那些白家暗处的产业，这才能够将之调聚在白玉兰的名下。

林渺本想让白玉兰同去，但白玉兰欲为父亲守孝百日，而小晴则要照顾白玉兰，便只好林渺独自去了。

白才和苏弃、金田义则留守寨中保护白玉兰，尽管白玉兰、小晴、喜儿无一不是好手，且寨中有两百多兄弟，但林渺仍有些不放心。所以，才让白才诸人留下，并再三叮嘱铁胡子。

林渺只带了铁鸡寨老七偷中圣手猴七手一人同去，其余诸人却在寨中操练，包括小晴、喜儿和白玉兰。这些人都在苦练林渺所授的几式剑法及自学琅邪鬼叟的“鬼影劫”身法。

林渺只想极力提高这群人的战斗力，所以叮嘱众人加强训练。

为了安顿好这些事，传授众女、白才诸人由霸王诀中领悟出的剑法，林渺也花了三天多时间，他只是教了一些要点，再由几人去揣摩练习。至于能有多大的成效，就要看各人的资质了。不过，习练“鬼影劫”的身法大概不会太难。

燕子楼，依然是风光无限，并不会被这山雨欲来的战争所影响。

事实上，因为燕子楼的特殊地位和背景，无论是义军还是官兵，都不能不给其一些面子，这也是为何燕子楼依然风光的原因。因为在这里会有一种特殊的安全感，凡是进入燕子楼的客人，至少在燕子楼之内没有多少人敢闹事。

当然，燕子楼的主人晏奇山并不是每天都会守在燕子楼中，他像是个大忙人，因为燕子楼并不只这里有生意，晏奇山总要奔波许多地方，所以想找到他并不容易。

燕子楼中的许多事都落在总管晏侏的身上。

晏侏是晏奇山的弟弟，但此人与其兄恰好相反，风流潇洒，虽已过不惑之年，但依然风度不减，燕子楼中的许多事务皆由其打理。

不过，晏侏近日来也遇上了头大的事情，燕子楼的台柱曾莺莺竟要还自由之身，而要她还为自由之身的人便是让晏侏头大的人物刘秀。

在南阳，他可以得罪王莽，但若是得罪了刘家人，日子却不是很好过。算起来，刘秀与晏奇山还有过极深的交情，但所涉及到的不是一般的女人，而是燕子楼的门面。昔日王莽派王蒙和阳浚前来招曾莺莺入宫，都被晏奇山奚落了一顿，让其无功而返。这一刻，晏奇山不在，面对刘秀的要求，晏侏还真不敢擅自做主。

刘秀当然不会强要，他愿意出十万两银子的天价还曾莺莺的自由之身。

刘寅对兄弟的做法表示支持，钱，他并不在乎，刘秀的终身大事始终是他的一块心病。所以，只要刘秀喜欢的女人，刘寅绝不会反对，他更相信刘秀的眼光和判断，而这也是晏侏最为苦恼的问题。

因为刘寅是晏侏绝不敢得罪的人之一！

此刻，晏侏负手立在燕子楼顶层的窗前，俯览着街头并不清冷的人群。

棘阳城内的景观皆能够收于眼底，而城外扬起的尘土似乎在告诉他，战争并不是一件十分遥远的事情。

晏侏的表情沉静得如一潭水，并不只是因刘秀的事，因为那并不十分棘手。义军很快便会攻至棘阳，迟早总得把曾莺莺送给刘秀，他何不乐得做个顺水人情？何况他已经想好了替代曾莺莺之人，只要他把竟陵醉留居的杜月娘请来燕子楼，那并不会有损燕子楼的根基，而且他早就派人去了竟陵。

晏侏心情不是很好的原因却是玉面郎君的到来。

此时玉面郎君也在燕子楼顶层，就坐在茶几旁，神色有些无辜地望着晏侏的背影。

商戚死了，玉面郎君便是来告诉晏侏这个让他非常不痛快的消息，但玉面郎君也没办法，这是他所不能阻止的。

“你说他只是一个名不见经传的小子？”晏侏冷冷地问道。

“如果硬要说有来头的话，大概便是宛城的一个小混混，我仔细查过，能知道的便只有这么多了。”玉面郎君无可奈何地道。

“那他知不知道这里的秘密？”晏侏沉重地问道。

“很可能已经知道，不过，我并不觉得这小子能够翻起多大的浪来，难道总管会担心这个？”玉面郎君不屑地道，旋又冷冷道：“我倒是担心他不来，来了包他有来无回！”

“别忘了，这里战云密布，更别忘了我们更大的敌人‘无忧林’中那些老不死的不会对我们袖手旁观的！”晏侏吸了口气道。

玉面郎君沉默不语，他明白无忧林的人绝不允许圣门横行天下。无忧林乃是道家最为神秘的地方，更是天下道家之圣地，数百年来皆不理世事，但是这些年来对圣门的事颇为关注却是不争的事实。因为圣门许多秘密的生意都遭到破坏，玉面郎君在去年搜罗回准备贩卖的一百余名美女就是遭到无忧林的传人所破坏，因此圣门已将无忧林，甚至是天下道门的势力看成了大敌。

但圣门的宗主似乎对无忧林并无举措，而余者根本就不知道无忧林处在何方。

有人传说，昔日道家的一代宗主老子便是出自无忧林，属无忧道派，所以无忧林被道家公认为道家最神秘也最为神圣的地方。每当天下苍生处于水深火热之中时，无忧林才会遣弟子踏入尘世。

天下间流传着有关无忧林的故事多不胜举，但是真正见过无忧林中人的人却是少之又少，他们总会出现在最该出现的时候，或是邪恶之人最不想他们出现的时候，不管怎么说，无忧林乃是正道最高的象征，一个神话的地方。

“有消息说，无忧林派人来了南阳，也一直都在查探圣门的内情，料来不会对我们安什么好心！”晏侏吸了口气道。

玉面郎君无可奈何地耸耸肩道：“我听说无忧林的这一代传人是一个美得流水的小妹妹！”

晏侏不由得想笑，他也听说过这样的传闻，但却从没见过这人，那只是一群逃过性命的属下所描绘出来的，唯一的特征便是美，以至于这些逃回来的人根本无法再去描述其模样。一个让所有见过她的人都只能存在“美”这唯一念头和印象的女人，晏侏也不知道会是个什么样子。

这只有两种可能，一是这个女人太美了，以至让所有见过她的人都只在意她的美而忘了去记下她其他的特征；第二种可能还是因这个女人太美了，美得让所有见过她的人都无法用言语去形容。但不管怎样，这样一个人都是让人向往的，包括晏侏，也很想见识一下这个女人究竟是什么样子，而玉面郎君那句“美得流水”也颇具创意，所以晏侏想笑。

“报总管，楼下有人说有东西送给总管!”一名燕子楼的护卫敲了敲门，在外禀报道。

“什么人?”晏侏问道。

“不知道，他说总管看了东西就会知道。”

“好吧，拿进来!”晏侏淡淡地道。

“吱呀……”门应声而开，一名护卫捧着一个造型不错的盒子，大步走了进来。

玉面郎君也有些好奇，不知道这里面装的会是什么东西。

“你替本座打开!”晏侏吩咐道。

“是!”那名护卫应了一声，将开口对着晏侏，一手端盒子一手打开盒子的锁，便在其准备翻开盒盖之时——

“砰……”盒盖蓦地暴弹而开，一道灰影自盒中极速弹出。

晏侏吃了一惊，身形微闪之际，那灰影又“砰”地爆开，顿时眼前一片迷茫。

“呀……”玉面郎君一声惨哼，他脑袋本来要伸过来看一看盒子之中究竟装着的是什么东西，但是却没料到眼前这炸开的一团东西刚好射入他的眼中。

晏侏只觉一阵灰蒙蒙的东西罩上脸面，有种呛人的感觉，眼睛微有些辣辣的，但由于眼睛闭得快，那射来的东西并未入眼，而他听到了玉面郎君的惨呼，除此之外四周便是一片寂静，他不由得再次睁开眼来，却发现那名护卫吓傻了，而玉面郎君满面灰白，身上全是白灰，双手捂住眼睛低号着。

地上也满是白灰，晏侏明白，刚才自木盒之中弹射而出的正是这些要命的白灰。

“总管，不干我的事，小的不知情!”那护卫此刻才回过神来，扑通一下跪在了地上，颤声辩护道。

晏侏心中简直气炸了肺，可是他也知道眼前的这护卫没有这个胆子，而更让他吃惊的却是木盒之中竟还有一颗已经干制的脑袋。

“商戚!”晏侏不由得低呼，同时大喝道：“快！快去把那送东西的人给我找来!”

“是!”那护卫如获大赦，忙放下盒子。

“水，水，给我水!”玉面郎君一手捂眼，一手在空中乱舞着低号道。

“快叫人送清水进来!”晏侏也感到自己的眼睛有些火辣辣的，极不好受。

玉面郎君一边清洗着眼睛，一边如杀猪般地号叫着，这些白灰一浸入水似乎在眼里便开始发热了，使其眼睛更为难受。

晏侏暗自庆幸自己闭眼及时。

“总管，只怕他的眼睛至少要休养十天半月才能够慢慢恢复!”燕子楼中的大夫向晏侏禀道。

“那便有劳汪先生细心地照顾他了!”晏侏吸了口气道。

“一定是那小子，我要让他求生不能、求死不得方解心头之恨!”玉面郎君强忍着眼中火辣辣的滋味，咬牙切齿地道。

“这事便交由我处理，一定不会让你失望的!”晏侏的声音冰冷而坚定地道，他也确实是恼了，林渺居然敢找上燕子楼来，还差点害得他双目失明，怎叫他不怒？不过，他倒也颇为佩服林渺的胆量。

“汪先生先带他下去休息吧。”晏侏说完便扭头向一边的护卫吩咐道：“让总教头调动所有高手，密切注意任何可疑人物!”

“是!”

“报总管，那……那人已经走了！兄弟们没有找到!”那护卫又奔回来禀报道。

“啪”！晏侏一巴掌打得那护卫满嘴流血，吼道：“一群饭桶！给我立刻在城中查找所有可疑之人！”

“是！”那护卫低着头一句话都不敢回，转身下楼而去。

晏侏这次想来是已经下了极大的决心，他不容许有人知晓燕子楼的秘密！

当然，这只是他的一种心愿，但事实能否如愿，却是另外一回事。

晏侏自然是找不到凶手，因为他根本就不可能发现得了林渺的身份。

当然，燕子楼上发生的事情，并不影响燕子楼中的气氛，影响燕子楼气氛的只是城外的可能存在的战事。

正因为战火硝烟不远，这使棘阳城中的守将显得有些紧张。

燕子楼今日颇显特别，并不是因为玉面郎君所受的暗算，仅只一个潜在的林渺还不能够让晏侏小题大做，晏侏不想有失，只是因为今天有特别重要的客人到来，他不想出现半点差错。

“岑大人到——”燕子楼门口的护卫高喝。

晏侏大步自楼上走下，他当然不会因为棘阳长岑彭而屈尊，而是因为今天的主客乃是由岑彭亲自相陪的。岑彭到了，也便是主角到了。

岑彭身后是十余名带刀的精兵，而与岑彭并肩而入的则是一个一头褐发、高鼻梁、双眼深陷的高瘦汉子，一身怪异的装束，使其看上去颇为不入俗流。

“哈哈哈，岑大人现在才到，真是该罚酒三杯！”晏侏一见众人便朗笑道。

“我只是陪使者在棘阳城中走了一圈而已。”岑彭淡淡地应了一声。

“这位想必便是贵霜国的使者阿姆度先生吧？在下晏侏，乃燕子楼总管。”晏侏客气地行了一礼道。

“我不是阿姆度圣使，我只是圣使的一个随从丘鸠古，但可以代表我们的圣使和先生谈要谈的事!”那装束极为怪异的汉子以一种怪异的语调道。

“哦，原来是丘鸠古先生，请!我们先到楼上谈谈。”晏侏讶异，却不减笑意地道。

“不忙，不忙，我想先看看你们大汉朝的美女。本人仰慕大汉文化已久，听岑大人说，燕子楼有两位才色双绝的举世佳人，我想见识一下。”丘鸠古却用生硬的汉语道。

“先生反正也不会立刻离开棘阳，并不急于一时，最迟明日，这里还会有一个绝代尤物赶来，那时群美荟萃，岂不是更有情趣?”晏侏不禁心中有些小觑丘鸠古，觉得这人似乎有些色急。

“噢，那好吧。不过，我在棘阳也不能呆长，还要赶去洛阳与圣使会合!”丘鸠古淡淡地道。

“哦，如果这样，那我会尽快给先生安排的!”晏侏客气地道。

“岑大人请先回吧，不用相陪了，就让晏先生陪我好了!”丘鸠古似乎颇知道岑彭的难处，所以极为知趣地道。

岑彭望了晏侏一眼，叮嘱道：“那我便把使节大人交给总管了，希望总管好好招待使节大人。”

晏侏笑了笑道：“这个自然!”他哪里不知道眼前的这个丘鸠古的身份特殊，是绝不容有失的。若是贵霜国使节出了事，那便会是两国交战的结果，更是丢大汉的颜面，且他的生意将无法继续。

岑彭望着晏侏领着丘鸠古悠然上楼，这才转身大步行出燕子楼，但才走出数步，便与对面一人撞个正着。

岑彭不由得微惊，抬头之际不禁低叫了声：“猴七手!”

与岑彭相撞的人也一怔，吃惊地咧了一下嘴，道：“对不起了，小的没长眼!”

“猴七手，你来棘阳干什么?”岑彭不由得伸手摸了一下身上，看是否掉了东西，一边质问道，他自然识得这个出了名的偷儿。

“嗆……”一干近卫立刻拔刀相向，围住了猴七手。

“小的早就已经洗手不干了，何须仍以这样的场面对我？岑大人总不会为难一个改邪归正的老偷儿吧？浪子回头金不换，岑大人应该高兴才是！”猴七手无可奈何地耸耸肩道，他自不会对岑彭陌生。棘阳的大牢他也蹲过，而送他进去的人便是岑彭。

岑彭也没想到在这个时候再次见到这个偷儿，不过，他身上倒没少什么，近来也没有听到过多少关于猴七手的劣迹，不由得道：“本官暂且相信你一次，但是希望你所说是真的，若再犯事，本官定不轻饶！”

“谢过了！若是大人不忙，小的请客，去喝几杯如何？”猴七手怪怪地笑了笑道。

“哼，想收买人心呀？本官不吃你这一套！给我让路！”岑彭有些不耐烦地道。

猴七手不由得笑了，他哪里会不知道岑彭这些日子忙得不可开交，他之所以这样说，是以进为退。他心道：“你以为老子真会请你呀？有钱老子就是买东西喂狗也不会便宜了你这些狗官！”

望着岑彭去远，猴七手大步跨入燕子楼斜对的酒楼。

“公子，我探到了那群神秘人的消息！”猴七手来到那酒店二楼的一个角落，向正在饮酒的中年人低声道。

“哦，那些人是什么来路？”中年人眼中闪过一丝亮彩，问道。

“他们是来自一个叫什么贵霜国的使节团的人，不过，以我看，这些人前来棘阳绝不是单纯地来看美人，他们不去长安却来棘阳，一定是另有目的。”猴七手认真地道。

中年人也微微皱了皱眉，反问道：“我想你定是不会空手而回吧？”

猴七手不由得“嘿嘿”一笑，道：“知我者莫若公子也。”猴七手说话间自怀中掏出一封以火漆封好的信，自桌底下交给中年人。

中年人刚接过信便听得楼下一阵喧闹。

“不好，你来时是不是被他们发现了？”中年人低低地问道。

猴七手向楼下瞟了一眼，神色也微微变了，只见楼下有四个装束怪异、褐发高鼻的贵霜人叽里呱啦地叫嚷着。

酒楼之中有许多人探出脑袋望着这几个异国的使臣。

“他在那里！”一名贵霜国的使臣步上二楼，扫了一眼，立刻便盯上了猴七手，大步行来并呼喝道。

猴七手和中年人都极为冷静，斜斜瞟了那贵霜国人一眼。中年人正是易容的林渺，不过此刻他的目光却投向对面燕子楼的方向，他觉得有一道目光透过窗户直射向他。

林渺并未太过在意那道目光，而是仰首望了望站在他桌边的贵霜国的使臣，淡淡地问道：“这位先生有何贵干？”

“交出我们的信函，他偷了我们的信函！”那贵霜国的武士一手搭在腰间的弧形刀把之上，目光紧紧地锁住猴七手，用生硬的汉语沉声道。

林渺笑了笑道：“什么信函？我这个朋友一直都呆在这里，又怎么会偷了你的信函呢？”

“你说谎！”又一名贵霜国的武士大步而至，叱道。

“我明明见到他在街头撞了我一下！”那后赶来的武士认真地道。

“你可看清了那个人便是我？”猴七手突地昂首反问道。

那三名武士不由得一愣，猴七手这么反问，倒使他们一时不敢肯定了。

“我想几位朋友是看错了人，我们根本就不认识几位，与几位无怨无仇，又怎会拿你们的东西呢？”林渺淡然反问道。

“有些事情是不需要理由的，这些人是我燕子楼的客人，朋友就给燕子楼一个面子，将信函还给他们吧！”正当那几名贵霜武士不知该怎么办时，楼上倏地又上来一位年轻人，手持玉扇，一副风流倜傥的样子。

“我和燕子楼的人没什么交情，不过见阁下一表人才，真难想象燕子楼中会有你这样的人，抑或是人不可貌相吧！”林渺不无揶揄地笑了笑道。

那年轻人的神色陡变，收拢折扇，冷冷地瞟了林渺一眼，道：“朋友此话是什么意思?”

“没什么特别的意思，只是觉得燕子楼应该都是些男盗女娼之辈……”

“找死!”那年轻人勃然大怒，折扇斜划而出，直取林渺面门。

“啪……”林渺一拍桌面，两根筷子倏地弹起，准确至极地封住了年轻人的进攻。

年轻人也吃了一惊，折扇还没来得及抽回，那两根筷子已经如两柄利剑般刺向他的腴下大穴，不过他的反应速度也极快，指心一弹之际，折扇顿时弹开，自怀中反捞而出，堪堪封住这要命的筷子，但急退两步之时，也惊出了一身冷汗。

第二十七章　贵霜武士

林渺依然平静地坐在桌子的一方，像是什么事情都不曾发生过一般。

“你叫什么名字？怎如此大的火气？看来是铁忆和晏侏缺少管教。”林渺淡然反问道。

林渺这么一说，使得那年轻人更气更怒，但他似乎明白眼前这神秘的中年人绝不好惹，而他自知根本不是其对手。

“你究竟是什么人?”年轻人有些声色俱厉地问道。

林渺不由得笑了笑道：“自然不是朱雀坛的人喽!”

林渺此话一出，年轻人更是色变，不由得冷笑道：“这叫天堂有路你不走，地狱无门偏闯进，既然是存心捣乱，那就休怪我们不客气了!”说话间双掌重重地拍了几下。

“哗……哗……”酒楼二楼的外壁顿时爆裂，一队手执强弩之人滚入楼中。

林渺也吃了一惊，这些人似乎早有准备，竟然都备有强弩。

贵霜国的武士似乎也明白了眼下的局势，极速退开。既然有燕子楼插手，他们便没有必要再在此碍事，因为他们知道，燕子楼的人比他们更着紧那封火漆信函。

林渺不由得一声低啸，身前的桌子倏然裂成千百块碎屑，如炸散的蜂窝中的蜜蜂般直射向那群刚滚入楼中的燕子楼卫士。

那年轻人只觉眼前一暗，竟尽是风声魅影，他正暗呼不妙之际，一只冷如冰铁的手已经搭在他的腕间，然后他便听到了骨裂之声以及自己的惨叫。

“哚哚……”一阵弩箭入木的声音过处，那群箭手还未来得及发出第二支箭矢，林渺的腿已经化成了一片虚影，笼罩了酒楼第二层的每一寸空间。

“砰砰……”几乎没有人能够挡得住林渺这犹如神助的一脚，惨哼声中，那群箭手竟又倒撞开楼板跌落下街心。

贵霜国的武士看得眉目大舒，以生硬的汉语道：“好功夫，好快的脚，大汉朝果然是藏龙卧虎!”

那年轻人几乎傻眼了，在顷刻间，不仅他受了伤，而且一群自楼下上来的箭手居然也被对方如秋风扫落叶般地掀下楼去，这神秘的中年人的武功竟可怕至这般程度，但是这个人究竟是谁呢?

“告诉晏侏，如果他不放了那群偷回来的民女的话，他会遭到报应的!”林渺冷肃地道。

那年轻人的脸色再变。

“若要人不知，除非己莫为，只要有我在，便休想把那些无辜的民女贩卖到贵霜西域!”林渺沉声道。

“阁下果真是冲着我燕子楼来的，请问阁下尊姓大名……”

“你还不配问我的名字!”林渺向猴七手暗递了个眼色，后者立刻明白林渺的意思，趁机偷偷地退走了。

林渺的话也够绝，说完，他便大步向门外行去。

“我要与你比武!”一名贵霜武士倏地拦住林渺的去路，肃然道。

林渺不由得哑然失笑，问道：“你要跟我比武?”

“不错，向大汉朝高手讨教是我此次前来大汉朝的主要目的!我叫汗莫沁尔，乃贵霜国六段武士，请指教!”那武士不无骄傲地道。

“汗莫沁尔?”林渺感到有些好笑，这贵霜人的名字还真怪，而且还是个什么六段武士，他可不知道这个表示什么意思，不由得讶异地问道：

“六段武士是什么头衔？”

“在我们贵霜国，武士最高级别是九段，再上便是大宗，大宗乃是武士至高无上的荣誉，在贵霜国除沁卑尔和锁哈达大宗之外，再无人能突破九段成为至高无上的高手！我国有九段武士四人，八段武士九人，七段武士十二人，而我是六段武士，只要我再战胜十五场，便可晋升为七段武士了。所以，我要向你挑战！”汗莫沁尔神情肃然地道。

林渺不由得大惊，他没想到贵霜国的武士竟所以多少段来排列的，这种很明显的等级也一目了然地告诉了别人谁是最可怕的高手。当然，异国风情也让他大感有趣。

“哦，原来如此，这么说来，在贵霜国只有二十七个人可以打败你喽？”林渺不由得反问道。

“也可以这么说，也不可以这么说，因为我与许多六段武士尚没交过手，根本就不知道谁优谁劣，如果按级别，在我贵霜国，确实只有二十七人的武学比我高明，我师父乃是沁卑尔大宗的门人，门尤罗八段！”汗莫沁尔傲然道，他以自己是沁卑尔大宗的徒孙而自豪，抑或是因为自己的师父是八段高手门尤罗。

“哦，如果我不接受你的挑战会是怎样呢？”林渺试探着问道。

“不接受武人的挑战这是对武人最大的污辱！”汗莫沁尔冷冷地道。

“哦，那好，我接受你的挑战，但不是在这里！也不是现在，因为我的敌人便在对面环伺，我不想让自己的心受到威迫，这不公平！”林渺淡淡地道。

汗莫沁尔不由得一怔，扭头望了望燕子楼，他知道林渺所指，也知道这是事实。作为一名武士，他并不想占便宜，微微皱了皱眉道：“那好，你说在什么地方？什么时候？”

林渺倒对这个汗莫沁尔多了几分好感，至少这个人并不是一个贪小便宜的小人，不禁朗声笑道：“那便在黄昏时西城外吧！”

“好！黄昏时西城外，我们不见不散！”汗莫沁尔大步而上，伸出手以生硬的汉语道，望向林渺的目光带着一丝欣喜的神采。

“那还得他能活着走出这个地方!”一个冷冷的声音飘了进来。

林渺不由得抬头望了一眼，淡淡地叫了声：“铁忆，你终于来了!”

“你在等我?”来人正是燕子楼的教头铁忆，但是铁忆根本就不认识眼前之人。

“你是什么人？居然敢到我燕子楼门口来撒野!”铁忆的声音之中多了几许冷傲与不屑。

汗莫沁尔悠然退下，他知道自己不必插手燕子楼的事，大汉朝的恩怨与他贵霜国并无多大的关系，倒是另一名贵霜国的武士在铁忆的耳边低语了一阵。

铁忆的脸色微微一变，望着林渺冷笑道：“原来阁下是想来多管闲事的，不过我劝阁下还是省点心吧，否则不会有好结果的!”

林渺不由得笑了笑道：“这个世上如果少了你这号造孽的人，定会太平多了！我倒想看看你的剑究竟有多快!”说话间林渺如脚踏滑轮，轻悠地来到铁忆身前丈许而立。

铁忆的脸色颇为难看，林渺的态度和语气轻蔑得让他有些受不了。

“既然你想见识，那我也不会让你失望!”说话间，酒楼二楼顿时杀意弥漫。

掌柜的却是拿这些人没有办法，在棘阳，谁敢招惹燕子楼的人？不过他也不太担心，这里的一切若是燕子楼的人所破坏，燕子楼自会赔偿其损失。

贵霜武士抱手立于一旁，他们倒想看看中原的高手究竟有什么特别的。刚才林渺那超绝的速度让他们大开眼界，而这位燕子楼的总教头又有什么特别呢？会不会比这神秘兮兮的人物更厉害呢?

“裂……”林渺身前的椅子倏地裂开，一道清亮而冷杀的光芒裂空直逼林渺。

贵霜国的武士不由得都一阵惊叹，好快的剑，好狠绝的一剑，使人的思想和心神几乎都来不及反应。

林渺并不是第一次见识这种绝快的剑，这次可算是第四次见到铁忆出手了，所以一切都在他的意料之中。

是的，一切在林渺的意料之中，但是却很出铁忆的意料之外，他这一剑刺空了，甚至眼前林渺的踪迹竟消失不见。

林渺并未消失，而是以比他更快的速度，转到了铁忆的死角，再出手！

铁忆的剑却在倏然之间在自己周身划了一个绝美的弧圈，仿佛是一张圈，尽管没能看到林渺出手的方向，但却正好阻住了林渺那要命的一击。

“轰……”铁忆的身子巨震，斜撞出三步，挤碎了一张大桌子，而林渺的身子仅后移一小步。

“林渺！”铁忆顿时记起了眼前这熟悉的攻击方式，不禁吃惊地低呼了一声。

林渺微震，不由得冷冷地笑道：“铁圣使果然好记性，居然还记得我这个老朋友，那你就拿命来吧！”

贵霜国的武士被刚才那电光石火般的快攻给深深地震撼了，此刻他们才知道眼前这个神秘人居然叫林渺，不过这已经不重要，重要的是这两人会否再继续交手。

林渺再次出手，龙腾长吟出鞘，顿时杀气如潮，冰寒的刀意凝聚了酒楼之上的每一寸碎屑，形成一股强大飞旋的冲击力，以无可匹御之势撞向铁忆。

天空仿佛在突然之间完全失去了色彩，只有一团耀眼的光芒在燃烧、扩展、爆发，然后吞噬了虚空之中的一切。

“哗……”铁忆没攻，甚至连抗击都不曾，他只是踏穿了脚下的楼板，身子如陨石一般沉沉地坠落底楼。

铁忆居然不战而走，这或许出乎许多人的意料之外，但是铁忆自己非常明白，他根本就不可能是林渺的对手，这一次并不是他们第一次交手。

在刘玄的大船之上，他与商戚及另外一名圣使三人联手也不能占到什么便宜，此刻商戚死了，只有他一人，他想都不曾想过会独胜林渺。不过，他并不急，这里是燕子楼的地盘，要杀林渺并不需要他亲自出手。

楼上的桌椅在林渺收刀之时，全都散成了木屑，只剩下那些迅速退向楼下的贵霜武士。

望着楼板之上的那个破洞，林渺眼中多了一丝不屑，不过，他也不想再多作停留，这里毕竟是燕子楼的地盘，他再如何厉害，总略显势单力薄，所以，他不想再在此待下去。

酒楼内外人声鼎沸，有看热闹的，有燕子楼的人，也有赶来的官兵。

"哗……"林渺冲破屋顶，他掠上酒楼最高处，在瓦面之上瞟了一眼满街的人，再抬头，顿觉一道极为锋锐的目光自燕子楼高楼之顶投射而来。

两道目光在虚空中相触，林渺不由得心中一凛，同时，他也捕捉到了这道来自燕子楼顶层的目光之中仿佛有一丝诧异。

林渺不由得对着燕子楼一声低啸，在一排弩矢飞射而来时，他扭身飘向西城方向……

与此同时，燕子楼中倒是颇乱了一阵子，连总教头铁忆都被人打得不敢正面交手，而且如此多的护卫高手仍让林渺给逃了，这确实够燕子楼丢脸的。

晏侏在燕子楼上将这一切看得真切，但是他并没有出手，因为他身边有客人丘鸠古。同时他不出手的原因是相信燕子楼那群护卫可以留住林渺，当然，他也有所顾忌，如果他出手仍不能够胜林渺的话，那在贵霜国武士面前的丑可丢大了，所以他忍住而未曾出手。

"那人是谁?"丘鸠古望着林渺消失的背影，讶异地问道。

"乃是本宗的敌人!"晏侏悠然道。

"中土真是藏龙卧虎，这人的武功只怕不在你我之下吧，什么时候，我真想去领教一下!"丘鸠古毫不掩饰地道。

“哪用得着先生动手，我们绝不会让他有好日子过的！”晏侏不由得干笑道。

丘鸠古淡淡地一笑道：“这个并不重要，重要的是我们的生意，我想先去看一下总管为我们准备的货色，才好谈价钱！”

“那是，我保证先生看了那些美人会很满意！”晏侏不无自信地道。

丘鸠古不由得笑了！

林渺停下脚步，悠然转身回望，在他身后不即不离地跟着一人。

林渺不由得悠然一笑，他并不能看清那深藏在斗篷之下的面容，但他却知道，这人一直从燕子楼外跟到这里，却没被他甩开，可见此人绝不简单！至于这人跟来有何目的，是何身份，他暂时不愿想得太多，而是加快了脚步，以极速向城外奔去。

林渺出城，根本没受到阻碍，因为他的速度太快，城头的官兵还没反应过来，他便已经如风一般地飘过了城头，那高高的城墙、宽阔的护城河也不能让林渺停留半步，他不相信以他的速度还会甩不开那神秘的跟踪者。这并不是他害怕那跟踪之人，而是刚才他扭头回望时，见那跟踪者竟以一种极为轻松的步调跟着他，仿佛并未尽力一般，这让林渺生出了好胜之心，因为他对自己的速度极为自负。

顺着棘阳城绕了一圈，可是林渺仍没有轻松的感觉，反而心头似乎罩上了一层阴影。这只是一种直觉，但这直觉使人感到并不舒服。所以，林渺还是停下了脚步，转过身来，果如他所料，那神秘人物便像是一块药膏般紧紧地跟在他的身后，不即不离，有种说不出的闲暇。

林渺心中的这个气呀，那可就大了。他这么一路狂奔都没能把这个家伙甩掉，只能说明一件事，那便是他遇到了高人！所以，他索性不再跑，反而大步向跟来之人迎去。

那跟踪者也感到有些惊讶，也跟着停步，但却似乎并没有回避的意思。

林渺依然无法看清对方的面目，只是觉得对方宽大的袍袖似乎掩饰着莫名的神秘。不过，林渺并不能自对方的身上感受到任何的杀意，对方仿佛只是一潭深邃的池水，不带半丝涟漪，也没有任何张扬的情绪，这使林渺感到惊讶。

“你是什么人？为何要紧紧跟着我？”林渺感觉不到对方的敌意，虽然他心中极为不服气，但也不能不强压着火气问道。

“听说你和燕子楼有纠葛？”那神秘人淡淡地开口，语调犹如黄莺出谷，清脆若大小玉珠落入玉盘之中。是个女人的声音。

林渺顿觉心神大畅，这声音有如一阵春风拂面，使人心旷神怡。林渺也不能不承认这是极具魅力和特色的声音，至少，让他对那罩于深斗篷之下的容颜生出了好奇之心。

“不错，我与燕子楼确实有纠葛，姑娘便是为这个而来吗？”林渺反问道，知道对方不过是一介女流之辈，他的心情也轻松了许多。

“你便是林渺吗？”那神秘女子又问道。

林渺对这个声音似乎没有什么抗拒力，点了点头道：“不错，我正是林渺！”

“那此刻并不是你的真面目了？”

“这很重要吗？你是谁？”林渺终于有些不耐烦了，尽管知道对方可能是个美人，但是对这没完没了的问题有些受不了，所以极为不耐地反问道。

“你不用问我是谁，接招吧！”神秘女子不答，只是手中蓦地多出了一柄清澈如水、仿佛完全透明的剑。

剑尖斜指南天，神秘女子以无比优雅的姿势侧对林渺。

林渺心神一凛，此人剑一出鞘，他便已感到了一股沉重而肃杀的剑气若潮水般漫来，紧罩着他的心神。尽管两人相隔五丈余，但是林渺知道，哪怕他的心神微松，对方的剑便可以在顷刻之间发出雷霆一击。

林渺有些恼怒，但却知道此刻绝不可以动气，与这样的高手交手，绝不能有半丝情绪夹在其中，那只会使他的心灵造成破绽。尽管这个女人来得莫名其妙，可是作为敌人，林渺还是不能不以最慎重的态度对待，他知道，这可能是他遇到的最为可怕的敌人。

“好剑，只是人太野蛮了一些，真难想象你将来出嫁了会怎样相夫教子!”林渺深深地吸了口气，平息了心神，不由得用言语挑衅道。

“此剑名为辟邪，传自上古黄帝轩辕之手，其锋可切金断玉，你小心了!”那神秘女子并不动气，只所以一种平静得让林渺吃惊的语气缓缓向他介绍着。

林渺更是吃惊，心道：“原来这是柄上古神兵，只怕比我这柄出自欧冶子的龙腾刀更要锋利了，只不知她说的是不是真的，如果真是当年黄帝轩辕所使的上古神兵，那这个女人又是什么来头呢？其身份绝对不低!”

林渺抬头望了望天空，太阳已经快偏西了，与汗莫沁尔的约战时间也快到了，他倒不想失约，直觉告诉他，那个贵霜国的武士是一个值得出手的对手，接受其挑战，可当是武道上的一次修行。所以，他倒不想放过这个机会，因此他不愿在这里作太多的耽搁。

“出招吧!”林渺的目光缓缓回收，自眯成一道细缝的眼睛里如利刃般射在那神秘女子的斗篷之上，仿佛可以看穿其斗篷。

辟邪剑上的剑意陡增，竟射出一道五尺长的剑芒。

林渺吃了一惊，而就在他吃惊的当儿，对方的身影如鬼魅般趋近，剑芒犹如一道经天长虹，耀亮了整个虚空。

天地之间仿佛尽是森冷肃杀的剑气，每一寸空间都充斥着奇异的光芒，林渺避无可避，天下之大，仿佛无他容身之所，这确实是精绝至极的一剑。

林渺长啸出刀，他别无选择，他从未想过以他此时的武功，只在一招之间就被人逼至非战不可的境地。

林渺刀锋切空，对方的剑像是活物一般绕开林渺的刀锋，斜掠而下。

林渺大惊，他从未见过这么快的剑，也不曾想过对方的剑法居然如此奇怪。他疾退，刀锋偏转，以绝不可能的角度反转而出，整个手臂以难以想象的角度翻扭而出。

“叮……”刀剑相击，那神秘女子身子轻盈如一只蝴蝶般借劲倒弹而出，脱口低呼了声：“瑜珈功！”

林渺身子微震，急忙抽刀细看了看，刀锋并未受损，心中稍感安心，但却惊出了几颗冷汗。他从未见过如此奇诡快捷的剑招，若不是在百忙之中用出了自秦复那里学来的软臂瑜珈，他还真不知道该如何破除那要命的一剑。不过，他却知道，再也不能给对方以先机，否则他将陷入险境，眼前这个神秘女子的武功比他想象的更可怕，所以，他要抢先出击。

“你也接我一刀！”林渺脚步一错之际，身形立刻倒射而出，展臂挥刀，有如大鹏扬翼，刀若流星赶月，直截了当，毫无花巧地自上而下狂劈而出。

凛烈的刀气掀起一阵尖厉的锐啸，直斩向那神秘女子的头顶。

林渺知道对方的剑招精奇绝伦，如果比速度和花巧，只怕他难与对方抗衡。所以，他弃繁就简，以最为直截了当的方式与对方交锋。

“好刀法！”神秘女子赞了声，但并不硬接林渺此招，而是选择退却。

神秘女子一退，气机立刻牵动，林渺的刀势更疾，依然不改姿态地自上狂劈而下。

神秘女子一退即进，倒撞向林渺的刀锋之下，剑走太极，拖出一片茫茫的剑影……

“当……”刀剑再次相击，但却没有立刻分开，而是纠缠在一起，化成一团灿烂的光芒。两条身影完全被吞噬在光芒之中，在虚空中翻腾起伏，转瞬竟各自对拆了数十招之多。

林渺心中的惊骇是无与伦比的，这神秘对手无论是身法还是剑法，都似乎要胜他一筹，这交手数十招之中，对方仿佛并未尽全力，而他却已是勉力而为了。他猜不透这神秘女子究竟是何来路，更没能看清斗篷之后深藏的容颜，这使对方显得更为神秘莫测。

"叮……"当林渺斩出第一百零七刀之际，神秘女子却一声低啸，倒纵而退，退出纠缠不清的战团。

林渺的刀势再次落空，不由得微愕收刀，不知道这神秘的女子为何又突然不打了。

"果然好武功！"神秘女子语调平静，淡然而略带欣喜地道。

"少废话，我们之间还没完呢！"林渺愤愤地道。

神秘女子突地笑了起来，如大漠银铃，悦耳且充盈着说不出的生机，让人心神摇曳。

"还有什么没完呢？"神秘女子笑声中竟还剑入鞘，反问道。

林渺一时给弄糊涂了，不知眼前的神秘女子是在装糊涂还是真的不知道，一时之间他也不知道该说些什么。

"精彩，真是精彩绝伦！"正在此时，一个悠扬而爽朗的声音自林间传出。

林渺扭头望去，不由得失声低呼："刘秀！"

"林贤弟别来无恙否？"来人竟是起事宛城的刘秀！

林渺心神微松，忖道："有刘秀相助，今日至少已经立于不败之地了，先不管你这贼婆娘是什么身份，待会儿再找你算账！"

"刘秀见过怡小姐，真是人生何处不相逢呀！"刘秀倏地向那神秘女子行了一礼，极为客气地道。

林渺吃了一惊，刚松下的心神又绷紧了，心道："难道这女子是刘秀的朋友？那刘秀大概不会帮我一起对付这个女人了。"

"刘公子居然也在棘阳，怡雪此来棘阳算是来对了！"那神秘女子悠然一笑道。

"刘兄和她是旧识吗？"林渺不由得惑然问道，心中却暗念着那神秘女子的名字："怡雪？倒真是个好名字，只是人太凶了点！"

"林贤弟，快来见过这无忧林的第十九代传人，刚才怡小姐是和你开了个玩笑！"刘秀爽朗地笑了笑道。

林渺一怔，听到“无忧林”三字，顿时吃了一惊，也顿时明白眼前这神秘而可怕的女子的身份，不过想到刚才的惊险，尚有些难以释怀地道：“原来是无忧林的传人，我还以为是魔宗的哪路小妖呢。”

刘秀微感惊愕，哪会听不出林渺语气之中的不满和气恼？他倒没有想到有人敢对无忧林的传人这么不礼貌，一时不知该说什么好。

怡雪岂会不明白林渺心中所想？她并不生气地笑了笑道：“刚才是小女子的不对，在此向林公子道歉了，望大人大量不计小女子一时好奇之过！”

林渺见对方如此轻易道歉，自然不能再板着脸，反而微有些不好意思，但仍耸耸肩，煞有介事地道：“这个歉道得理所当然，刚才差点没被你吓破胆，下次可不准再玩这种危险游戏哦！”

怡雪悠然一笑，并未被林渺的表情和动作逗乐，她也知道林渺已经不计较了，才肃然道：“我只是想看看林公子是不是能够帮我的人，所以才会出手相试！”

“哦？”林渺颇感意外，但又很不以为然，心道：“有求于人还要这么凶，无忧林虽是道教圣地，但在我林渺眼中也没什么了不起，不过是无忧林的传人而已，有必要这么摆谱吗？真是的！”

“哦，怡小姐有什么事可以让我刘秀效劳的吗？”刘秀极为客气地道。

林渺对刘秀倒没什么恶感，但是刘秀对这个神秘兮兮的怡雪这般模样，倒是颇有讨好之嫌，使他对刘秀的印象微有些折扣。不过，无忧林的人毕竟不是坏人，林渺自不能太不给面子，淡淡地问道：“不知怡小姐有什么事是我能够帮上忙的？”

“如果林公子能够帮忙那就好办了。”怡雪颇为欣然地道。

“究竟发生了什么事？”刘秀插言问道。

“想来刘兄听说过贵霜国的使者之事吧？”怡雪反问道。

“不错，此刻尚在燕子楼之中，这有什么不对吗？”刘秀不解地道。

“这之中的问题可就大了，怡小姐想来是欲救那群会被燕子楼贩卖到贵霜国的民女，可对？”林渺悠然出声道。

怡雪仿佛是笑了，隔着斗篷，林渺似乎可以感受到其欣然的笑意，这使林渺有摘下怡雪斗篷的欲望，他们刚才交手居然没能看清对方的容颜，真可谓失策惭愧。不过他知道贸然摘人家斗篷可就太唐突了，所以只好望着怡雪那斗篷也怪怪地笑了。

怡雪似乎明白林渺在笑什么，不过并不在意，只是点了点头道：“原来林公子也是有心人！不错，怡雪正是想救出那群无辜的民女！”

“竟然有此事？”刘秀感到很是意外地道。

“燕子楼什么事做不出来？干出这等事并不稀奇，只是刘兄日理万机，疏忽了这些小事而已。”林渺不以为然地道。

刘秀坦然笑了笑道：“说来惭愧，近日来，我并未在义军之中，而是来棘阳办了一些私事，竟没能查到燕子楼的事，倒让林贤弟见笑了。”

林渺也笑了笑，耸耸肩，老实不客气地道：“那是该见笑，为了让你不惭愧，你就作我们的先锋，先想想如何安排退路好了。”

刘秀也爽快地笑了，他知道林渺自小生活在天和街，习惯无拘无束地说话，所以这些话他并不介意，反而直爽得让他很欣赏。

怡雪也觉讶异，似乎稍有些了解林渺了。

“我这里有封自贵霜武士偷来的信，不妨拆开大家欣赏欣赏！”林渺掏出那封信，信手撕开抖出一看，顿时面露惊讶道：“这封信竟是魔宗写给贵霜使臣阿姆度的！”

“魔宗？”怡雪和刘秀都吃了一惊，惊问道。

“不错！落款是圣门地护法！”林渺将信抛给怡雪，神色凝重地道。

怡雪和刘秀相继看完，也显得有些讶异，刘秀不由得问道：“林贤弟可知这圣门地护法是什么人？”

“这个我倒是不清楚，但是……”说到这里，林渺冷冷地望了刘秀一眼，却不再说下去，他心道：“你的堂兄刘玄也是魔宗的护法，只不过是不是地护法就不清楚了，可是我能告诉你吗？也许你也是魔宗的人！那我岂不是自己往火坑里跳？我才没有那么傻呢！以前我敬你刘秀的才学，可是若你是魔宗之人，那只好刀刃相见了！”

“但是什么？”刘秀自不知道林渺的心中想些什么，见林渺只说了一半便不再吱声，不由得问道。

怡雪觉得林渺好像有什么心思，这只是女性的直觉，不过她仍显得很平静，她知道林渺该说的一定会说出来，不想说的，追问也没用，抑或可以说她的心性已极为淡泊。

林渺笑了笑道：“但是我想燕子楼里一定会有人知道！”

刘秀不由得笑骂道：“这不是废话吗？”

林渺也笑了笑，这确实是废话，当然他也不想作过多的解释，只是抬头望了望西沉的太阳，道：“我尚有个约会，只怕暂时不能陪怡小姐和刘兄了！”

“哦，不知林贤弟约了什么人呢？”刘秀反问道。

“汗莫沁尔，这个人是贵霜国的六段武士，我们相约黄昏决战西城外！”林渺淡然道。

“汗莫沁尔，贵霜国的武士？林兄认为有必要与其交手吗？”怡雪的语气似乎亲近了些。

“你不叫我林公子，我心里似乎感觉好一些！”林渺笑了笑，随即又道：“与其交手应该是有必要的，尽管胜他不难，但是胜他并不是目的，我只想在他的身上找到贵霜国武功的特点，贵霜国的武士都是用的那种新月形弯刀，我以前从未见过这种刀，相信定有其独特之处。如果我们要对付贵霜国的高手，最好有备无患，以便到时候不会被他们的圆月弯刀杀个措手不及！”

“哦。”怡雪和刘秀恍然，同时他们也明白，事实上林渺早就已经准备独自去对付这些贵霜人，独力去救那些要被贩卖的民女，如此一来，怡雪也觉得自己找对了人。

“林贤弟想的确实周到，我倒也想看看贵霜国的刀法有什么巧妙之处。”刘秀也似乎被勾起了好奇之心。

“那刘兄最好也去找个贵霜国的武士比一比。不过，贵霜国今次前来棘阳的人中有一个人你要小心，那人便是晏侏今日的贵宾，我只见过他的眼神，此人绝不好惹！”林渺认真地道。

“你仅见过他的眼神？我想林兄所说的应该是那个叫丘鸠古的人，这个人确实不能小觑！”怡雪也肃然道。

“怡小姐跟他交过手？”林渺问道。

“我尚未与贵霜国的人交过手，只是不想打草惊蛇。”怡雪道。

“也对！”刘秀道，随又似乎想起了什么一般，转向林渺道：“不知林兄弟何时拥有这么好的易容之术呢？”

“呵呵……”林渺笑了笑道：“当然是学的，这就叫士别三日当刮目相看，邓禹兄可还好？”

“邓贤弟一切如常，若他知道林贤弟有今日成就，肯定会欣喜异常！”说到这里，刘秀顿了一下，又道：“不过，我还是比较喜欢看林兄弟本来的面目！”

林渺耸耸肩道：“有些人一直都藏头缩脸不以真面目示人，我也不想吃亏，只好让刘兄你吃点亏了。”

刘秀和怡雪哪还不知道林渺是在说谁，刘秀不禁大感好笑，林渺仿佛仍是小孩子心性不减。

怡雪大方地摘下斗篷，没好气地笑道：“原来林兄这般小气，要和小女子相比，那我只好恭敬不如从命了。”

怡雪说了半晌，却发现林渺和刘秀都没有答话，一个个都直着眼睛望着她，不由得嫣然一笑道：“二位是想让怡雪再戴上斗篷吗？”

林渺和刘秀这才回过神来，相视尴尬地笑了笑，林渺心中那丝惊艳的感觉久久难以平复。

林渺绝不是从未见过美女之人，先有包嫂是不可多的美人，而他的梁心仪更是倾城绝色，后来他又先后见过白玉兰、杜月娘，每一个都是国色天香，有沉鱼落雁之貌，尤其是白玉兰和梁心仪，都有其独特让人心颤之美，而杜月娘的美也是极有特点的，但是诸般美女与眼前的无忧林传人怡雪相比，顿时皆逊色许多。并不是因为怡雪比梁心仪和白玉兰更美，她们的美都已经到了极致，已经无以复加了，但是怡雪的美却在于那股来自内在的灵气。

清新有如山中百合，淡雅又如水中清莲，素洁好比深谷幽兰……清丽而不沾半点人间烟火，眼神与面容相衬，有种宁静超然于物外的气质，仿佛根本就不属于这个世界，不属于人间的生命……

林渺心中没有半丝亵渎之意，看了怡雪面容他只感内心一片祥和宁静，无欲无妄。

梁心仪和白玉兰的美确实是倾国倾城，但那只是限于自身给人的视觉感官，那让人感到是可以拿来欣赏和呵护的，但怡雪却不止于此，她的美会让你自精神上感到，那是一种可以感染外在生命的生机，而不单纯是一种美。

美本来是虚的，但在怡雪的身上却成了实在的生机，真真实实地存在于每一个人的心中。所以，连林渺也不能不为之震撼。不过，他很快便回过神来，坦然笑了笑道："很意外，我失态了，不过应该值得！当然此刻你再戴上斗篷我不反对，因为我要走了。"

林渺的话让刘秀和怡雪有些讶异，不过，他们知道林渺是要去赴约了。

"你还欠一些行动。"怡雪似笑非笑地望着林渺道。

林渺也笑了笑，他自然知道怡雪的意思，不过故作不知地道："是吗?"

"自然是!"怡雪道。

"如果真欠了的话，只好下次再还了，因为我此刻要去赴约了！我会去找你们联络的。"林渺耍赖似地并不揭下面具，转身也不给怡雪和刘秀提出的机会便飞掠而去，连头也不回一下。

刘秀和怡雪全都愣了一下，没想到林渺居然会在这种场合下耍赖，两人相对望了一眼。

刘秀不由得苦笑着摇了摇头，林渺似乎仍是天和街的林渺。

怡雪也笑了，只是嘴角牵动了一下，那种笑意让人感到高深莫测，但刘秀知道，怡雪绝没有生气，反而他清晰地感受到怡雪那从不为世事所动的心仿佛有些变化了。当然，他知道这与男女之情绝无关系，而应像是突然收到一位老朋友一件神秘而略带恶作剧的礼物一般。也许，这正是此刻怡雪的心情，是怡雪为何这样笑的原因。

“我也要回城了，若有事，我便去找刘兄，就此别过！”怡雪说完戴上斗篷。

刘秀微感怅然道：“不如我们一起回城吧。”

“刘兄的身份此刻大概不宜在棘阳抛头露面吧？”怡雪提醒道。

刘秀自然明白怡雪的意思，只好点头道：“那好吧，就此别过！”

怡雪淡淡一笑，转身悠然而去。

黄昏。

西城外的天空依然缀着几片晚霞，恬静而灿烂。

无风，但冬天的寒意并没有减少，所幸这几日都是好天气，并不甚凉。

当然，林渺并不在乎寒冷与否，天气的冷暖对他来说已经没有什么影响，他只是信步顺出城去淯阳渡口的官道而行，也许有目的，也许无目的。不过，林渺的脚步确实闲散而悠闲。

目光所及，是一片低丘，那里并无大树，或许是因为靠棘阳城太近，需要所谓的坚壁清野。所以，在棘阳城外方圆数里地并无真正意义上的大树，而林渺目光所及的低丘上也不例外，没有阻挡视线的大树，但却有一个人。

汗莫沁尔早就到了，他便在那土丘上等候林渺，同时也看见了信步而来的对手，但却没有动一丝一毫，或许是不想动。

汗莫沁尔抬头看了看夕阳，是黄昏了，林渺居然没有失约，而且还是独身而至，这让他对中土的武林人士生出了一些好感。

林渺看上去很轻闲，但脚步却极快，转瞬间便来到了土丘之顶。

“我以为你不会来!”汗莫沁尔望着行近的林渺，淡淡地道。

“你以为我会死在燕子楼?”林渺停下脚步，有些明知故问地道。

“你不怕我在这里设下埋伏?”汗莫沁尔反问道。

“我相信你是一名武士，你向往的是公平对决，而不是杀死对手!”林渺不以为然地道。

汗莫沁尔不禁朗声大笑，半晌才顿住道：“你说得没错，真正的武士不珍惜生命，但珍惜对手！选你作为对手，看来是我最为明智的选择!”

“也不尽然，选我作对手，你只会遭致失败的命运。”林渺悠然笑道。

汗莫沁尔悠然一笑道：“我还年轻，失败可能会相伴我往后生活的每一天。只有在失败之中才能够真正地进步，我是贵霜国最年轻的六段武士，我师祖如我这般年龄之时也仅只五段，所以，我并不在乎失败!”

林渺微愕，但对汗莫沁尔的决心确有几分欣赏，居然能够如此淡漠地看待失败，确实难得，而他似乎也没有这种气度。

“说得好，失败只是一种修行，我也看好你这个对手!”林渺欣赏地道。

“那你小心了!”汗莫沁尔并不多说，侧身以左侧的弯刀刀鞘对准了林渺。

林渺顿觉一股凛烈杀气骤然逼至，有若实锋之刀。他不由得微微一皱眉，而便在他一皱眉之际，一道弧影如残虹般划过数丈虚空，撞向面门。

林渺吃了一惊，汗莫沁尔出手确实是快绝惊人，而且把握时机之准也让林渺惊叹，这个所谓的六段高手绝不可小觑。

那弧影虽快，但林渺的速度也绝对不慢，他没挡，只是斜步而上，避过弧影，眼角的余光看清那正是汗莫沁尔弧形弯刀的刀鞘。

错过刀鞘，才跨上丈余，汗莫沁尔的圆月弯刀已经化成一团光云自四面拢了上来。

确实是好刀法，这一点林渺不能不承认，这种弧形的圆月弯刀不像普通的刀直劈斜斩，而是绕出一个个奇妙的圆弧，迂回而进，但每转过一道弧，其速度便似增加一些，这一刀在不断地变速，变方位，变力道……这使林渺感到一阵阵莫名的心寒。

这是什么刀法？这是什么鬼怪招式，确实是闻所未闻，见所未见。

林渺竟不敢接招，因为他根本就不知道该如何封住这不断改变方位和速度的圆月弯刀，所以，他只有退。

林渺退，才退两步，便觉背后破空声响，冷瑟的劲气直袭向他的后背，这回他可有些应接不暇了，心中讶异，却不知是谁自背后袭来，因为他刚才根本就不曾见到身后有什么人！而他的气机也不曾感觉到生命的气息存在于他的后方，那么这自后面攻来的究竟是什么？

林渺侧身，刀锋极速劈出，同时旋步。

“叮……”林渺骇然发现那自身后攻来的竟是刚才汗莫沁尔抛出的刀鞘，这弧形的刀鞘以弧形的角度又倒旋而回，成了要命的武器。

这一刀并没有损伤刀鞘，因为圆月弯刀的刀鞘以回旋的形式返回，与刀劲一触立刻改变方向，侧滑着斜飞而出，而在此时，汗莫沁尔的圆月弯刀已以雷霆之势击下。

林渺的速度极快，但却因那刀鞘的干扰而难以再破出汗莫沁尔的刀网。所以，他一咬牙，龙腾刀骤然改向，直劈向圆月弯刀光芒最盛之处。

林渺要赌一赌，他也必须赌，汗莫沁尔的刀太过诡异了，他根本就找不到可以下手还击之处。而在这样的刀法之下，他也不知道该保护身体的哪一个地方，在顾此失彼的情况下，自然难免会露出破绽。所以，他必须以攻代守，在无可奈何的情况下，他豁出去了。

“当……”林渺只觉刀身一震，汗莫沁尔的刀竟顺他的刀脊滑下，直削他五指，速度超乎寻常的快捷。

林渺微喜，至少他封住了汗莫沁尔这要命的一刀，他自不会让汗莫沁尔斩下他的手指，刀锋一转，劲气迸发而出。

汗莫沁尔的功力绝难与林渺相抗衡，刀锋在快滑至林渺手边之际，骤感一股强大的震力将他的刀和手臂弹开。

“好!”汗莫沁尔喊了声，突地矮身。

林渺不解之际，汗莫沁尔已抓住了那回旋而回的刀鞘，自底下挑射而出。

林渺顿时明白，暗叫不妙，脚下倒踏，飞速而退，但这射出的刀鞘速度快得超乎想象，在如此近的距离之内，林渺根本就无法闪避。

“砰……”刀鞘撞在林渺的腹部，发出一声沉沉的闷响。

林渺闷哼着疾退五步，卸开鞘身的劲气，而刀鞘又再一次返回汗莫沁尔的手中。

汗莫沁尔左手鞘，右手刀，在胸前搭起一个变形的“十”字，身子下压，如一匹躬腰欲跃的野狼，眸子里闪着狂热而炽烈的神采，紧逼着林渺仿佛要立刻扑上。

林渺深深地吸了口气，他并没有受伤，护体真气和他后退的速度抵消了八成力道，剩下的两成力道仅只是让他胸腹一阵难受，隐隐有些作痛。让他吃惊的却是，他竟然输了一招，输给一个来自异域的年轻人。当然，这并不是战斗的最后结果。

林渺微扬了扬手中的刀，汗莫沁尔并没有给他任何喘息的机会，尽管并没有进攻，可是却有一股沉重而森杀凛烈的战意紧紧地锁住了林渺的心神，只要他有哪怕只是一丁点的破绽，汗莫沁尔将会施以最为无情的攻击。

林渺知道，他并不会真的比汗莫沁尔逊色，而是他的对敌经验比起汗莫沁尔来，相差了许多，以至于遇上汗莫沁尔这等武功奇特的对手，而落在了下风。

要知道，汗莫沁尔能够成为六段武士，那是经历了无数的挑战，在打败了一个个对手之后，才得以一级级地晋升为六段武士，这一切绝无侥幸。尽管此刻汗莫沁尔才二十左右，但是已经经历了大小不下数百战，其实战经验之丰富绝不是林渺所能比的。

“好刀法，不知叫什么名字?”林渺平复了内息，恢复了绝对的平静，望着汗莫沁尔淡淡地问道。

“奔狼十三斩!”汗莫沁尔不无傲意地道。

“奔狼十三斩?”林渺有些错愕，这个名字的确有些怪，不过这刀法本身就已经够怪的，拥有这样一个怪怪的名字并不值得惊讶。

林渺错愕，却没有逃过汗莫沁尔的眼神，他不会错过任何攻击的机会，所以他再一次出手了。

汗莫沁尔的刀和鞘同时在虚空之中划过一道凄艳的弧迹，杀机顿时狂暴地惊起一阵疾风，掀起地上的尘土和败叶，像是一只张牙舞爪的巨狼飞扑向待势而发的林渺。

林渺眯眼而视，仿佛可以看到一道道成十字的光弧层层而至。他知道，那是汗莫沁尔的刀和鞘。刀与鞘，依然成弧线盘绕无定地向他袭来，他依然无法找到头绪，但这次他学乖了，知道刀鞘能够盘旋射出，若是想退避的话，则很难快过那神出鬼没的刀鞘，说不定汗莫沁尔手中的圆月弯刀也能够飞旋出去伤人。所以，他可不想再避，那唯一的选择便只有出击。

没有任何犹豫，刀锋横移，拖起一道无与伦比的光弧，但林渺并没有尽全力，因为他是真的想找到汗莫沁尔武功的独特之处，他要自对手的武功之中去熟悉贵霜国武学的奥妙。所以，他并无立刻战胜汗莫沁尔的念头。

林渺的刀堪堪与汗莫沁尔的兵刃相击，汗莫沁尔却一声低号，刀与鞘蓦地爆成两团光影，在其手中旋转如两道轮盘般，自上下两个方向切向林渺的躯体。

林渺颇感意外，汗莫沁尔这一变招，看似空门大露，但是林渺却知道，若是他的刀不改势地击实，那么他只会让汗莫沁尔受伤，但汗莫沁尔却可以将他击成三段，这种避重就轻、与敌皆亡的战术若非拥有无数次实战经验，绝无法拿捏得如此准确。

林渺可不想与敌皆亡，所以，他只好变招，但这正是汗莫沁尔的目的，林渺变招只是跟着汗莫沁尔变，因此，先机顿失，而汗莫沁尔所需要的正是这难以求得的先机。

汗莫沁尔脚步一错，顿时竟幻出数十道怪影，犹如群狼起舞，同撕猎物，封住了林渺每一寸进攻的方位。

林渺只觉寒意大盛，汗莫沁尔的圆月弯刀竟以奇特的弧度挤入他的刀势之内，其势滑溜至极，几乎是挡无可挡，无奈之下，他唯有再退。

汗莫沁尔绝不给林渺缓气的机会，刀芒一盛再盛，几乎将林渺完全吞没在光影之中。

林渺无奈，低吼之中，腰间短剑如电光般闪出，以快得不可思议的速度，连击出七十九剑之多，而他也连退三丈才挡开汗莫沁尔这要命的一招，却惊出了一身冷汗。

汗莫沁尔的攻击是没完没了的，刀势刚竭，刀鞘便已经甩手射出。

林渺龙吟般低啸，身形在虚空中狂扭，有若天马行空般升起四丈余高。

刀鞘在空中疾旋升高，自林渺脚下窜来，仿佛长了眼睛一般就找着林渺攻击。

身在高空，一切尽收眼底，林渺双手握刀，俯冲而下，以无坚不摧之势向汗莫沁尔当头劈落。

“轰……”刀鞘触及林渺的刀锋，再难回避，竟爆裂成无数碎片，带着强劲倒射向汗莫沁尔。

汗莫沁尔这才吃了一惊，仿佛明白，眼前的对手绝对要比他想象的难缠许多，但他已经没有多余的心思去想太多的问题，林渺这自上而下的全力一击，锁住了他方圆两丈之内的每一寸空间，两人的气机也紧紧地牵在一起。

汗莫沁尔不得不暗赞林渺的聪明，刚才那七十九剑绝对没有白出，这使林渺深深地明白，在地面上杀狼，只会被攻得手忙脚乱，唯有如苍鹰般自上空下击，才使狼无所遁迹，也才会化被动为主动。

汗莫沁尔自小生长在草原和沙漠之中，深谙狼性和狼的攻击方式，但在沙漠和草原之中，狼的最大天敌便是鹰，也只有这种猛禽的高空优势是狼所惧怕的。而林渺选择高空下击，仿佛也明白了这一点，这对于没有见过大草原和大漠的林渺来说，在如此短的时间内悟出这个道理，确实不简单。

而林渺这一刀的威势也不得不让汗莫沁尔心惊，他深深地明白，在功力之上，他绝比不上林渺，因此若想硬拼的话，无异是自找苦吃，所以，他唯有退。

汗莫沁尔如陀螺一般在地上疾旋而起，尘土和败叶若云一般疾升而起，直撞向虚空的林渺。

林渺眼看便要劈中汗莫沁尔，倏觉眼前一暗，呛人的尘土竟使他视线暂失，心神微怔之际，汗莫沁尔的气机突然失去感应。

“轰……”林渺的刀气裂地而入，丘顶竟裂开了一道长七尺、宽尺许，深及尺许的刀坑，但汗莫沁尔刚才立足之处已无人影。

林渺的视线被尘土一挡之际，汗莫沁尔便立刻逸走，他绝对不会错过任何时机。

林渺发现自己击空，便知不妙，果不出他所料，汗莫沁尔的圆月弯刀竟然如一只亮丽的怪蝶般自后方倒射而来，冰寒而冷厉的劲风已逼入了林渺的体内。

林渺错步、转身、出刀，一气呵成有若行云流水，没有了刀鞘的汗莫沁尔，让林渺放心了不少，但是林渺转身出刀却击了个空，背后空无一人！不过，破空之声又自背后响起。

林渺讶异，汗莫沁尔的速度难道会快到这种地步，连他都找不到端倪？但不管如何，他不得不转身去面对这来自身后的刀！

“叮……”一声轻响，林渺的刀凭着感觉击中了圆月弯刀，但却没有感觉到刀身的分量，似乎汗莫沁尔根本就不曾用刀。

林渺刚回过身，圆月弯刀却已在他身边绕了一个弧，又飞到了他的身后，那便像是一只长了翅膀的精灵，灵动得让林渺头痛，但林渺却看见了汗莫沁尔。

汗莫沁尔在三丈之外，可是刀却盘旋在林渺的身边。

林渺顿时明白，圆月弯刀可以如那刀鞘一般脱手而攻，可是刚才刀鞘是靠回旋之力加以巧妙的手法一来一去地攻击，但是眼下的圆月弯刀竟然可以作出超出回旋之外的变化，那这种力道又是来自哪里呢？是什么操纵着这一切？

林渺侧退，刀锋反挑而出，他不想再去作无谓的转身，似乎没有那个必要。

“当……”林渺在虚空中竟捕捉到了一点闪光，圆月弯刀果然倒旋而回。

“原来如此！”林渺低笑，他终于知道了原因，那是因为圆月弯刀之上系着一根极细的丝线，正是通过这根丝线操纵着圆月弯刀神出鬼没。发现了这一点后，林渺再无惧意，至少，汗莫沁尔还没有达到以气御刀的境界。

汗莫沁尔一再无功，收回圆月弯刀，但林渺却也不想再给他喘息的机会。

第二十八章　幽冥蝠王

林渺长啸出刀！

刀出，天地肃然，锋芒如雪，尽罩方圆数丈空间，尘土败叶如被一只巨手所牵引，聚于刀侧，化成一团巨大的尘球，凛烈的刀气仿佛割开了虚空，陷落了天地，强大的风暴呼啸而起。

天变色，汗莫沁尔的脸也变了色，他没有看到林渺，没有看到林渺的刀，但是在每一寸空间之中仿佛都是林渺的刀，存在着林渺的战意。也许，这才是真的林渺，这才是真正的实力。

汗莫沁尔也有无从抵挡的感觉，因为满眼都是飞旋的尘土和败叶，而林渺便藏在这巨大的尘雾之中，也可以说，此刻的林渺存在于每一寸虚空之中，但汗莫沁尔绝不是坐以待毙之人，所以，他出刀了！只凭感觉出刀，苦行者的感觉！

汗莫沁尔经历了大小数百战，他已培养出了超乎寻常的灵觉，这种灵觉能够让他不用眼睛去判断对方的方位，让他能够在最危险之时保持绝对的清醒。所以，他的眼睛虽看不到林渺和林渺的刀，但是他的心却已捕捉到了那股战意的真正方位……

"裂……"圆月弯刀以裂天撕地之势切入尘暴之中。

汗莫沁尔并没有用眼睛，尽管他知道林渺这一刀的威势，可是他却别无选择。

"叮叮叮……"汗莫沁尔没有失望，当他的身形没入尘暴之中时，圆月弯刀便已经触及了林渺的刀锋，他以无上的意志抵抗着林渺有若惊涛骇浪的疯狂攻击，每一击都仿佛有一股炽热的力道窜入他的体内。在暴挡三十六招之时，他只感到手上的圆月弯刀如一块烧红的烙铁，他的手掌根本就无法再把握，可是，他却不得不去阻挡林渺快速而狂野的攻击，除非他想死。不过，此刻的他也知道，死亡距他并不遥远。

“轰……”第三十七刀，汗莫沁尔只觉身子受了雷击一般，手中的刀再也把持不住，竟化成碎片而射，他也倏地睁开眼，眼中寒芒乍敛，却有一缕幽风掠过他的脖项。

林渺的身形错步至丈外持刀静立，眸子里却闪烁着火热而野性的光彩。

汗莫沁尔也静静地立着，目光却紧紧地盯着一缕在胸前缓缓飘落的发丝，他仍活着！只是掉了一缕发丝，但他却深深地明白，林渺的刀与他的脖子相擦而过，如果这刀再偏一分，那么他便再也无法看着发丝飘落了，这绝不是虚谈！

“你为什么不杀我？”汗莫沁尔淡淡地反问道。

“我们有仇？”林渺反问道。

“没有！”

“我们有怨？”林渺又问道。

“没有！”汗莫沁尔又答道。

“既然如此，我又为什么要杀你？”林渺悠然反问道。

“因为你胜了！”汗莫沁尔也道。

“你往日将所有败给你的对手全都杀了吗？”林渺问道。

汗莫沁尔摇了摇头，却叹了口气道：“我知道你尚未尽全力。”

“这并不重要，难道不是吗？”林渺又反问道。

“是的，我仍是输了，有些时候，结果才是最重要的。不过，贵霜武士都会迎难而上，绝不会退缩，直到战胜对手为止，除非你杀了他！”

“你也一样？”

“不错，我也是贵霜武士!”汗莫沁尔肃然道。

“如果你有兴趣留在中土的话，我并不在乎，随时欢迎你的挑战!”林渺自信地笑了笑道。

汗莫沁尔望了林渺一眼，突然转换话题道：“如果你今次想连贵霜武士也一起对付的话，你最好要慎重考虑!”

林渺一怔，不知汗莫沁尔何以突然说这样的话，心道：“难道他看出了一些什么?”一时之间竟不知该如何回答对方。

“我知道你想对付燕子楼，而且是想救那群无辜的女人，因此，对付我贵霜武士自是难免。不过，以你的武功或许可以胜我，但却绝不是丘鸠古的对手！我劝你还是打消念头!”汗莫沁尔认真地道。

“丘鸠古？他是什么人?”林渺讶异问道。

“他是我们此次来中土使节团唯一的八段武士!”汗莫沁尔淡淡地道。

林渺不由得倒抽了一口凉气，这个汗莫沁尔六段，已经让他够头大的，虽然他胜了汗莫沁尔，可是两人的武功相去并不远，若那丘鸠古是个八段武士，他又岂能占到任何便宜?

“你为什么要告诉我这些?”林渺不由得惑然问道，他不理解汗莫沁尔此举的用意。

“因为我不想你死，至少在我没有打败你之前!”汗莫沁尔的话很直接。

“就这些?”林渺不由得笑了，他根本就不相信这话是真的。

汗莫沁尔避开林渺的目光，道：“我师尊和我从来就反对自别的国家贩买女人，我想，这个答案你应该满意了吧?”

林渺一愣，如果真是这样，那倒确实是一件好事，不由得认真地审视了汗莫沁尔片刻，吸了口气问道：“丘鸠古是你们这次使节团最厉害的人物吗?”

汗莫沁尔斜瞟了林渺一眼，淡漠地反问道：“怎么，你还不死心吗?”

“我只是问问。”林渺微感尴尬。

汗莫沁尔吸了口气道：“不是，我们的使节大人乃是九段高手阿姆度，你根本就不可能有希望能在我们使节手底下撑上十招！”

林渺不禁再抽一口凉气，如果在这次前来中土的贵霜国武士当中，还有阿姆度这般九段不世高手的话，只怕他真的不能期望什么了。在他的身上，麻烦已经够多了，先不说魔宗，便是湖阳世家的事便已让他够头大的，还有他尚未完成琅邪鬼叟交代的事，这让他感到有些惭愧，他必须尽快找到樊祟，若是再惹上贵霜国这群可怕的武士，其结果实难想象。

“谢谢你的提醒，我的事我知道该怎么处理，天都黑了，我们就此别过吧，如果他日你来找我的话，只要我不死，定会奉陪！”林渺悠然笑了笑道。

“就此别过，后会有期！”

林渺再回棘阳城，刚好赶在城门欲关之际，守城官兵自然无人认识此时的林渺，尽管林渺的易容之术比不上秦复，却也已经渐入高手之境，非是此道中行家绝难看出破绽。因此，林渺完全可在棘阳城中通行无阻。

目前他最要紧的事却是急欲找到那个神秘的怡雪，告诉她贵霜国高手的事，免得到时候会坏事。当然，在林渺内心深处，并不想让怡雪受到伤害，而刘秀很难说不会是魔宗的人，若是刘秀也是与燕子楼同伙的，那怡雪岂不更是危险？

明枪易躲，暗箭难防，尽管怡雪的武功超绝，比他更好，也许也胜过刘秀，但在毫无防备之下，仍然容易上当。

当然，这个世上没有什么不可能的事，连齐万寿和刘玄都是魔宗的人，再多一个刘秀也不算意外。

论及实力，刘玄、齐万寿哪一个会差过刘秀？论财力，燕子楼也绝不会逊色，而燕子楼都是魔宗的，对于与刘玄同家族的刘秀自然有嫌疑，因为林渺怀疑魔宗与刘家有着极为密切的关系。

林渺绕着街市转了几圈，天色渐黑之时，他才在一偏僻的小巷之中停下来。

望了望不远处的楼台，林渺摇了摇头，仿佛是叹了口气，这才跃上一座高房之顶，一屁股坐在屋脊上，自怀中掏出刚才在一家小店里买来的茴香豆及蜜饯花生之类的，还有打包的牛肉干和一壶足有两斤多的上等好酒。

一切都很自然，林渺便在屋顶之上不紧不慢地吃喝起来，仿佛这寒冷的夜里，这才是最好的享受。身边的一切都已经不重要了，什么无忧林的传人，什么刘秀都已经抛诸脑后。

这顿酒似乎喝得没完没了，花了一炷香时间仍然雅兴十足，吃喝之际，林渺还不时发出颇感得意的笑声，自语道："唉，这真是人生一大享受，就跟某些人躺在一边流口水一样舒服!"

一会儿，林渺又自语道："天寒地冻的，这酒可真暖身子，何必要与自己过不去呢？我可不是小气的人!"

又过了近一盏茶功夫，林渺似乎也坐不住了，不由得立起身来，收拾东西，有些不耐烦地道："大姐呀，我知道是你了，用得着这么眼睁睁地望着吗？你有耐心，我林渺可不奉陪!"

话音才落，黑暗之处传来一阵清雅而恬静的笑声，一道人影自另一处屋脊上缓缓踏瓦而来，如云中起舞的仙子，只是在黑暗中无法看清深深斗篷下的容颜。

"看来我的耐心还是不如大姐你了!"林渺略带酒气，说话并无什么顾忌，坦然之间又似乎略带一丝对自己的讥嘲。

"如果林公子想认我做姐姐，怡雪倒是很乐意。"那悠然而来的人影淡淡地道。

"啊，你还当真呀？你有多大？要是比我大，那我林渺只好认了。"林渺一听，心道："这个美丽而又厉害的女人，如果真做了我的姐姐，那往后定会有不少好处。至少，亲近她的机会就更多了。"想到这里，林渺不由得微微吃惊，暗忖道："自己什么时候变得花心了呢？心仪在的时候，自己想都不敢想歪的念头，可是现在却禁不住遐想联翩。”

“你一直戴着面具，谁知道你有多大?”怡雪来到林渺身前，似乎微有些不服气地道，看来是仍在生林渺白天耍了她一道的气。

林渺无可奈何地耸耸肩膀，笑了笑道：“来，喝口酒，算是我向你道歉如何?”

怡雪皱了皱眉，退了一步道：“酒为三戒中物，如果你想害我，便让我喝好了。”

“哦，难怪你在那里静守了那么长时间不动心，原来是不好酒，早知道我就换成一壶碧螺春，看你还是不是有那么好的定力!”林渺仿佛恍然大悟。

怡雪听了，不由得想笑，但自小的静心修行，让她有着比常人强上许多的自制力。

“那贵霜人的武功你看到了?”林渺突然问道。

怡雪点了点头，却无法看到其表情。

“那你觉得他的武功如何?”林渺喝了口酒，淡淡地问道。

“是个高手，武功路子与中原武学确实有很大的差异，你为什么要放他走?”怡雪有些不解地问道。

“你以为我是一个好杀之人?”林渺不答反问道。

怡雪一怔，随即淡淡一笑道：“当然不是!”

林渺也笑了，又坐回那屋脊之上，望了怡雪一眼。

怡雪并无女儿家娇柔的做作之态，很自然，也很大方地坐在林渺的旁边，问道：“你有话要告诉我?”

“哦，是吗?”林渺笑了，反问道。

怡雪笑而不答，因为林渺的心思并不能够瞒住她。

林渺伸手在脸上抹了一把，掀下易容的那一层薄皮膜，露出真实的笑容道：“这下不是就还给你了吗?”

怡雪有些惊讶地望了望林渺那略带邪邪笑意的面容，也不由得笑了，道："你这样子比这面具上的模样好看多了，整天被闷在面具中不觉得累吗？"

林渺无所谓地耸耸肩，道："习惯了也没什么，便像你每天都戴着斗篷一样。"

怡雪的目光并不受夜色所限，目光流转在林渺的脸上，这并不是一张很英俊的脸，但棱角分明，似乎透着一种莫名的魅力。那是一种来自天地间自然的灵气，望之有若观雄山、秀水，清新却又有些逼人的傲气，使得林渺自身也变得让人难以揣度。但不管怎么说，看着林渺仿佛也是一种赏心悦目之事。

"这样看着我干什么？"林渺不自然地问道。

"我在看你这张脸是不是也是易容之后才有的！"怡雪不由得笑道。

"这么不相信我，那我说的话你也不会相信喽？"林渺也觉好笑，反问道。

"那可要看什么事，何不说来听听？"怡雪直言不讳地道。

林渺不由得微觉丧气，撇撇嘴无可奈何地道："与你这种人合作只怕是要亏本了。"

怡雪不答，只是望着林渺淡淡地笑了笑。

"汗莫沁尔说，他只不过是个六段武士，在他们使节团之中还有一个九段高手和八段武士！"林渺喝了口酒，淡漠地道。

"就是那个贵霜武士？"

"不错！"

"九段、八段，是如何区分的？"怡雪也感到有些好奇地问道。

"在贵霜国，武士分为普通武士与段级武士，最高段为九段，次为八段，再是七段、六段……无段武士为普通武士，在贵霜国只有四位九段武士、九位八段武士和十二位七段武士，以下便是汗莫沁尔这一类的六段武士。他们的武士晋级实行严格的挑战制度，四段以下可越级挑战，但到五段便必须一级一级挑战。因此，若想升至八段和九段，除非是绝世高手，否则绝难攀升此位。他们一个个都是自实战之中磨砺出来的最为可怕的杀手！”林渺把自己所知有关贵霜武士的情况再叙述了一遍。

林渺并不能看到怡雪的面容，但却感到怡雪陷入了沉默之中，他又道：“他们的使节大人阿姆度便是贵霜国四位九段高手之一，而那个八段武士便是今天随岑彭一起入燕子楼的那人，他叫丘鸠古！”

“这些都是汗莫沁尔告诉你的？”怡雪问道。

“不错！”林渺并不否认。

“你都相信？”怡雪又问道。

“你不相信？”林渺反问道。

怡雪有些不好意思地道：“只是我有些想不通他为何要把这些情况告诉他的敌人。”

“这个便要问他了，当然，我们可以只用他说的作一下参考，把敌人高估一些，我想也并不是什么坏事，只不过据我所知，阿姆度其人并没有来棘阳，似乎去了洛阳！”林渺吸了口气，淡淡地道。

“你的消息倒很灵通！”

“也许吧，我只是把我知道的告诉你，至少，无忧林的人并不是坏人，所以我才会提醒你这些。另外，还要告诉你一件也许很重要的事，刘玄也是那个什么圣门的护法之一，与燕子楼之间有着极为密切的关系，这一点是可以肯定的。”林渺漫不经心地道。

“刘玄也是魔宗的护法?!”怡雪差点失声叫了起来。

“不错，湖阳世家家主白善麟之死，便与他有着极大的关系！”林渺断然道。

“你告诉我这些只是让我小心刘秀？”怡雪惑然反问道。

“你可以这么认为，但我尊重刘秀，他是一个很有才气和头脑的人，希望我的担心是多余的。当然，如果你觉得我是一个挑拨离间的小人，你大可不与我合作，我也有自己重要的事情待办，可不能陪你在这里喝西北风！”林渺望了怡雪一眼，毫不在意地道。

“谢谢林兄好意提醒，怡雪不会强人所难，今日就此别过了。”怡雪听了林渺这话，似乎也有些生气了，立身而起，淡漠地道。

林渺也立起身来，悠然一笑道：“后会有期！”

怡雪也不恼，林渺似乎根本不在意她的离去，但她仿佛看透了林渺的心思，淡然一笑道：“也许会后会有期，今日在此叨扰了林兄，在此向你道歉了！”说完飘然而去，仅留下余香犹散飘于虚空之中。

林渺望着怡雪消失的方向，不由得出了一会儿神，他也弄不清楚现在是什么心态，不过，他至少并未因为怡雪的美而忘乎所以，他尚有更重要的事情要做，那便是白善麟留给白玉兰的信，他必须找到那藏宝之地，找到白家转入暗处的商号和那本《楚王战策》。对于他来说，救那些无辜的女人只是其次，对付魔宗也不是他现在所能够完成的事。毕竟，他势单力薄，而魔宗的力量之大却是他所难以想象的。现在，又冒出那些贵霜武士，他连一点希望都没有。此次随他来的，不过是江湖经验丰富的猴七手，哪能与人家正面为敌呀！

灌了一口酒，林渺却知道，因为怡雪的加入，他已经不能对这群将被贩卖的女人袖手旁观了，至少他不会让怡雪只身犯险。无论是出于人情还是道义，都难以不闻不问。不过，他却明白，如果这次帮了怡雪，那便会与无忧林结上关系，将来或许会受益于此，这也是他决定助怡雪的原因之一。毕竟，吃力不讨好的事并不是他所喜欢做的。当然，林渺此刻颇想去一趟宛城，他想先证实一下那宝藏的存在，若有白家这些暗地里的生意网络支持自己，那事情就好办多了，至少在财力物力之上不用发愁了。

正思忖间，林渺却感到一股浓浓的杀意自他身后逼来，吃惊之下，迅速转身。

屋顶的另一端，不知何时竟多了一条人影，来者袍袖宽大，在寒风中飘舞如一只巨大的蝙蝠，整个身子深深地融入黑夜之中，透着一股莫名的诡异，寒寒的杀意便是散发自此人的身上。

林渺心中“咯噔”一下，他似乎嗅到了此人身上的特殊气息，这让他生出一种从未有过的危机感。

“交出你身上的三老令！”

那神秘的人物一开口，差点把林渺自屋顶上吓下去，对方一开口竟是向他索要三老令，这怎不让他惊讶？知道他有三老令的人并不多，当然很有可能是白鹤和白庆诸人传出去的，可是却没人这样直截了当地向他索要三老令。而且，对方要三老令又有何用呢？此刻在他身上比三老令更贵重的东西不是没有，而对方却只提三老令，这不能不让他惊讶和不解。

“你是什么人？”林渺平复了心情，淡漠地问道，尽管他觉察到来自此人身上的危机感，可是他对自己却是足够自信的，因此并未将之放在心上。

“三老令真正的主人！”那人冷冷地道。

“哈哈哈……”林渺不由得大笑起来，道：“你是三老令的真正主人？那我又是什么？你是它的真正主人，为什么还来向我索要三老令？真是好笑！”

那人脸上依然没有任何表情，只是冷冷地望着发笑的林渺，直到他止笑之时，才冷冷地道：“很好笑吗？”

“难道不好笑吗？”林渺反问道。

“你是不见棺材不掉泪，那老夫就不客气了！”那人冷冷地吸了口气，漠然道。

林渺不由得好笑，今天他遇到的似乎都是一些怪人，一个比一个说话横，可是他却根本不知道这些人的身份，这使他不无感叹。不过，对方的口气却让他有些恼火，尽管这些日子来他的脾气改了许多，但是昔日街头混混的脾气仍然有那么一些，不禁冷笑着回应道：“如果你认为你可以的话，何不试试？天下没有白吃的午餐，总得让我看看你的能耐吧？”

那宽袍老者冷哼一声，脚步一错，如一只巨大的蝙蝠般扑向林渺。

林渺根本就不在意眼前这个对手，近日来，他还未曾一败，心中不免会略有自傲之意，尽管在刘玄的手下受了伤，但是那并不是刘玄一人的功劳，最主要的还是魔宗的三位使者联手给他造成的压力，这才让刘玄袭击得手，否则的话，刘玄要胜过他也不是一件容易的事。所以，他并不看好眼前这个故作神秘的老头，也因此，他未出刀。

在老头的十指如爪般抓至之时，他才倏然出拳，他倒要试试这个老头究竟有多大的能耐，而在此时，他看见了这个老头嘴角泛起的冷笑，有着说不出的诡异感觉。

与老头怪笑同时惊起的是有如狂潮咆哮般的气劲破空之声，本来收敛的气劲似乎在刹那之间复活，变得狂野暴戾。

林渺顿时有种上当受骗之感，但此时他已经没有回头路，只得低号一声，倾力狂击。

“轰……”如潮水般的冲击力在林渺犹未完全聚集所有功力之时疯狂地涌入他的体内。

“哗……”整个屋顶在两股强横至极的气流冲击下，竟然被掀了起来。

破瓦断木之中，林渺的身子倒跌而出，口中竟喷出一口鲜血，那怪老头也在瓦顶上倒滑五尺，踏得瓦面尽碎，但他仅只是一退，便又再次如巨蝠般掠向林渺。

夜空顿时似被撕裂，在周围房屋之中居民尖叫的同时，虚空中卷起一团强烈得足以将任何生命撕成碎片的风暴。瓦砾、碎裂的木屑，竟如刀剑弩矢一般，以铺天盖地之势罩向林渺。

林渺骇然若死，这个怪老头的功力之高，攻势之犀利，是他前所未见的，而一开始他又太过大意轻敌了，这便使得他一上来便受伤。当然，这也是因为这老头蓄意收敛功力，造成假象，这只能说明一件事，那便是林渺对敌经验尚不够，尤其是面对高手的经验极为欠缺，这才会造成没必要的损伤。

这一刻，林渺终于更深地体会到，这老头对他的威胁是如何强，事实上，一开始他便感觉到了危机，只是他并没有在意而已，他实不该不信自己的感觉。

“轰……”林渺仓促落地，双手如波浪一般扫出，强自提起气劲分开那扑面射至的瓦砾碎木，同时向后疾退，因为那怪老头已如巨蝠一般随在千万瓦砾之后，带着一团强劲奔涌的风暴撞向他的身体。

林渺不敢硬接，在真实功力之上，他本就要逊这老头一筹，而且此刻他已受伤，又是在仓促尚未能回过气来、难以全力而抗之时，如何还敢与这怪老头强拼硬接？

这里的空间本就狭小，只是几道胡同，一退之下，林渺便已背触实墙。

既然无路可退，林渺便不再退，在怪老头的双掌逼到之时，他便如游墙而上的壁虎一般，贴着墙壁侧滑丈许。

气机相牵，怪老头的双掌竟在空中折向，仍逼向林渺，犹如一只灵动的蝙蝠。

“轰……”林渺背部倒撞，竟挤穿泥墙，身子倒缩于一民宅之中。

“轰……”林渺这逃生之法虽妙，但那怪老头的速度实在太快，他在撞穿泥墙的时候有那么刹那间的停顿，就这刹那间的停顿，他便不得不再与怪老头硬接一招。

“哇……”林渺再喷出一口鲜血，身子若弹丸般撞裂屋内的桌椅，吓得屋内的小孩哇哇地大哭起来，宅主更是尖叫着缩于一个角落望着这位不速之客瑟瑟发抖。

林渺稍稍定神，只觉得五内欲裂，气血翻涌，而在他体内似乎更有一团有如烈火般的热气不受控制地窜向他的经脉之中。

林渺心中的惊骇是无与伦比的，他知道，如果任由那团烈火般的热气窜入他的经脉，只怕今天他是死定了。他明白，那热气乃是他体内尚完全无法控制的丹药之力，这些日子一直都蛰伏于丹田之中，此刻在外力的强劲冲击下，竟诱发了那蛰伏的热气，这怎不让林渺吃惊？无论如何，他绝不可让那团蛰伏的热气冲上来，否则只会使他经脉错乱，不可收拾。

怪老头一掌击实，身形便如幽灵一般自断墙之处飘了进来，但是屋中光线太暗，一时并未见到紧靠在墙根之下的林渺。

林渺自不会放过这样的机会，强以真气压下自丹田窜入经脉之中的热气，拾起一块碎木抛向一角。

怪老头果然上当，在仓促间，他并未适应屋内几乎漆黑的光线，倒是他背后有透过断墙的星光，使林渺能够看清他的位置。

怪老头快速扑向那碎木惊起的声响之处，林渺却趁机“哗”地穿破一侧的木窗，逃出屋子。

怪老头立刻知道上当，也不多想便随林渺之后破窗而出，却只听到数丈之外的一个胡同口处传来一声轻响，并未见到林渺的身影。

“哼，你小子即使逃到天涯海角，老夫也要将你揪出！否则，我便不叫幽冥蝠王！”怪老头望向那传来响声的胡同狠声道，同时身子不停，极速掠入那胡同之中。

听到“幽冥蝠王”四字，林渺不由得激灵灵地打了个寒战。他并没有逃入那胡同之中，而是在破窗而出之时，便立即伏在窗脚下的墙根之处，同时射出几块木片。

幽冥蝠王在破窗而出之时，木块刚好落在那胡同之中发出几声轻响，他便以为那是林渺的脚步之声，也便迅速追入了那条胡同，反而忽略了缩在他身后墙根之下的林渺。

幽冥蝠王确实没有料到林渺会行如此险招，不向远处逃，而借着窗子碎裂的声音掩护，迅速滚回离地有五尺高的窗下，由于有夜色掩护及幽冥蝠王的大意，以至于幽冥蝠王自林渺头顶掠过而未发现脚下的林渺。

当然，林渺本可以借机偷袭，但是由于体内真气混乱，又要强压丹田的热火，根本就没有多余的力量出手，而且出手若是没能重创幽冥蝠王的话，那后果只会不堪设想。

望着幽冥蝠王掠入那道胡同，林渺微松了一口气，迅速又翻回民宅之中，抛出一块金锭给惊得发傻的宅主，便向幽冥蝠王相反的方向跑去。他自然知道幽冥蝠王是什么人，所以，他根本就没有再与之相斗的勇气。

尽管林渺在江湖之中闯荡时日不多，对江湖人物所知甚少，但他却与赤眉军交过战，对赤眉三老绝不陌生。而幽冥蝠王便是与琅邪鬼叟齐名的三老之一，林渺败在这样的高手手下并不冤，但他却不知道幽冥蝠王是怎么知道三老令在他身上的，而且还追到这里来了！按理说，他并不在意这块什么三老令，这也不是他偷的抢的，而是琅邪鬼叟给他的，但是他却有许多事情没弄清楚，且这个幽冥蝠王又太咄咄逼人，使得他并不想将真相告诉对方。不过，他却必须逃命，这是首要的事情。

与此同时，官兵很快便赶到林渺与幽冥蝠王刚才交手的地方，因为近来棘阳城内外都发生了一些事情，这使城内各处的戒备都加强了，而且这棘阳城并不大，东城发生的事，西城很快便会知道，刚才林渺与幽冥蝠王交手时那强烈的气劲相激的暴响，自然会引起官兵的注意。

相对来说，棘阳长岑彭并不是一个懈怠的人，此人确有能力。

当然，这些官兵自然不会发现林渺，当他们赶到之际，这里只有一些残垣断瓦和几摊血迹，以及一些尚未自惊愕中回过神来的居民对刚才发生的事作夸张式的描述。这些官兵找不到线索，自是不了了之。

林渺受伤，这让猴七手吃了一惊，所幸并无大碍，因为林渺及时阻止了丹田的热气上升，这才使伤势不是太坏，现在唯一的伤情便是体内真气有些混乱，受了一些并不重的内伤。

让林渺担心的却是，幽冥蝠王没能追上他，定不会轻易罢休，他再在棘阳城中抛头露面的话，只会再招来幽冥蝠王的攻击。对付这个老头，他根本就没有把握，尽管这几个月之中，他的武功进展有着翻天覆地的变化，但是，这也只能使他成为一个拔尖的高手，比起幽冥蝠王这类早已成名的不世高手而言，他仍有极大的差距，不仅仅是在功力之上，更在于决斗的技巧和经验之上。

对于那半部《霸王诀》上的武功，林渺并未完全领悟，也不算十分纯熟，至少，到目前为止仍不能运用自如。抑或，当他真正能够融会贯通

《霸王诀》上的武功之时，他便可以与幽冥蝠王一决雌雄了，但毕竟那并非一朝一夕之事，要知《霸王诀》乃一部绝世奇书，岂是人三朝两日便可领悟的？尽管林渺是个绝佳的练武奇才，但是在面对这绝世武学之时仍不能一蹴而就，他现在需要的是时间和历练的机会。

经过今日的两战，林渺深深地明白，他对敌经验的严重不足，尽管昔日在天河街打架闹事时积累了不少经验，但这与那几乎是两回事。与高手对垒不是无赖打架，要的是不错过任何一个致命的机会，而每一个失误都会是致命的，但在街头与混混打架，却不必顾忌这些。

“我们还要留在棘阳吗？”猴七手有些疑惑地问道。

林渺望了望窗外，吸了口气，他的内心也有些矛盾，尽管他知道燕子楼贩卖良家少女之事，可是，以他之力又如何能够对付整个燕子楼的高手？魔宗绝不是好惹的，而且还有贵霜国那群要命的武士，即使不是他一人，再加上一个无忧林的传人似乎也是于事无补，两人的力量仍是太过单薄。另外一点让他放心不下的便是刘秀！

尽管刘秀眼下颇为一些江湖人士看好，但是刘玄又何尝不是被人看好呢？刘秀与刘玄又是堂兄弟，他们之间要说没有联系那是骗人的，而且眼下，春陵兵和平林军已经联合，刘玄和刘秀又是一家人，谁敢保证刘秀不是魔宗的人呢？

刘秀和林渺确实有交情，可那是以前，而林渺为人并不是那种不分善恶的奸邪之徒，对魔宗的不择手段和心狠手辣极为痛恨。当然，这并不是因为魔宗的手段问题。事实上，如果为了对付敌人，林渺自然也会不择手段，也会心狠手辣，这是天和街的生存规律，也是整个天下生存的规律，但是魔宗对一些无辜之人也如此心狠手辣，却是林渺所痛恨和憎恶的。而另一个原因却是因为湖阳世家，白鹰、白善麟之死，使他心中充满了对魔宗的仇恨。

当初，林渺并没有在湖阳世家长住的打算，或者说呆在湖阳世家是因为白玉兰的美丽，可是当他到湖阳世家之后，白鹰却是如此器重他，这样一个小人物，对他的知遇之恩，林渺却无以为报。所以，白鹰的死，让他对魔宗极为痛恨。而白玉兰此刻可以说已是他的心上人，只因为白玉兰，他也会与魔宗势不两立。因此，如果能够破坏此次燕子楼的好事，自然会让他欢喜，只是如果因此而去冒太大的风险，这也是不值得做的事，但他坚信，总有一天，他会让魔宗加倍付出代价！

林渺之所以不愿意立刻出手对付燕子楼之事，另外一个原因就是因为幽冥蝠王的存在，这个难缠的老头是一个让他非常头痛的人物，如果他告诉幽冥蝠王，琅邪鬼叟死在隐仙谷，说不定幽冥蝠王还会逼自己引他入隐仙谷呢。而且，琅邪鬼叟当日叮嘱他一定要将那锦盒亲手交给樊祟，那他便绝不能将之交给幽冥蝠王，但如果三老令给了幽冥蝠王，幽冥蝠王定会追究那锦盒。所以，现在他尚不想与这个老头正面冲突，那对他一点好处都没有。当然，如果能够争取让这老头帮自己，那却是一件极妙的事，但，他能够让这个老头相信自己吗？这是个问题。

确实是个问题，但是也值得考虑，至少，他要考虑一下这件事的可行性。当然，这得等他的伤好一些才行，毕竟，幽冥蝠王可不是个好惹的主儿。

“我待会去燕子楼看一下，如果没什么大变故的话，明天我们便先去宛城！”林渺吸了口气道。

“可是龙头你有伤在身呀？”猴七手有些担心地提醒道。

“这些不碍事，此去又不是打架。”林渺满不在乎地道。

猴七手仍有些担心，不过他知道林渺绝不是个不知轻重的人，作出的决定便自有其目的，所以，他也不再多说什么。

燕子楼中依然是灯红酒绿，这里并不因为白天对面酒楼的打斗而生意冷淡，反而今晚更加热闹。

燕子楼更加热闹的原因是因为这是曾莺莺在燕子楼中的最后一个夜晚，明天她便将告别风尘生活。

曾莺莺将出嫁从良这确实是棘阳轰动之事，甚至是整个南阳轰动之事，但却没有人知道究竟谁会是曾莺莺从良的对象。不过，有一点是可以肯定的，那就是能让曾莺莺告别风尘的，一定是极有身份的名流，否则的话，谁能够让燕子楼如此忍痛割爱将这根顶梁柱送给他人？

曾莺莺从良，没有男人不垂涎三尺，不仅仅是因为曾莺莺的倾城之美，更因曾莺莺自身的家当。这些年的风尘生活，曾莺莺本身便是个聚宝盆，让燕子楼日进斗金，单一些富家公子送给她的金银礼物便足以让普通人十辈子衣食无忧，有人估计曾莺莺自己的财产至少有十万两之数，若加上一些金银宝石首饰和古玩字画之类的，其身家少说有几十万两。因此，谁能得曾莺莺芳心，便是财色双收的最完美的结局。所以无数倾心曾莺莺的痴男公孙们，在这最后一个夜晚，全都赶来了燕子楼，有的甚至是自数百里外的颍川和淮阳赶来，自南阳赶来那自不在话下。

所以，燕子楼今晚是人满为患，很多席位早就被人预订，许多人无法进门，或是进了门也没有席位可坐。

林渺也没估到燕子楼会这般热闹，尽管他觉得今日颇为特别，那些厉害且奇怪的人物一个接一个地出现，却没想到这会与燕子楼有关。

进入燕子楼，林渺不得不破费五两银子买了一楼的位置，在他看来，这似乎有些冤，但为了看个究竟，他只好花掉这些冤枉钱了。当然，自不会有人怀疑他的身份，因为为曾莺莺痴迷的什么样的人物都有，自不会有人在意林渺。

林渺从未见过曾莺莺，但在很早之前便听闻了曾莺莺的艳名。不过，他仍为今日的场面而惊讶，确实没有料到曾莺莺的魅力竟至如斯之境，这寒冷的冬夜，如此之多的人不辞劳苦赶来为她捧场，而且还要花五两银子，这确实让人难以理解。

曾莺莺久久未曾出场，倒让林渺等得有些不耐，可是二楼和三楼又不准人随便进入，这使林渺心中颇烦。

今夜燕子楼的戒备极严，而楼中护卫们个个身手不弱，因此，想在燕子楼中到处窜动并不是一件容易的事。所以，林渺若想探到那些无辜女子的所在极难，更别说去救出这些人了。

贵霜武士晚间便是住在燕子楼中，他们却是坐在三楼的贵宾席上，由晏侏和棘阳县令亲自相陪。不管怎么说，这些人都是异国的使节，他们来中土的意义十分重大，便是王莽也对其极为客气。

近年来朝中四临不安，五夷欲乱，又因国内连年征战，国力早已大不如前，而在这种时候，贵霜国却派使臣来中土献上大礼，在一些朝中贪婪奸臣的进言之下，王莽对这些使节几乎是以上宾相待。

朝中自这些使节手中获利的人绝不在少数，因此，这些人在中土所享受的还不仅只是使节的待遇，更是成了长安的宠儿。不过，这群人却想来洛阳和南阳，他们此次前来中土，是想再与中土加强商贸往来。因此，他们想到洛阳和南阳这样的重城来考察一番，而王莽也不反对，在朝中一些大臣的奏请之下，王莽甚至派出钦差陪同阿姆度至洛阳。

当然，丘鸠古来棘阳并无钦差陪同，却有钦差大人的近卫和书信，这使得宛城和棘阳都不敢怠慢，但贵霜国的武士来棘阳的目的却不是朝中的官员们所能明白的。

让林渺疑惑的却是贵霜国的武士是怎样与魔宗搭上关系的，这不能不让人感到极为费解。不过，魔宗所做的一切本身就让人无法揣度，毕竟它太过神秘，许多东西都无法以常理去猜测。

曾莺莺欲从良，而能让曾莺莺倾心的人又是什么人物呢？这个曾莺莺是燕子楼一手捧起来的，那她便仅仅只是燕子楼一个赚钱的工具这么简单吗？许许多多的猜测，不能不让林渺疑惑，也使他极想去二楼三楼看看，看看今晚前来的究竟是一些什么人物，而哪些人更有获得曾莺莺芳心的可能性。

“请留步，请问可有贵宾帖？”林渺才向楼上行几步，便被燕子楼的护卫很有礼貌地挡住了，询问道。

林渺望了那两名护卫一眼，冷冷地道："没有！"

"那请回吧！"

林渺蓦地心头一动，记起刘秀也在棘阳，在这种场合之下，虽然刘秀不敢明目张胆地露面，但以刘秀与刘玄的关系，说不定刘秀与燕子楼也有着密切的关系，那此刻刘秀定然在燕子楼之中。思及此处，他不由得道："我是文叔公子请来的朋友，难道他还没有到吗？"

那两名护卫神色微变，显然他们明白林渺口中所说的"文叔公子"是指谁。

林渺见此两人的表情有异，立刻知道自己的猜测没错，刘秀与燕子楼可能真的有很深的渊源，而且此时也正在楼上。

"请问公子高姓大名？"那两名护卫语气仍很客气地问道。

"他见了我自然便会知道我是谁，如果你要传话，便说天和街的祥林就是！"林渺并不想把自己的身份暴露出来。

那两个护卫一阵疑惑，他们根本就不曾听说过这个名字，更不知此人是哪路神圣，但是林渺既然说是刘秀请他来的，自然不敢怠慢，"请稍等！"一名护卫道了声，随即转身上楼了。

"请让道，请让道，安陆李震李公子到！"一名护卫高声呼喝道。

"李震！"林渺心中不由得一惊，暗忖道："当日与秦复分别时，他不是说要去安陆找他的朋友李震吗？难道秦复所说的便是这人？"

李震很年轻，一身貂裘披风，内着锦缎紧身服，腰佩镶金长剑，高颀健壮，顾盼之间颇有一番气派。

李震倒没有被林渺看在眼里，反是李震身边的一群护卫家将之中，似乎有几人的气势极为不俗，最引林渺注目的，是李震身边的另外一名黑缎锦衣公子。

与李震同行的有三名锦衣华服少年，而那身着黑缎的年轻人身上似乎有一股异于常人的气势，这自那双含而不露的眸子之中可以深刻地表现出来，抑或可以说，这只是林渺的一种直觉。

那种气势让林渺有种似曾相识之感，但却又一时记不起在哪里相识过。

“还不让道?”林渺正在想着，一名李震的护卫已粗声粗气地喝道。

以林渺的脾气，本不欲让，但此刻却并不想暴露身份，只好闪身向一旁让了一下，却正好与那身着黑缎的年轻人四目相对，两人都禁不住轻轻地怔了一下。

林渺蓦地露出一丝顿悟的笑意，那年轻人见林渺一笑，顿时神色微变，快步上前，正欲说话，忽闻楼上有人高喝。

“刘公子请祥林公子上楼一叙!”

说话之人正是那刚去楼上禀报的护卫。

那步向林渺的年轻人倏然止步，愕然向林渺望了一下。

林渺没说什么，只是露出会意的一笑，转身便向楼上行去，他已知道对方正是分别月余的秦复。

那身着黑缎的年轻人正是秦复，他见林渺如此笑容哪还会不明白林渺的身份，也便心照不宣地笑了笑。

秦复和林渺的表情自然落在了李震和另外两名年轻公子的眼中。

“大哥，你认识他?”李震讶异地问道。

秦复点了点头，道：“是一个故人。走吧，我们上楼去。”

李震和另外两名年轻人自然知道秦复不欲多说什么，也便不再过问，大步上楼。

刘秀并不在楼上，在楼上的乃是南阳大豪宋义和同仁行的铁二。

林渺见过铁二，而铁二则听说过祥林之名，更知道其在天和街的身份。所以，他们让林渺上楼，但当林渺来到楼上时，他们却有些错愕：眼前之人并不是天和街的祥林!

林渺也有些讶异，刘秀居然不在这里，但当他看到铁二和宋义的表情之时，不觉有些好笑。见护卫走远，宋义微有些疑惑地望了铁二一眼，他是不识祥林的，对于天和街那群生活在最下层的小人物，他并不熟悉，甚至有些看不起，但他做生意的那种独到的眼光告诉他，铁二的神色似乎不对劲。

“你不是祥林！”铁二果然忍不住出言冷冷问道。

宋义的目光立刻罩在了林渺的身上，这时他才明白为什么铁二的神色不对了。

“难道铁二大哥和宋先生不记得我了？”林渺并不在意地笑了笑道。

铁二和宋义又是一怔，林渺居然把他们的名字都叫了出来，那便自然不应该是陌生人，可是他们却是真的不认识眼前之人是谁，甚至一点印象都没有。

“那天我还到同仁行见过铁老爷子，蒙他看得起，还赠了许多东西，若不是他给我那对大铁锤，只怕，我的大仇难以得报了！”林渺又道。

铁二眼睛一亮，不由得爽声笑道：“呵呵，果然是故人，请坐请坐！”

林渺自然知道铁二已经知道自己的身份，因为那次去杀孔庸的大铁锤乃是铁二亲手打造的，老铁把这些给林渺时，铁二正在旁边。不过宋义却有些糊涂，但他相信铁二，既然铁二说是故人，那自然不是外人。

林渺也不客气，找着空座也便坐了下来，大桌边却只围着五人，仍空着三个位置，一旁宋义的家将只是安稳地立着，并无坐下的意思。

李震一行人也在林渺斜侧坐下，仅是李震向他望了一眼外，余者都当作什么事也没发生一般。

“再见故人真是让人欢喜，不知你怎会出现在棘阳呢？”铁二欣然笑道。

“为了一些私事。你们三爷没来吗？”林渺有些不解地问道。

宋义却仿佛是蒙在鼓里，不知这神秘人物究竟是谁，而两人对话又十分含蓄，不由得满脸惑然地望向铁二。

铁二哈哈一笑，伸指沾水在桌上写了两个字，宋义一看也不由得哈哈大笑，桌上另外两人神色却显得有些讶异，他们自然看到了铁二在桌上所写的两个字。

“这位是棘阳的赵志员外和春陵的郑烈！”宋义笑着给林渺介绍道。

“都是一家人，不用客气。”铁二笑道。

林渺略施礼，赵志却是极为客气地道：“久仰公子大名，今日得见，果然英姿勃发，气势不凡，赵志这厢有礼了！”

郑烈也拱手欢笑道：“我也久仰公子之名，今日得见无须多言，谨以一杯水酒聊表敬意！”说完端杯而起。

第二十九章　棘阳风云

林渺听了觉得此人颇会言语，言词诚恳，让他心情舒畅，也笑着举杯相应道："刘兄这帮朋友兄弟，真让人羡慕!"说完也一饮而尽。

"这个曾莺莺好大的魅力，连宋先生和铁兄也在百忙之中抽空而来，她应该感到受宠若惊才对。"林渺淡淡地笑了笑道。

宋义和铁二略显尴尬地笑了笑。

"此次来此，也只是适逢其会，不过，听说这是曾莺莺最后一次登台，自然不能错过，否则那会是一种遗憾的!"宋义略显不好意思地道。

林渺在宋义和铁二的神情之中捕捉到了一点异样的东西，尽管他不知道事实如何，但却明白宋义的话不尽其实。当然，他并没有必要仔细追究其话中的意思和真实的目的，因为他自己也不想将真实的意向告诉对方，这一切都是相互的。

"今天来的人可还真不少!"林渺扭头向二楼的四面望去，吸了口气道。

燕子楼二楼的席位基本上是设在环绕一楼大厅周围的环厅之中。

以一楼大厅为中心到三楼，呈阶梯天井状，大厅四面以巨大的石柱直接撑住四楼的底座，整个大厅显得空阔而高远，给人的感觉极为雄伟。

坐在二楼廊沿边，可以清楚地看到楼下大厅中间的献艺台，在平时，这献艺台也都会有燕子楼调教出的歌女们献舞献曲，为光顾的客人们助兴，甚至有时也会请各地名妓们来此献艺，当然这也是曾莺莺和柳宛儿献艺的场地。

燕子楼之所以经百余年而长盛不衰，绝不是侥幸所至，其财力和人力都足以让天下瞩目，而燕子楼的歌姬也是天下闻名的，许多达官显贵家中的歌姬都是来自燕子楼所训的。而燕子楼的生意并不仅仅限于青楼，更以买卖歌姬为其生财之源。

官府根本管不了这档子事，因为朝廷之中许多人本身就是其买主。以歌姬送人，或是自己享用之类的，多不胜数，尤其这十余年来，世道大乱，燕子楼行事更是无人约束，也约束不了，也正因此，燕子楼的名声也更加响亮，更让男人们向往。抑或，这本身就是一种悲哀，世俗的悲哀，人性和社会的悲哀，但这却是一个无法更改的现实。

“听说今天不仅仅是曾莺莺最后一次献艺，还会有一大批最优秀的歌姬要现场拍卖，因此，这里来的这许多人并不全都是为了曾莺莺小姐而来的。”赵志出言道。

“哦，有这回事?”林渺讶异道，心中却在思忖：“燕子楼究竟有多少歌姬? 那群贵霜国的人也是来买歌姬，而这里又有多少歌姬可以卖出?”他弄不清燕子楼究竟准备了多少歌姬，不过这似乎并不重要，此刻，他确实有些人单力薄，尽管他知道秦复一定会帮他，但问题是，就算多了一个秦复仍难以与燕子楼的力量抗衡。

刘秀到眼下尚未出现，可是林渺却明白，刘秀一定在燕子楼之中，只是他不明白为何刘秀不现身，或者只是在自己上来之前闪开了。当然，他也知道，刘秀自不敢明目张胆地在棘阳露面，这不仅是因为他的人头值钱，更因为这里是朝廷的地方，在这里出现只会连累燕子楼。

“那宋先生是不是也有兴趣买上两个歌姬呢?”林渺正说话间，忽觉光线一暗，竟是一楼圆台之上的灯光俱灭，在四周灯火辉映之下，那献技圆台显得幽暗而清冷。

“好戏就要登台了。”赵志提醒众人。

果然，赵志的话音刚落，圆台之后响起一阵沉缓而苍劲的铁筝之音，但仅响片刻又戛然而止，余音绕梁不绝。不过，整个燕子楼那热闹非凡的场面顿时安静了下来。

“呜……”古筝的声音才落，竟响起了一阵胡笙的声音。圆台后的帘幕便在此时缓缓拉开，一串朦胧而婀娜多姿的身影如一只只扇动翅膀的蝴蝶一般翩翩而出。

胡笙的弦音之中在帘幕合上之际，又融入了一阵低怨而宛转的洞箫之音，笙箫两音缠绕纠结，婉转起伏，跌宕悠扬，在燕子楼每一寸空间里奔放倾泄，将每一个人的心神都引入了一个神秘而瑰丽的音符世界，让每一个人的心神都随着音符跌宕而颤动。

那群歌姬们身上只着薄薄的轻纱，长袖飘飞，旋转舞动之间如一个个精灵，腰柔似水，袖飘如云，秀发如瀑，在幽暗无光的舞台之上，让人无法真个看清其面目，只是在整个轮廓之上可以看出其面庞各有各的特色，但与其身材的搭配却是完美协调得让人心神雀跃。

每一个歌姬的舞步和舞姿都悠然一致，配合得犹如一体，而每一个舞步和舞姿的变化都与那笙箫之音配合得丝丝入扣，随着笙箫之音的变化而变化，时而热情奔放，时而轻缓幽怨，一切的一切，无不让人心旷神怡，想入非非。

整个燕子楼之中除了笙箫之声外，再无人语，宁静得犹如空谷之中聆听百灵鸟的脆鸣，那种意境，那种享受，如沐春风，如冬日暖阳，如夏日揽冰……

林渺也无法不陷入这美妙的意境之中，那群歌姬一个个如穿花绕树的蝴蝶一般，虽然无法看清其面目，但这更使人增加了无限想象的空间，那种朦胧而优雅的感觉，其本身就是一种诱惑。

笙箫之音渐缓，那走出舞台的二十四名歌姬又如来时一般，绕树穿花般退回帘幕之后，空中唯留下那动人而美妙的箫声及所有人的目光与惆怅。

望着退去的歌姬，林渺有些意犹未尽的感觉，至于其他人，他相信也定是如此。

帘幕再开，这次却是行出两人，笙箫之音更为清晰悦耳，笙箫正在这行出的两人之手。

舞台之上的灯光骤亮，却发现这吹笙箫之人皆戴轻纱斗篷，只能在光亮之中看到其修长婀娜的身材，以及若隐若现的姿容。

两人步调一致，轻快活泼，似乎也踩着笙箫之音。笙箫之音并未因其扭动、起舞而中断，依然流畅如故，只是旋律更为活泼悠扬。

此时所有观看的人缓缓回过神来，在笙箫音歇之时，山呼海啸般的掌声和喝彩声让燕子楼沸腾了起来。

林渺也忍不住鼓掌叫好，他曾听过杜月娘的笛声，虽然这笙箫合奏无法达到杜月娘那种境界，但却绝对是精彩至极的节目。

那二女向四面的人福了一福，这才款款退下，却给人留下了绝对深刻的印象。

“这两位美人要是能收作私房的话，那可真是一种极大的享受，每天听曲饮酒，对月而歌，那种感觉想起来也是让人兴奋!”赵志不由得感叹道。

“以赵员外的家财，买这两个歌姬难道还有什么问题?”宋义不由得笑问道。

赵志无可奈何地叹了口气道：“家有河东狮，哪敢养绵羊?否则那狮呀，还不连我也吃掉?”

宋义听了不由得大感好笑，林渺也忍禁不住，倒觉得这个赵员外是个直爽人，但想到赵志所说“听曲饮酒，对月而歌”的生活，他倒多了几分向往。当然，这一切都是不现实的。此刻，他哪有家?只不过是一个浪子而已，他的家早已在梁心仪死去之后灰飞烟灭。许许多多的事情都在等着他去做，他根本就没有机会也没有理由去安定地享受。何况，天下未定，何谈安定?战乱之中，处处烽火狼烟，根本没人能真正地去享受生活。

“各位来宾，欢迎各位对燕子楼的支持与对我们莺莺的厚爱，在此，我代表燕子楼，也代表莺莺向大家说声谢谢!”晏侏自帘幕之后行了出来，向三面的各路客人行了一礼，极为客气地道。

顿了顿，晏侏又道："今晚，是莺莺最后一次为大家献曲，这是大家的遗憾，也是我们燕子楼的遗憾，我知道大家都和我一般关心和爱护莺莺，因此，我们只好尊重莺莺的选择，尊重和维护她的每一个决定！我相信大家也一定会这样做，因为今晚来此的人都是当世豪杰和饱读诗书的王孙公子们，所谓君子不强人所难，所以，我相信大家都定能理解莺莺的这一决定，同时我也相信莺莺也会永远地记住大家对她的厚爱和恩情！好，现在我们请莺莺出场！"

晏侏话音刚落，整个燕子楼再一次沸腾了起来，掌声如潮，也不知是因为晏侏的讲话还是因为曾莺莺的出场。

林渺倒没有献上掌声，因为他根本就是第一次见到曾莺莺，也不曾聆听过曾莺莺的曲子究竟有何迷人之处。因此，他的心情并无特别之处。说到美，他不相信这世上还有人能超过怡雪，是以他的神情显得格外平静，只是斜望了秦复一眼。

秦复的神色却有些惊艳之感，但除此之外并无其他，倒是李震与其余几人在吞口水，二楼之上更有许多人都热切而痴迷地呆望着曾莺莺，一个个像是失魂落魄了一般，这让林渺感到好笑。

曾莺莺一身纯白的貂裘，紧裹着纤长而柔弱的娇躯，在灯火辉映之下，面似桃花，光彩照人，明眸皓齿，柳眉欲飞，一张脸有着巧夺天工之美的弧线，与眉相配，仪态几近完美，让人挑不出半点瑕疵。举手投足间，高雅轻盈似欲迎风而飘，未施粉脂，自然清新似不沾人间烟火，轻束秀发，以一珠钗定型，好像烟云盖顶，飞逸洒脱。一对小巧耳坠，更增其几分清雅，眉眼之间的神采，深具勾魂慑魄之魔力。

林渺也不得不在心中暗暗惊叹："难怪能够让如此之多的人为之痴迷，确实是倾国倾城的尤物，比之白玉兰和杜月娘都似乎更多了一点什么，那是说不出的感觉，也许，正是这点说不出的感觉让世人痴迷。最难得的却是，身为风尘女子却没有半点风尘的俗气和沧桑，反而更显高雅，好像出淤泥之白莲，这不能不让人惊叹。不过，这个世上有许多事情都不是以常理去想象的。”

“该说的，总管已代小女子说了，在此，莺莺仍要感谢大家对我的厚爱，大家对莺莺的爱护和恩情，莺莺必会铭记于心，这里，莺莺只想以一曲清歌表达对各位的谢意!”

曾莺莺的声音如黄莺出谷，清脆甜美而柔润，有种让人心旷神怡的磁性。

林渺也大为销魂，这个女人的语调之中确实有种特殊的味道，让人听了，无不心生怜惜。

曾莺莺说完款款施了一礼，才悠然退至一边的古筝旁，在微抬纤手之际尚不忘向台下的众人露齿一笑。

台下众人立刻吁声一片，似乎有些受宠若惊的感觉。

“咚……咚……”筝音沉缓飘出，犹如暮霭之中山寺的钟声。

筝音之中仿佛透着一股莫名的哀伤，仅只是调弦几下，便即将人心神引入一个充满浓浓情感的世界。

“锵……锵……”筝音在众人心神黯然之际，突地如铁马金戈，怒潮而起，仿有千军万马征杀疆场。

“操吴戈兮被犀甲，车错毂兮短兵接；旌蔽日兮敌若云，矢交坠兮士争先；凌余阵兮躐余行，左骖殪兮右刃伤；霾两轮兮絷四马，援玉抱兮击鸣鼓；天时怼兮威灵怒，严杀尽兮弃原野——严杀尽兮弃原野……”

曾莺莺在筝音激昂而起之时，突地开口，以其独特而凄婉的歌声唱了起来，与金戈铁马一般的筝音相配，一柔一刚，声声缠错，仿佛在血淋淋的战场之上绽开了漫地带血的菊花，没有人在意那歌词的含义，每一个人都完完全全地引入了一个如梦似幻的意境之中，仿佛自己便是死于战场的士兵，而这哭诉低唱之人正是自己的妻儿父母……而到惨烈处又似使人热血沸腾。

突地筝调滑跌，由激情高昂缓化为悠长细致。

“出不入兮往不返，平原忽兮路遥远；带长剑兮挟秦弓，首身离兮心不惩。诚既勇兮又以武，终刚强兮不可凌……身既死兮神以灵，子魂魄兮为鬼雄——子魂魄兮为鬼雄……”曾莺莺声音更显低沉而忧伤，但似又满怀着无限的热情。

所唱之词正是当年屈原所作《楚辞·九歌》中的国殇，在燕子楼中聆听之人几乎所有人都读过此辞，深明其义的人也不在少数，但是被曾莺莺改成曲子弹奏而出，却又成了另一种味道，虽然无那种惨烈的气势，却有着悲天怜人的博大情怀，对死者的同情和怜悯……

林渺也听得痴了，有恍然不知今昔是何年之感。他从未听过比这更美妙的旋律，这似乎不再只是一种声音，而是一种实质存在的生命，一种存在着虚幻和现实之间的精神，一扇能够让人自由来去现实和梦幻之间的无形之门。

不知道歌声和筝音是何时停止的，当林渺回过神来的时候，他居然听到了一片哭声，燕子楼的听众居然有人被曾莺莺这一曲国殇感动得哭了，而且不止一个。

整个燕子楼之中没有掌声，仿佛尚沉浸在刚才琴音和歌声所勾勒出的凄惨气氛之中，所有人的心中久久地激荡着那无奈、伤感而又充满魔力的歌声。

林渺也没有给掌声，倒是想到眼下烽火四起的时局，战乱之中，不知有多少战士死于沙场，他也想起了与他一起出生入死的战友，及那些在战场之上惨死的战友。

战争，林渺绝不陌生，因为他自己本身就是自死里逃生幸存的幸运儿，是以，曾莺莺的歌声更能触动他的心弦。

“莺莺——我爱你……”有人哭喊着向献艺台上奔去，挤得人群一阵纷乱。

林渺吃了一惊，心下有些凛然，他真的明白为什么有这么多人为曾莺莺痴迷了，但同时他心中亦涌起了一种强烈的困惑感。他很难相信一个人的歌声和琴声会有如此大的魔力，尽管眼前的一切都是事实。

曾莺莺的歌声和琴声都似乎隐隐包含了一种无可排遣的神奇力量，而这种力量正是引人痴迷的根源，正是这种力量使他也无法控制心神被引入一个神奇而迷离的世界，而这股力量是一个普通女子所应该有的吗？这不能不使林渺凛然。

“莺莺，我爱你，不要抛弃我们……”有三四个人已经无法控制情绪，在台下哭诉着向台上奔去，但很快便被燕子楼的护卫制服并拉开。不过，这几人悲切而绝望的呼声却使每个人的心中都充满了阴影，一个他们最不愿意接受的现实不能不使他们黯然神伤——这将是曾莺莺最后一次为他们献艺，明天曾莺莺便将从良嫁人。

明天曾莺莺将告别风尘从良嫁人，这是每一个痴迷于曾莺莺的人都不愿意接受的事实，可是谁都知道，如果此刻出头的话，只会像那同几人一样的下场。

曾莺莺望着那几个被拉走的人，似乎想说些什么，却欲言又止，只是轻轻地叹了一口气，那种无奈而又怜惜的模样只让在场每一个人都感到有些心痛。恍惚间，似乎每个人都读懂了曾莺莺叹气的意思。

曾莺莺在燕子楼高手的相护之下向台后退去。

“慢走！”一声低喝中，一道身影如风般掠上献艺台。

燕子楼诸护卫立刻紧张起来，台下许多人的目光都停留在那掠上台之人身上，不禁担心起来，也不知是担心曾莺莺还是那强出头的人。

曾莺莺扭头，不由得轻呼了声：“景公子！”

“原来莺莺还记得我景丹。”那年轻人说完凄然一笑，吸了口气，问道：“莺莺真的明天就要从良了吗？”

曾莺莺神色微微变了一下，显然对眼下的这位景丹颇为重视，沉吟了一下，才点了点头，叹了口气道：“是的，莺莺已经厌倦了风尘中的生活。”

景丹的脸色顿时苍白，踉跄地退了两步，几乎跌倒，但很快又平静了下来，仿佛一下子苍老了十岁，有些心力憔悴地望着曾莺莺，黯然神伤地问道："莺莺能告诉我那个人是谁吗？"

林渺心中暗暗同情景丹，叹道："这小子看来真是对曾莺莺用情很深。"但他也想知道能让曾莺莺倾心的人是谁，因此，他也如其他的所有人一般，静静地听着。

曾莺莺望了景丹一眼，又望了望四周，犹豫了一下，吸了口气道："对不起，这里不是说话的地方，忘了莺莺吧，我只是一个薄幸的女子！"说完，曾莺莺转身大步走入帘幕之后。

景丹傻了，脸色却更苍白得吓人，双眸空洞得仿佛没有半点光彩，他没想到曾莺莺的回答居然是这些。

燕子楼的高手虎视眈眈地望着景丹，似乎是怕景丹突然做出什么过激的事。

半晌，景丹才缓缓回过神来。

"请景公子台下坐！"一名燕子楼护卫提醒道。

景丹瞪了那人一眼，那护卫只感到一股浓烈而强大的杀气几乎让他窒息，不由吓得倒退一步，紧张戒备起来。

"哼，不要你说，我自己会走！"景丹冷冷道。

"景兄弟，天涯何处无芳草，何必独恋此一株？男儿大丈夫，何患无妻？来，喝了这杯酒，你会发现，人生也不过如此而已。"

景丹正欲举步下台，忽闻二楼有人高声道，不由得台头上望，却见一年轻人双手各端一杯，立在栅栏边有如一棵伟岸巨松，气势不凡，正是与宋义在一起的林渺。

"接杯！"林渺低呼一声，右手的酒杯划过一道弧线，射向景丹。

一旁的众人不由得惊呼，但景丹却似乎根本不在意这些，翻腕，伸指轻夹酒杯，接住杯子之时，酒水半滴未溅，许多人不由得喝起彩来。

"好手法！"林渺赞了一声，景丹也不客气，在林渺举杯遥遥相邀之际，将杯中之酒一饮而尽。

"谢谢兄台之酒，敢问兄台尊姓大名？"景丹见对方也已一饮而尽，不由得出口相问道。

“同为天涯沦落人，相逢何必曾相识？若是有缘，我们来日再见吧！”林渺笑道。

“同为天涯沦落人，相逢何必曾相识……同为天涯沦落人，相逢何必曾相识……”景丹低念了两遍，不由得“哈哈”大笑，甩手将杯子摔碎在献艺台上，向林渺道：“那我们便等缘来吧，但愿他日再相见时还你一杯酒！”

“好说好说！”林渺也将杯子摔向献艺台，扬声道：“梦碎如杯，人依旧，情可伤，心可痛，志不当灭，男儿只喝杯中酒，可不当与杯同碎，景兄好自为之！”

景丹一怔，眸子里闪过一丝感激之意，自语般念道：“梦碎如杯，梦碎如杯……”念完大笑而去。

林渺这一席话虽只是对景丹说的，但却使燕子楼中的每一个人都为之惊讶。他的每一句话都似山寺晨钟般敲在每一个人的心上，许多人都在暗自念叨着林渺刚才说过的话，这比他们往日听过的任何话都要深刻。

宋义和赵志也无不吃惊，林渺的话中透着无尽的智慧，而且出口成章，韵律分明，仅凭这几句话，便可断定眼前的年轻人才华横溢，绝非常人。

林渺也没想到自己语惊四座，望着景丹挤开人群而去，他心中似有种轻松的感觉，他也不明白这是为什么，不过，他倒觉得景丹这个人像是性情中人。

景丹走下台，燕子楼的护卫们皆松了一口气。他们并不想在燕子楼弄出什么大乱子，否则这对往后的生意会有很大的负面影响。

林渺的出现是一个意外，不过，他们并不能看穿林渺的易容，是以也没太过在意，因为前来这里的人，多是自命风流的才子们，有这么一个言语特别的人存在也不足不怪。

要知道，能够得曾莺莺接见的人不多，那些王孙公子、才子异人，若无一技之长，或无名无势，根本就进不了曾莺莺的绣阁，更别说倾听曾莺莺那绝世的歌声了。

“好个同是天涯沦落人，相逢何必曾相识，如果兄台肯赏脸，在下任光也敬兄台一杯！”林渺邻桌的一年约二十五六的锦衣公子也举杯诚恳地道。

“哦。”林渺讶异扭头，笑了笑道：“任兄美意，我岂能不敬？”说完端起铁二所斟之酒与任光对饮。

“好豪情……”邻桌的几位锦衣公子皆鼓掌叫好，显然对林渺颇有好感，也都是一些爽直充满豪情的年轻人。

“过奖了，大家都是性情中人，自然不能惺惺作态。”林渺笑答道。

“说得好，敢问兄台高姓大名？”一名锦衣年轻人赞了声，诚恳地问道。

林渺悠然笑了笑道：“在下林渺。”

“林渺?!”任光念了一下这个名字，却是陌生得很，不过，他也并不在意，倒是很诚恳地道：“今日能得见林兄这样的人物，虽满怀遗憾，却也有所补偿了。”

“梦碎如杯，人依旧，情可伤，心可痛，志不当灭，男儿只喝杯中酒，可不当与杯同碎，林兄真是一语惊醒梦中人，我们兄弟几人受教了，如果林兄有空，可到父城聚英庄做客，我傅俊必定以上宾之礼相待！”一与任光同桌的年轻人诚恳地道。

“我任光也会在聚英庄候盼林兄大驾！”任光也附和道。

林渺笑道：“先谢过诸位好意，我乃一介浪子，天涯何处不为家？如果有机会，定当拜访聚英庄！”

“若林兄不弃，何不来我们一桌，畅谈雪月风花呢？”一名年龄与林渺相仿的年轻人出言相邀道。

“聚英庄的人还是少惹为妙！”铁二神色微变，小声地提醒林渺道。

林渺却是悠然一笑道：“既然几位如此盛情，我岂能再矫揉造作？”说完向宋义诸人道：“那请几位包涵一下，如果见到刘兄，便代我向他问好！”随即转向铁二道：“铁大哥好意我心领了，我会注意的，请代我向铁大伯请安!”说完转身便走入任光的席间。

任光和傅俊身边的人立刻让出一个席位给林渺，又让人送上杯碗筷之类的。

林渺并不怕在这里报出真实姓名，因为这些客人多是王孙公子，与燕子楼并无多大关系，即使是燕子楼之中，也没有多少人知道林渺的名号，除非是燕子楼的一些重要人物，诸如铁忆和晏侏之类的。是以，只要他不以真面目示人，暴露名字并无问题。当然，他之所以说出名字，也是因为直觉告诉他，任光和这个傅俊是值得相交的朋友。他也有意多交一些朋友，当然不能隐瞒姓名。

事实上，他也不怕燕子楼中人知道他的存在，在这人潮簇拥的场合之中，他完全有办法逃出燕子楼，现在他倒是想知道曾莺莺要嫁的人究竟会是哪路神仙。

这次是燕子楼的账房管家走上了献艺台，开始对刚才在台上露过一次脸的歌姬们公开拍卖。当然，对于这些，林渺并不怎么感兴趣，因为最精彩的已经过去，至于拍卖歌姬只是那些闲人所做的事，林渺一点兴趣也没有。

傅俊和任光本来就是冲着曾莺莺而来，此刻曾莺莺已经如此决断绝情，他们也没什么好说的，倒是与林渺聊得极为投机。几人自故乡聊到典史，又自典史聊到杂艺，再自杂艺聊到时局……到后来，傅俊、任光、林渺三人皆有种相见恨晚之感。

林渺不由得想起坐在另一方的秦复，禁不住道：“我那边尚有一位朋友，不若我也把他叫过来同坐吧，谈到杂艺，他可是当之无愧的高手。”

“哦，原来还有这样一位朋友，怎不早点介绍?”傅俊讶异问道。

林渺扭头向秦复方向望去，却没有了秦复的影子，刚才尚在谈笑风生的李震和他的那群家将也都早已离座而去，他不由得摇头苦笑道：“他已经走了。”

任光循着林渺的目光望去，却只看到那张空空的桌子，立刻知道所指。

“大哥，这个歌姬真是个尤物！”刚才叫林渺过来坐的那年轻人突地指着楼下的献艺台叫道。

众人的目光不由得也都向台下望去，果见台下的歌姬容颜清丽脱俗，一身薄如轻烟的轻纱紧裹着玲珑剔透的娇躯，翩翩起舞犹如一只轻盈的蝴蝶，又像是春回的乳燕，每一个动作，每一个表情，都充盈着无限的张力和诱惑，只让人心旌摇荡。

楼下的男人们似乎完全忘了刚才曾莺莺所带来的不快，一个个眼睛都直勾勾地盯着台上的歌姬，恨不得将一对眼珠都抛到台上去。有些人甚至在吞口水，如一只只饥饿的狼，只要给他们一个机会，便会立刻扑上台去对那歌姬为所欲为。

“我出一百两！”有人在台下高呼。

“我出一百二十两！”

“我出一百五十两！”

“我出两百两……”

楼上楼下的人终于按捺不住高声呼叫着喊出自己的出价，都欲买下这名歌姬。

“我出三百两！”刚才请林渺过来的年轻人也忍不住高声呼道。

台下的燕子楼账房总管的目光瞟了上来，也有许多人把目光投了过来。

“文弟想要这个女人？”傅俊淡然问道。

那年轻人正是傅俊的堂弟傅文，一向以风流才子自称的傅文见傅俊和林渺都望着他，不由得微感不好意思起来。他对林渺的谈吐和文采极为佩服，是以见林渺望来，只好尴尬地笑了笑，点头道：“望大哥成全！”

“男人的钱花在女人的身上是理所当然的，阿文何必害羞？”一旁的宋留根打趣道。

傅俊也笑了笑道：“你若喜欢，就带回去好了！”

“谢谢大哥！”傅文大喜。

“三百两，有没有人再加？”台下的燕子楼账房管家晏异高声问道。

台下静了片刻，以三百两银子购买一个歌姬并不便宜，像这般的歌姬，一般身价并不高，因此战乱之中，到处都是孤儿寡母的，想买个女人只是一件极为容易的事，有时不用钱也可，试问谁愿出几百两银子购买这样一个歌姬？当然，也有许多风流男子只是害怕带这歌姬回家无法向家中的大夫人交代。

“我出四百两！”一个声音自东北角传出。

林渺循声望去，开口之人竟是离席而去的李震。

傅文脸色微变，扬声道：“我出五百两！”

“哇……”台下一阵哗然，居然有人出五百两购买一个歌姬，要知这么多的银子足够一个穷人在战乱之中生活数十年。

“我出八百两！”李震似乎也是不得美人不罢手，更是语出惊人地道。

台下更是哗然，台下的歌姬也停住了舞姿，向李震的方向行了一礼，娇声道：“谢谢公了！”

傅文的脸色变得有些难看，望了望傅俊，见傅俊的脸色也不自然，但要是叫他出比八百两更高的价格，一时也有些为难，但最后还是咬了咬牙，高声道：“我出九百两！”

李震的目光变得锐利起来，向楼上瞟来，显然是要重新打量这个竞争的对手。

台上的晏异脸显喜色，前面的几个歌姬每人的身价不过两百余两而已，最高的也仅两百五十两银子，但这一个却可以卖到九百两银子，确实是有些出人意料。

“我出一千两！”李震道。

傅文神色间有些恼怒，但又有些失望，还有些犹豫，不知道还该不该加下去，又望了望傅俊，却见傅俊的目光很淡漠，他立刻知道傅俊不会支持他再为这样一个女人争下去，只好暗暗叹了口气。

“我出两千两！”一个浑厚而沉稳的声音自三楼之上飘了下来。

“哇……”台下所有人都惊得张大了嘴，两千两白银，用这个价格买下这个歌姬，怎不叫人吃惊？

李震也不说话了，他本来倒有志在必得之心，但是让他拿两千两白银买一个歌姬，只怕他父亲也会痛骂他一顿，而这本身就是一件极为亏本的生意。

林渺抬头向楼上望去，也暗自吃了一惊，这个人他见过，正是白天在燕子楼之上暗自观察他的人，按照汗莫沁尔的说法，这个人应该便是贵霜国的那个八段高手丘鸠古。

傅文只好死心地坐下，让他拿两千两银子买一个歌姬那绝对是不可能的，除非是为曾莺莺。当然，那是不可能的。

"两千两，有没有人还有更高的价格？"晏异显得兴奋地问道。

"那人不是中原人！"任光吸了口气道。

"他是贵霜国的高手，此人武功极为可怕！"林渺小声地道。

"贵霜国的人也来了？"傅文吃惊地问道。

林渺点了点头，楼下的晏异又呼了一遍："两千两，有没有人出更高的价钱？"

良久，四周都不再有人应声，确实没有人愿出两千两银子去买一个低贱的歌姬。

"好，两千两成交！"晏异终于宣布了最后的结果。

丘鸠古居然愿出两千两银子买这样一个歌姬，真让林渺有些讶异。不过，这些贵霜国人行事是很难揣测的，他也懒得去想，倒是他探得，燕子楼与贵霜国有一批贩卖女人的交易，如果真是如此，丘鸠古大可与晏侏在私下交易，那并无什么不妥，但是，为什么不这样呢？

那个神秘而美丽的怡雪会不会也在燕子楼之中呢？会不会也在看着这一切？那她是不是有什么新的发现呢？他的目光不由得四处找寻起来，不过并没有怡雪的身影。突地，他又感到有些好笑，怡雪是个女的，怎么可能会以本来身份进入燕子楼呢？那样岂不是让燕子楼所有男人的目光都投向她了吗？只怕曾莺莺的风头都要被她比下去。因此，他若想在这里找到她，岂不是一件很好笑的事？

“阿文，别丧气，待晚上，我去把这歌姬给你偷回来以偿你之愿如何？”宋留根安慰着傅文道。

“又想做偷香窃玉的老本行吗？”一旁的傅俊没好气地道。

宋留根悻悻地一笑，道：“我只是为阿文着想嘛，既然阿文喜欢她，这贵霜人居然强夺人所爱，实在是很可恨，让他浪费两千两银子也算是给他一点教训，让他知道咱们兄弟不好惹！”

“你以为凭你的能耐能够偷得出这名歌姬吗？”任光反问道。

“我从来都对自己很有信心！”宋留根自信地道，像是这名歌姬已经被他偷了出来一般。

林渺不由得好笑，道：“如果宋兄想去偷回她，倒不如出两千零一两银子把这个歌姬买回来。”

任光和傅文也同时被逗乐了，宋留根不服气地问道：“林兄是说我偷不出来？”

“如果宋兄与贵霜国的武士交过手，便知冒这个险还不如丢两千两银子。”林渺并不含蓄地道。

“林兄与他们交过手？”傅俊讶异问道。

“是的，这群贵霜武士都是一流好手，那个出两千两银子的人乃是贵霜大使手下的最得力之人丘鸠古，听说在整个贵霜国之中，能胜过他的人，不会超过十个！”林渺肃然道。

“啊……”宋留根的神色微变，如果林渺说的是真的，在贵霜国中丘鸠古可以排在十位以前，那他去挑战这个人倒真不如出两千两银子。

“如果真是这样，我看还是给他两千零一两银子买下那歌姬好了。”宋留根无奈地苦笑道。

众人一愕，也都跟着笑了起来。

“林兄怎会对这些人如此了解？”傅文有些不相信地道。

“这一切我是自一个贵霜武士的口中听说的。”林渺淡淡地道。

“我看这里已经没什么好留恋的，不如大家先去客栈长谈吧。”任光提议道。

林渺望了宋义一眼，尚没见到刘秀的踪影，他只感到有些奇怪，这种场合刘秀居然会不来，他究竟在做些什么呢？这让林渺大感疑惑。

“起火了，后院起火了！”蓦地底楼有人高声呼喊。

燕子楼后院起火，这确实让人感到有些意外，是什么人居然敢在老虎口中拔牙？能在守卫如此森严的燕子楼中放火，这人自然也不会简单。

楼下的燕子楼护卫们微微有些乱，而那群在台下观看歌姬起舞的人也一阵骚动。

透过窗户，隐隐可以看到后院那腾升而起的火苗，夜幕也似乎映得有些红。

确实是有人在后院放火，这下子倒是有戏看了，林渺心中暗叫解恨。

后院之中传来了一些姑娘们的惊呼，显然是烧到了他们所住的闺房。

守在燕子楼外的棘阳城的官兵们，也迅速自大门口调入，各拿着灭火工具便向后院跑去。

官兵的涌入，顿时将燕子楼的局面搅得更乱，许多人都迅速地退出燕子楼。

“看来我们真的是要走了！”任光望着后院升起的火光，笑了笑道。

“何不把酒观火，也算是逍遥自在，不是吗？”林渺笑了笑道。

“哈哈哈，这倒是个好主意，把酒观火，他去热闹我自清静！”傅俊赞同道。

“莺莺住所离后院不远，会不会是有人故意针对莺莺而来的？”傅文此时倒为曾莺莺担心起来。

“阿文可真是怜香惜玉，这时候还记着那薄情的女人！”宋留根打趣道。

“士为知己者死，你难道没听说过吗？”傅文有些气恼地质问道。

“是啊，士为知己者死，但曾莺莺知你吗？而你又了解她多少？这女人一看便知道是能够将男人玩弄于股掌之间的人物，你还是死心吧！”宋留根并不在意傅文的恼怒，依然我行我素地道。

傅文一时语塞，有些恼羞成怒地道：“你怎么知道我不了解她？你怎知道她不了解我？你今天只是第一次见到她而已……”

“文弟！”傅俊也有些生气地打断傅文的话，微有责备之意。

傅文只好住口，他唯一怕的便是这个比他年长几岁的堂兄。

“留根说的也许是对的，我总觉得这个女人身上有一种神奇的力量，会使我们不自觉地被其声音吸引进去，这个女人虽是我们男人梦寐以求的尤物，但却也是足以引得天下大乱的妖姬！”任光对宋留根的话深有同感地道。

林渺心头一动，他也有这样的感觉，无论是曾莺莺的琴音还是歌声，都似乎包含着一种奇异的魔力，正是这股力量引得他无法控制心神，为之着迷。以他的功力，本来很难被外音所惑，可是曾莺莺的声音仿佛是自他心底升起，然后渗入他的思想之中，使他无以自制。

“对了，任兄和宋兄可知这世上是否有可以将武功融入到音乐中去的绝活？”林渺突然问道。

“武功与音乐融合？”傅俊的眼睛一亮，反问道。

“林兄是说，曾莺莺的音乐声中很可能融入了某种奇异的武学，这才会使音乐更充满诱惑力？”任光也眼睛一亮。

“林兄真是思维敏捷，我听师父说过，世上仿佛有一种叫‘种情大法’的神秘武学能够在举手投足之间发挥出来。听说这种武学本身只是一种附庸，并无真正的杀伤力，但是如果结合其他的任何武功或杂艺，就可以发挥出让人想象不到的魔力，甚至可以控制人的心神！只是不知道这种武学能不能够融入歌舞。不过，这种武学似乎早已失传，如今是否有人能使还是个问题！”宋留根似乎想起了某些问题，出口道。

“种情大法?!”林渺对此却是一无所知，事实上对于各门各派的武学，他知道得很少。对于江湖中的事，也仅是初闻，哪能跟宋留根和任光等人相比？

“留根想得太多了吧，莺莺只不过是一个柔弱女子，只是琴技高超而已，又有什么‘种情大法’、‘种爱大法’的，她这样又有什么好处？”傅文不屑地反驳道。

宋留根只是笑了笑，却不反驳，只是扭头向那后院望去，道：“真的好热闹。”

傅文更恼，但却拿宋留根没办法，平日里他两人斗口，他向来是很少赢，因此最恨宋留根这副德性。

林渺见两人这般，不由得有些好笑，转过话题道：“热闹是热闹，只怕没有人来伺候我们了。”

任光扭头，发现本来在楼间穿行的美姬们只剩下几个心神不定的。

蓦然间，林渺的眼角余光似乎多了一道极为熟悉的身影，而且还似乎向他招了一下手。

林渺讶异，扭头望去，却见一俊秀至极的陌生男子正在楼梯口之处，眉目之间有种颇为熟悉的感觉，他心头一动，感到有些好笑，这人不就是怡雪吗？

宋留根见林渺的目光有些发呆，不由得也顺势望去，却是什么也没有见到，不由得惑然问道：“林兄在看什么呢？”

林渺回过神来，不由得笑了笑道：“不好意思，刚才有一位故人下楼了，我正在找他，因此，得先失陪了，若有机会，我便去找几位兄台。”

“哦？”任光有些讶异，道：“如果林兄有事，便去忙吧，明天午时之前我们尚会在棘阳，我与林兄一见如故，若有空闲，别忘了我们恭候大驾！”

“好说，若有空暇，林某定当拜访，今日就此别过，后会有期！”林渺说完行了一礼，转身向怡雪消失的方向走去。

后院的火势使燕子楼内的护卫几乎全都聚于此处，拿盆的、拿桶的，犹如热窝上的蚂蚁，谁也不敢想象，如果火势蔓延的话，将燕子楼全部引燃，那后果会是怎样。

燕子楼中房连房，屋连屋，若是火势蔓延，则是一发不可收拾。因此，燕子楼中所有的人都显得极为紧张，救火成了他们首要之事，反倒是忽略了主楼之中的买卖和客人。

林渺轻松进入后院，他对燕子楼并不熟悉，而且，燕子楼内极大，想要找到某个小房间，还真难以办到。不过，怡雪却轻车熟路地奔在前面，并没有人阻止他们的行动。

“我找到了那些被燕子楼搜罗来的无辜女子！”怡雪见林渺跟了过来，道。

林渺苦苦一笑道：“那又能怎样？我们又怎能将她们安全地带出去？如果被燕子楼的人发现了，岂不是更害了她们？何况此刻城门四闭，我们根本就出不了城。”

怡雪一愕，不服气地问道：“你以为我会不知道吗？燕子楼中有的是秘道，我们大可自秘道中退出。在城外，刘公子已准备了大船，只要天亮一出城，便可把她们送到安全之地！”

林渺心道：“难怪没有看到刘秀，原来他是去准备船只了。”不过他对怡雪的话并不以为然，吸了口气道：“你认为什么地方安全呢？天下哪里不都是一样？她们只是一群柔弱女子，四处战火纷起，若是无法安置好她们，只怕反而害了她们！”

“这些事情必须先出了棘阳再说，办法是人想出来的，你若是还有什么意见，不妨现在说出来好了！”怡雪有些生气地驻足，冷冷地望着林渺道。

林渺无可奈何地耸耸肩，道：“我没有意见，一切听你的就是！”

怡雪神色一缓，扑哧一声笑了出来，虽是男装，但仍掩不住其绝美的气质，让林渺看得有些呆了。

“走吧，发什么呆？”怡雪转身提醒道。

林渺暗骂自己：“身在虎穴之中居然还胡思乱想。”只好重整心思，跟在怡雪身后避开燕子楼的护卫。

事实上这一刻他们便是与燕子楼的护卫擦肩而过，也不会有人在意。

“什么人？站住！”一声低喝自一间小楼的暗处传来。

“长眼睛不看事吗？连我也认不出来！”林渺急踏两步，粗声道。

那黑暗中的护卫没想到竟遭到来人的叱骂，反而不敢乱说话。事实上黑暗之中，他们并不能看清对方的容颜，但对方的声音有些陌生，不过，他们以为自己听错了，还当来者是什么重要人物，忙陪不是道：“是小的不好，因光线太暗，小的一时没看清！”

“现在看清了吧？”说话间林渺已经到了他们面前。

那两名护卫大吃一惊，发现竟是陌生人，暗呼不好，正要出手之时，林渺已经以他们根本来不及反应的速度出手了。

“嗯……嗯……”那两名护卫发出两声轻哼，倒像是在回答林渺的问话。

两名护卫并未应招而倒，而是呆立着被点了穴道，林渺伸手拍了拍两人的肩膀，像是在训斥自己的手下，道：“好好盯着，不要放过任何可疑人物，否则拿你们是问！”

黑暗之中，小楼另几处哨口的人也看到了这边发生的一切，只是他们也同样无法看清林渺的脸庞和面容，只觉得声音有些沙哑。他们并没有看到林渺制住这两名护卫的穴道，还道是林渺在训斥这两人，因此，都不怀疑有他，还以为真是自己人。

林渺迅速向小楼中行去，黑暗处的哨口再没人出声相阻，谁也不想自讨没趣。

怡雪见林渺如此大胆急智，不禁感到好笑，跟在林渺身旁很快进入院内。

院内亮着灯火，他两人再也无法遁身，正在思量该如何对付守卫之时，忽闻一个极冷傲慢的声音在一旁响起：“你们到此所为何事？”

这几个字的音调听起来极怪，林渺和怡雪一扭头，却发现身侧不知何时多了一个贵霜国的武士。

林渺心头一动，暗拉了一下怡雪，沉声道："丘鸠古先生叫我来为他带两个女人去!"

那人一听是丘鸠古派来的，不由得神态大变，显得极为恭敬地道："可有先生的令牌?"

"令牌在汗莫沁尔那里，他本是与我同来，但因后院起火，他耽误了一会儿，让我们先来这里等他，他随后便到!"林渺瞎编道，同时极速地打量四周的环境，思忖如何解决这里的人。不过他心中也在暗暗担心，如果这里的燕子楼护卫全都换成了贵霜武士，只怕会很难有所收获了。

那贵霜武士听林渺说汗莫沁尔随后就到，并不怀疑，如果这人不是燕子楼的重要人物，又怎会知道丘鸠古和汗莫沁尔这两人的名字和关系？何况，他们能在燕子楼护卫不加阻拦之下走进来，更证明这两人是燕子楼中的重要人物。他哪里想到林渺只是胡说八道，能进大院，只是靠唬住外面的人，这使得外面之人还没看清身份就顺利溜进院中，若是在白大肯定不行，而巧在这里的贵霜武士对燕子楼根本不熟，也不知道林渺两人是不是燕子楼的人，竟让林渺和怡雪安然地留在院中。

怡雪早已将院中的一切看在眼里，侥幸的是，院子中只有两个贵霜国的武士，这对他们说，对付这两人根本就不在话下。

"你们在这里真是辛苦了，这里就只你们两们兄弟吗？我待会回去便给你们送些酒菜来!"林渺像拉家常一般轻松地问道，他仿佛不知道这里已是龙潭虎穴。

"不，我们有四人!"那贵霜武士听说待会儿为他们送酒菜，忙将实际人数说了出来，他可不想到时候四个人吃两个人的菜。

"哦。"林渺心中好笑，这贵霜武士果然经不住几句话套，不过，他却暗暗思忖另外两人在哪里。

第三十章　虎穴逞雄

怡雪见林渺这般随意几句话不仅骗过了贵霜武士，还套出了其实力，不禁对林渺多了几分佩服，但她哪里知道，林渺自小生长在天和街，与混混们在一起，骗人简直是家常便饭，此刻只不过是小试牛刀而已。

林渺几可肯定另外两名贵霜武士是在小楼之中，只要他以迅雷不及掩耳之势干掉这两人，再去对付另外两人应该没多大问题。不过，但愿这些人不要都像汗莫沁尔那般厉害就行了，不由向怡雪递了个眼色。

“这些姑娘你可见过？待会儿你帮我们为丘鸠古先生挑好了！”林渺笑嘻嘻地向那贵霜武士靠近了一步道。

那贵霜武士似乎对林渺并无戒心，只是笑着回应道：“为丘鸠古统领效劳是我们的光荣……”一句话还没有说完，却觉一股冷风夹着白光爆射而至。

林渺出剑快绝，而怡雪出剑也有如长虹经天般，带着暴风骤雨般的气势直射向另外一名贵霜武士。

事起突然，面对林渺的那贵霜武士根本就没有任何防备，而林渺的短剑出自袖间，直接而狠辣，等到那贵霜武士意识到什么的时候，林渺的剑已经割破了其咽喉，连一声惨叫都没有来得及发出。

怡雪却没这么轻松，因为她与另一名贵霜武士之间的距离有两丈许，要想在这种距离一击致命，绝不是一件容易的事。

“铮……”怡雪的剑击落在一根石柱上，那贵霜武士以最快之速射出圆月弯刀，同时身形迅疾借石柱之利滑开。

怡雪想趁势而下，但那要命的圆月弯刀却以一种奇妙的弧迹射向她的身体。

怡雪借剑身点击石柱之力，身子在空中若游鱼般扭了一下，竟自侧面绕击向那贵霜武士。

那贵霜武士的动作也绝不慢，冷哼着挥手，那射出的圆月弯刀又倒折而回，手中的精铁刀鞘毫不示弱地倒迎上怡雪的剑。

林渺微微吃惊，这名贵霜武士的低哼，足以引起屋内的两人注意，甚至可能会引起外面燕子楼的护卫们疑虑，若真是如此，岂不是要陷入苦战之局？但见这名贵霜武士竟以刀鞘格挡怡雪的辟邪剑，不由得暗暗不屑。

“哧……”那精铁刀鞘如朽木一般断成两截，辟邪剑芒爆射之际，怡雪迅速回击那自后方绕袭而来的圆月弯刀。

“叮……”圆月弯刀也断为两截，那贵霜武士轰然倒下，额际多了一点血红，却是被剑芒所破。

“轰……轰……”小楼的门在爆响之中化成千万点利矢似的碎片，向林渺和怡雪爆射而至，两名贵霜武士犹如两只巨狼爆射而出，强大激涌的杀气顿时将虚空完全惊碎。

“走！”林渺半刻也不犹豫地向怡雪喊道。他知道，在这种情况下，唯有放弃救人，先必须保证自己不陷入绝境。

怡雪刚想松口气，却见无数碎片奔面而至，她立刻明白，这自楼内而出的两名贵霜武士都是极为难缠的高手，只怕想在数招之内将之解决是不可能的，再听林渺的呼喊，自然明白林渺的意思，她并不是只知争勇斗狠的武夫。

怡雪的身法绝不输给林渺，说退便退，如箭一般脱开木屑的笼罩。

林渺反手拂袖，挥出一股强大的气流，那本来激射而来的木屑竟被倒卷而回，射向两名攻来的贵霜武士，这才追在怡雪之后向院门口闯去。

“嗖……嗖……”几支冷箭自暗处爆射而至，留守在外面的燕子楼护卫显然也知道情况不对，对自内冲出的两人施以攻击。

林渺和怡雪冲出之际，因背后光亮极大，那些隐于暗处的燕子楼护卫们便能够借光亮看清其面容，立刻认出这两人不是燕子楼中人，哪还会不明白是怎么回事？

“叮叮……”林渺剑出如风，这些冷箭并不能对他们构成威胁。

“别让他们逃了！”有人高呼，暗处的护卫们皆飞身扑出欲阻住两人的去路。

“挡我者死！”林渺冷哼声中，身形与刀共化一团暴风向护卫们扑去。

“呀……呀……”强大的气旋和霸烈至极的刀势，将两名护卫连人带剑都给劈开，另外两人则承受不了强大的冲击力，被撞得暴跌而出。

林渺便像是一颗来自天外的巨大陨石，不像是一柄刀，而是带着巨大冲击力的风暴，挡者披靡。抑或这群护卫之中，根本就没有人能够硬接林渺一击。

怡雪在林渺的身边，也清晰地感受到了来自林渺身上的强大气势，那是一种压力，犹如炸开的热气炉，散发着让人窒息的冲击力，她心中都有些骇然，林渺的功力和他的年龄不成比例，与其武功也并不匹配，尽管林渺的武功很好，但在招式上似乎尚欠缺了许多东西。与敌交手之时，林渺往往只是以功力弥补招式上的不足。当然，仅只这样，便足以让林渺成为可怕的高手，但如果真正遇上绝世高手或大宗师级的人物之时，林渺便很难保证功力上的优势，那时招式上的破绽足以成为致命之处。

怡雪对自己在这种时候还想到这些问题而有些惊讶，往日，她可是很少去想别人的事的。

“嗖……”怡雪刚破开几名护卫的阻击，忽觉身后锐风破空而至，急忙扭身，锐风擦身而过，却是一柄刀鞘如风轮般旋过，而另一股带着浓烈杀意的气劲也自后方逼至。

不用回头，怡雪也知道这是贵霜武士的攻击，这些人的武功不仅诡异，而且极为难缠。

“叮……”怡雪回剑，仅凭感觉，便准确地截住自身后攻来的圆月弯刀，但圆月弯刀却在剑锋之上划过一道诡异的弧迹，依然向怡雪的身后攻到。

怡雪吃了一惊，她现在才明白为什么林渺会说贵霜武士不好惹，那是因为贵霜武士的兵刃怪，武功招式全都是自实战经验中总结而出最具杀伤力、最诡变的招式，这也是贵霜国能够称雄于高原、称雄于域外的原因之一，甚至连匈奴都惧怕贵霜骑士。无论是马战还是步战，这弯刀都可以自由地射杀敌人，其杀伤力在短兵相接和追袭战之中更具威胁。

事实上，圆月弯刀是在平原之上演化而来的兵刃，在与狼群日积月累的斗争之中，草原上的游牧民族和猎人将自己的武器不断改进，以至于更具杀伤力，更灵巧，而圆月弯刀便是在草原上对付狼的最好兵刃之一。在贵霜国，更是普遍都用这种兵刃，也使得关于圆月弯刀的武学在贵霜国发展极快，涌现出一群不世的高手。

圆月弯刀极滑，因此，并未被辟邪剑斩断。

“小心！”林渺低呼，那飞射而出的刀鞘竟又倒旋而回，撞向怡雪的背部。

怡雪当然不会没有感觉到这些，尽管对于贵霜武士这一轮怪异的攻击攻得微有些错愕，但其身法超绝，这种攻击并不能真个缠住她。

抽身而退的怡雪倒撞入燕子楼护卫的人堆之中。

“你先走！”林渺的身子倒撞向那两名贵霜武士，向怡雪低喝道。

两名贵霜武士突见眼前的敌人倏然失踪，那回旋的刀鞘竟射向自己，不由得也吃了一惊，而便在这时，林渺连人带刀已若陨石般狂撞而至。

“轰……”刀鞘碎裂，一名贵霜武士的圆月弯刀也被震碎，身形更是踉跄而退，他们怎也没有料到林渺竟会拥有如此霸道的功力。而强霸的刀气，也让另一名贵霜武士骇然飞退。

怡雪也不再停留，对林渺这种攻击方式却颇欣赏。她知道，林渺之所以在一招之中逼退两名贵霜武士，并不是因为其武功比自己高，而是因为林渺的武功本以霸道见长，又对圆月弯刀熟悉，知道以拙胜巧，使圆月弯刀诡变的优势根本就无法发挥，因此能一招将两名贵霜武士逼退。而她却是胜在灵巧与精绝的招式之上，但遇上从未接触过的圆月弯刀，这弯刀比她的招式更诡异，是以一时之间竟被攻得手忙脚乱。

林渺也正是看到了此点，是以他才会替下怡雪。一击之下，林渺绝不再停留，他可不想被这些人给缠住，那绝不是一件好事，而这里的喧闹定会引起他人的注意，多耽误一刻便多一分危险。

林渺退，两贵霜武士却突地驻足，抱刀而立，燕子楼的护卫们的攻击似乎也在突然之间停住。

"统领!"两名贵霜武士恭敬地行了一礼道。

林渺也驻足，他不得不驻足，怡雪的身子便立在他旁边。在他们的退路之上，静立着五人，与他们相距三丈而立。来者正是燕子楼的教头铁忆和玉面郎君，另外三人却是林渺此刻最不想见的贵霜八段武士丘鸠古和六段汗莫沁尔及另一位贵霜武士。

强大的气机几乎完全封锁了林渺两人的每一寸退路，是以林渺和怡雪不得不驻足停步。

"你终于还是来了!"丘鸠古神色静于止水，语气不疾不徐，悠然而显得沉稳地凝视着林渺。

"你在等我?"林渺讶异地反问道。

"听说你胜了汗莫沁尔?"丘鸠古的语气依然平静，像是不含任何感情。

汗莫沁尔的神色也显得极为平静，仿佛一切都在意料之中一般。

林渺却心神大震，他不明白丘鸠古是怎么能够透过他的易容术看出他的身份的，眼下他的面容与白日是两个人，可是丘鸠古却一眼便认出了，这的确让他惑然，但他仍淡然一笑道："我想你是认错人了!"

"哈哈哈……"丘鸠古低低地笑了几声，悠然而自信地道："天下间没有一个敌人可以瞒得过我的眼睛，尽管你更改了容颜，却无法掩饰你的气势，更无法改变你的眼神。人的身上，最大的特点之一便是眼睛，无论你面目如何改变，都无法改变你眼中的情绪，易容之术只能瞒过一些无用的庸人!”

林渺心中暗凛，汗莫沁尔果然没有说错，这个丘鸠古确实是个极为可怕的对手。如此看来，汗莫沁尔当也知道了他的身份。

“天堂有路你不走，地狱无门偏闯来，林渺，今天就是你的死期!”铁忆也立刻明白了眼前之人的身份，不由得冷叱道。

“我道是谁敢在燕子楼捣乱，原来是你呀，我差点忘了，杀人放火是你的拿手好戏!”玉面郎君阴阳怪气地道，但很快他的目光又落在女扮男装的怡雪身上，鼻子翕动了两下，惊讶地道：“原来这里还有个大美人，难怪这么香，女扮男装都这般好看，我敢跟教头打赌，如果这个妞换成女装，保证是个大尤物……”

玉面郎君话音未落，便觉一股锐利至极的冷风迎面而至。

寒芒暴闪之际，铁忆已经出剑了，铁忆的剑确实快，但却不是攻向林渺和怡雪，而是射向玉面郎君的那点光芒。

“叮……”铁忆浑身一震，剑身仿佛遭雷击一般，弯曲成弓，那点寒星似的光芒也改变了方向，射入丈外的一棵树身之中。

铁忆和玉面郎君相顾骇然，那点寒星只是一颗豆大的金珠。

玉面郎君知道，如果不是铁忆这及时的一剑，只怕他此刻已经不是站在地上，而是躺在地上了。

“好！中土果然是人才济济，连个女子也有如此好的武功，看来今次中土之行确实是没有来错!”丘鸠古的神色依然平静如水，根本就看不出有何波动。

“听说先生前来中土只是为了一群手无缚鸡之力的无辜女人，难道先生对我们中土的武学也很感兴趣吗?”林渺不无讥嘲地反问道。

汗莫沁尔和他身边的另一名贵霜国武士的神色微变，显然是因林渺对丘鸠古的不敬激怒了他们。

丘鸠古却是毫不在意地笑了笑道：“人说中土人说话都很风趣，我看这位朋友确实很风趣，看来传闻一般不会假！”

林渺不由得笑了起来，这个丘鸠古倒还有那么一手，居然有如此涵养，也难怪能够成为贵霜国的重要人物，但他却知道，在这里待的时间越长，便更难闯出这燕子楼，而丘鸠古之所以如此不愠不火，事实上也是一种心理战术。

丘鸠古自然明白，林渺二人只是想速速离开此地，所以他便要不愠不火地耗时间，如果林渺不能够平心静气，自然会因此而焦躁不安。

丘鸠古是个高手，更是绝对聪明的人，他明白，眼前这两个年轻人虽然都年轻，但其武功和智慧绝不好惹，便是他，若想独战两人，仍没有把握，而铁忆诸人虽可相助留住这两人，但若对方死拼的话，自己仍不免会损伤极大，因此，为了将损失减到最小，必须在战术上把握好。

“听说你是贵霜国的八段武士，在贵国中少有对手，我想与你来一个赌约！”林渺淡淡地笑道。

林渺开口，顿时让怡雪吃了一惊，她似乎意识到了什么。

丘鸠古和铁忆诸人也都感到有些意外，不知林渺葫芦里卖的是什么药。

“你想赌什么？”丘鸠古反问道。

“我赌你不是我十招之敌！”林渺漫不经心地道，似乎只是在宣布一个小小的决定。

林渺此语一出，所有人都神色大变，包括怡雪在内。谁也没有料到林渺居然会如此狂妄，竟敢说眼前这异国的绝顶高手会不是他十招之敌，除非是林渺疯了才会说此胡话。

与林渺交过手的汗莫沁尔眼中充满不屑，他清楚林渺的实力，但他更清楚丘鸠古的实力，是以，他感到林渺太狂了，狂得简直有些离谱，只让他感到幼稚和可笑，不过他并不发表任何言论。他本就不必说话，因为他相信丘鸠古一定会处理好这件事。

怡雪和林渺交过手，她知道林渺的武功很好，但若说在十招之内胜过眼前这位贵霜国宗师级的武士，那完全是不可能的，这是她的直觉，对丘鸠古的直觉。

铁忆和玉面郎君却有种幸灾乐祸之感，他们领教过林渺的厉害，但他们也听说过丘鸠古的厉害，而且这个外国人颇为自负的样子让他们感到有些不服气。因此，若是让林渺和丘鸠古狠斗一场，倒是他们所愿。事实上，除了丘鸠古，这里的九名燕子楼中的高手，包括铁忆在内，都没有与林渺单挑的勇气，倒也乐意让贵霜人与眼前这个让人头大的对手斗个你死我活。

“你想怎样赌？”丘鸠古吸了一口气，淡淡地问道。

“我若赢了，那你们不可阻止我们自由离去；若我输了，则我们留下来，任由处置！”林渺豪气逼人，自信地道，甚至连看怡雪一眼都没有，仿佛他一定可以取得最后的胜利一般。

怡雪脸色微变，她不明白为什么林渺如此有信心，而且说得如此斩钉截铁，连征求她的意见都没有，虽然她有些担心和不悦，但却不想拖林渺后腿。她相信林渺话出必有因，她不相信林渺是个不知轻重之人。

铁忆自不相信林渺能在十招之内胜过丘鸠古，因此，听林渺如此豪言壮语，不由得暗忖道：“真是不知天高地厚的小子，简直自找死路！”他根本就不反对林渺的提议，反正如果林渺到时候不认账他也不怕，因为拖过十招之后，便会有更多的人赶来，到时候，林渺就是想逃也逃不了！他根本就不在意。

丘鸠古淡淡地望着林渺，似乎想在林渺的眸子中找出一丝端倪，但是他只看到了坚定和自信，仿佛林渺根本就不在乎一切。在气势上，林渺竟似比他更盛。

十招之约的震撼，将林渺那不可一世的气势烘托得更明显，连丘鸠古那无惧一切的霸气都显得黯淡无光。

怡雪也不得不承认，此刻林渺的豪气使其气势倍增，给外人造成了一种窒息的压力。

丘鸠古突地哈哈大笑起来。

除林渺之外，所有的人都显得错愕，不明白丘鸠古此时为何会发出这般笑声，都显得有些莫名其妙。

林渺没有半丝错愕，只是以一种冷而自信自若的眼神盯着大笑不止的丘鸠古，仿佛在看一个有神经质的病人，那种眼神让丘鸠古觉得自己笑得有些无聊。

是以，丘鸠古的笑声来得突然，也去得突然，但丘鸠古却有些恼凶成怒，仿佛受到了莫大的污辱，冷冷地哼了一声道：“我不要你什么十招之约，只要你能胜我，今日我以武士的名誉担保，没有人会阻止你出燕子楼！”

“一言为定！”林渺突地插嘴道，仿佛松了口气似的。

丘鸠古突然之间发现自己上了当，林渺的这一番造势所为的正是他这一句话，事实上林渺一开始便知道自己不可能在十招之内战胜丘鸠古，但他却知道贵霜人将武士的尊严看得比生命还重。是以，他才会以十招之约相激丘鸠古，只等丘鸠古最后一句话说出来。

直到此刻，怡雪和汗莫沁尔才知道林渺刚才的表演只是要了一个小小的手段，其真正的目的只是想与丘鸠古公平一战。

怡雪和汗莫沁尔都明白，若两人公平一战，林渺也不一定就会必输。事实上，汗莫沁尔对林渺的实力也只是感到高深莫测，而他只见过丘鸠古出手击杀匈奴的劫道者，尽管丘鸠古的威名在贵霜国极盛，武功也极为了得，但是那毕竟不是亲自领教，他仅是自师父的口中听说过，而林渺的武功他却是深有体会的。因此，在公平对决之下，他不敢断言谁胜谁负。

不仅是汗莫沁尔这样认为，铁忆甚至认为林渺获胜的机会占百分之八十，因为他深深地领教过林渺的可怕，而对丘鸠古却是一无所知。玉面郎君更不用说，只有那些贵霜国的武士们对丘鸠古极为自信。

“丘先生！”铁忆忍不住提醒道。

丘鸠古冷冷地望了铁忆一眼，道：“教头认为我没有权力作出这样的决定?”

铁忆闻言，脸色微变，干笑道：“我不是这个意思，只是想提醒先生，这小子极度狡猾，不要上了他的当!”

“多谢教头提醒，我希望教头不要让我为难!”丘鸠古的话极为沉冷，显示出其与林渺一战的决心。

林渺心中冷笑，在这场心理战之中，他至少已经胜了一招。当然，这并不值得庆幸，最为艰难的尚是与丘鸠古的一战。他绝不敢轻视丘鸠古，但也绝不惧丘鸠古，不过，他的直觉告诉自己，获胜的机会很小很小，可他仍要战，只是暗暗向怡雪打了个手势。

对于敌人心理的揣摩，林渺比丘鸠古胜上许多，那是因为他生活在最底层，总会看许多人的脸色行事，什么样的嘴脸他都见过，但丘鸠古身为贵霜高贵的武士，出身极好，虽拥有武士的勇猛和机敏，但也清高，不屑于揣测他人心理，这便是林渺何以冷眼对丘鸠古的长笑，而使丘鸠古心生恼怒的原因之一。也正是因为林渺抓住了丘鸠古的心态，所以才敢道出十招之约。

“汗莫沁尔兄已让我见识了一些贵霜国的武学，希望你能不吝再让我看看贵霜国的其他精绝武学!”林渺伸手作了一个“请”的姿势，同时斜跨一步，与丘鸠古相距两丈许立定道。

丘鸠古也缓缓地踏上一步，与林渺相隔两丈对立，整个人绷得像一杆枪，神色冷厉而沉着。尽管他已经感觉到了林渺的气势在疯涨，强大的战意和杀机使两人之间的虚空充盈着让人窒息的压力。

远处的火尚在烧，烟和火的光亮将夜空蒙上了一层暗红色，光亮遥遥地映来，落在林渺和丘鸠古两人的身上，却化成了狂野的战意。

有风在吹动，掀起了林渺与丘鸠古两人的袍角，有种苍凉而伤感的味道，死亡的气息仿佛冲击着每一个人的鼻翼和心灵。

林渺和丘鸠古都没动，任由风掀起袍角、袖摆、发梢，甚至是那紧紧拧起的眉毛……仿佛在刹那之间两人化成了雕像，变成了没有生命的死体。

夜一片死寂，只有浓浓的杀机在翻腾纠缠冲击着每一寸空间和每一个人的心灵，这使这个夜更凉、更冷！战意，在林渺和丘鸠古的眸子之间泛出一层层似有形却无形的涟漪。

窒息的压力随着旋动于两大高手间风的扩散而扩散。

铁忆诸人都自觉地退了两步，有些骇然而惊讶地望着林渺和丘鸠古，他们深切地感受到来自这两人身上的将是一场野性而狂野的风暴。也只有在此时他们才知道，眼前的这个贵霜国八段武士确实拥有着让人震惊的力量。

刀，依然在林渺的背上，他没有出刀的意思。不过，在他身边的空气之中仿佛都弥漫着强烈的刀意，事实上，他已经出刀了。

丘鸠古也只是冷冷地盯着林渺，眼睛眯得如两片弯刀。那锋锐的目光似乎想穿透林渺所有的包装和外壳，而将林渺的每一点动机都清晰地捕捉下来。但是，他似乎有些失望，至少，他尚未能在林渺的身上找到半点破绽。

林渺就像是一柄刀，一柄无锋的古刀，一半陷入地中，一半插入天上，稳固而古朴，却又泛着新生的活力。他本身就是一柄完美的刀，是以到这一刻丘鸠古尚没有出手，只是在寻找一个机会。

林渺没有出手，是因为他同样无法在丘鸠古的身上找到破绽，战斗便这样僵持着。

怡雪很吃惊地望着丘鸠古和林渺，她深深地明白这之中的凶险，因为，她自身便是这样的高手。

林渺屹立不动，但丘鸠古似乎并不想如此僵持，因此缓缓地移动着步子，绕着林渺踱着小圈，似是想通过方位的调换来寻找到林渺最致命的破绽。

林渺的身子随着丘鸠古的绕行而悠然地转动着自己的重心，转换着方向，眸子始终不离丘鸠古的眼睛。

两个人仿佛是被一根无形的线牵着，步调配合得无比默契和一致，只有两人之间的风越吹越狂，越旋越疾，将两人的长袍吹得猎猎作响，而战意和杀机仍在暴升。不可否认，两人终会在某一刻爆发，任谁也可以想象得到，那将是惊天动地的一击！

一切都在无声中酝酿，默默地，天地静得让铁忆诸人手心冒汗……

这似乎是一场有趣的对决，汗莫沁尔的眸子里涌动的尽是兴奋的光彩，他希望有这么一场对决，能够一睹真正高手的决斗，这是一种幸运，也是一种难得的修行机会。

林渺低啸攻出，丘鸠古的那微小破绽是在他绕林渺转了两圈之后生出的，而林渺并没有放过这难得的机会。

如狂风暴雨般的气机以无孔不入的形式若山洪倾泄的气势撞向丘鸠古。

虚空之中，犹如划过一道亮丽而生动的闪电，这是林渺的刀。

铁忆此时才知道，林渺的刀有多快，有多么惊心动魄，玉面郎君并不惊讶，在他的眼里，本身就把林渺估得很高。

汗莫沁尔的神情更为兴奋，他似乎可以捕捉到林渺刀锋的弧迹。他知道，自己败给林渺并不冤。事实上，他与林渺之间确有差距，也正因为有差距，才使得林渺与丘鸠古的对决显得更有意思。

怡雪的眉头微微皱了皱，似乎有些心思，抑或她隐隐捕捉到一些什么，只是她一时也说不明白。

丘鸠古的眸子里闪过一丝冷笑，他不进反退，以极快的速度倒退两丈，将那疯狂涌至的气机拉长，甚至自一旁散去一些。

林渺尚在虚空之中，但两丈与四丈并无区别，距离在他们之间似乎并不存在差异，气机紧紧相牵，气势紧紧相逼，天地之间，仿佛只有两人存在。因此，距离根本不能影响他刀锋的犀利。

退两丈，丘鸠古再暴进，整个人仿佛化成了一杆巨枪，直接射向林渺的刀芒之中，他身上的破绽顿时敛于无形。

“轰……”天空之中似有一道电火炸开，刀与枪擦出的鸣响，只让所有人耳鼓生痛，疯狂的气流如炸开的风暴，卷着尘埃败叶，冲得那些燕子楼护卫们东倒西歪。

林渺与丘鸠古身子交换了一个位置，在空中幻出一道优美的弧迹，沉重落地。

林渺落地即起，没有半刻停顿，他知道刚才丘鸠古的破绽只是故意暴露出来的，若不是他拥有超绝的身法，只怕此刻先机已经被丘鸠古所操控。

丘鸠古似乎有些惊讶，林渺根本不用换气便又攻了过来，让他惊讶的还是林渺的功力。

林渺在功力之上并不比丘鸠古逊色，是以第一下硬击双方并没有占到任何便宜。

丘鸠古的枪，仿佛是无所不在，没有人知道是出自哪里，但这并不重要，重要的是，只要知道其攻向何方就行了。

怡雪也暗自惊讶，这贵霜国的八段高手并不是用的贵霜国最为常用的圆月弯刀，而是用两杆短枪。那漫天的枪影，便像是一只长满了长刺的刺猬，让人有种无从下手的感觉。

林渺的刀锋暴涨，凭空长出三尺刀芒。长啸一声，如流星赶月般，以最为直接的方式双手握刀凭空劈下，惨烈无比的气势大有一往无回死战的决心。

在场的人几乎都被林渺那惨烈的刀气所慑，心神禁不住紧缩，森寒冷厉的刀气仿佛一根根钢针，刺入他们的肌肤之中。

怡雪眸子里闪过一丝笑意，身形也在此时爆射而出，直逼丘鸠古。

丘鸠古与林渺对换了一个位置，便是在林渺最初所立的位置，因此距怡雪极近。此刻怡雪倏然出手自丘鸠古的后背出击，几乎让所有人都措手不及。

汗莫沁尔大惊，丘鸠古也大骇，他怎也没想到怡雪也会在这种时候使出要命的一击！他已经深深地感觉到怡雪手中之剑那冷寒的剑气已透体而入，不用看也知道，这绝对是一柄绝世神兵。而更让他气恼的是，林渺和他相约的是公平对决，这个女人却又自背后下手偷袭，完全不讲武士的原则，这怎使他不惊不怒？可是此刻惊怒也是没用，他必须要解除眼下两大高手夹击的危机。

“统领小心！”贵霜武士们骇然惊呼，但他们所处的位置都太远，想出手相助也是爱莫能助，只好出言示警。

铁忆和玉面郎君暗呼不好，但当他们感到不好时，林渺的刀和怡雪的剑已经罩定了丘鸠古身边的每一寸空间。

“轰……”丘鸠古低吼，身子似乎在突然之间暴涨数倍，满身的枪影如无数支巨箭标射而出，直迎林渺两人。

天塌地陷的震荡，卷起滔天气浪，那群燕子楼护卫们因功力浅薄竟然跌出，尘埃飞扬使得地面上的人几乎难以睁开眼睛。

林渺和怡雪的身子借丘鸠古这爆炸般的冲击力在空中打了几个旋，如两片纸鸢般飞落上八丈外的一座小楼的楼顶斜角之上。

“对不起了，贵霜国的朋友们，今天我有急事不能陪你们玩，下次再说吧！”林渺立在那斜角之上，如一只巨大的夜莺，笑道。

丘鸠古没有受伤，但他却知道自己又上当了。林渺和怡雪并不是想杀他，只是想借他的力道飞出包围之外。此刻他才明白，事实上林渺打一开始就没有打算与他决斗，而只是想制造逃走的机会，而他却懵然未觉。

一开始林渺提出十招之约便已设下了诡计，而到丘鸠古提出公平决斗被林渺抢着同意，这种看似不给丘鸠古后悔的机会的做法，只是向众人施以迷雾，让众人以为林渺的目的仅止于此，却不知这只是林渺要给人造成的一种假象，让人疏忽大意、疏于防范之际，便迅速逸出包围而达到顺利逃离燕子楼的目的。

事实上，林渺自然知道，且不论自己是否能够胜过丘鸠古，即使是胜了，也会是大伤元气，甚至是身受重伤，那时就算能够安全走出燕子楼，也不可能逃过燕子楼的追杀。棘阳乃燕子楼的地盘，是以与丘鸠古决斗只是最傻最笨的方式，何况他尚有一个可怕的对手在等他，那便是幽冥蝠王，虽然他与幽冥蝠王交手的伤基本好了，但若长久交战，只怕仍会受影响。他不可再将力气耗在这里。也正因此，他一开始便以手势暗中与怡雪约定。

怡雪乃冰雪聪明之人，自然明白林渺手势的意思。因此，与之配合得天衣无缝，这却气坏了丘鸠古。

“我看错你了，中原居然有你这样的无信之辈!”丘鸠古有些愤然地道。

林渺不由得仰天大笑道：“兵不厌诈，徒逞匹夫之勇乃是愚人所为，为智者所不取，为了生存，不择手段而谋之，非是无信，而是大丈夫能屈能伸！今天我林某给丘先生教了一个道理，却并非有意戏弄，就此别过，后会有期了!”

说完，林渺如大鸟一般掠上另一座楼顶，怡雪的身法绝不输给林渺，两人瞬间消失在丘鸠古的视线中。

铁忆诸人知道自己的速度根本就难以追上林渺，丘鸠古却是又气又恨，林渺那番话虽然有理，但对于他这种心高气傲的人来说，被林渺耍了这么一手，心里自然无法平复。

“去楼中看看，不要让他们把货物救走了!”铁忆向两名燕子楼的护卫吩咐道。

丘鸠古却只是抬头望了望林渺消失的方向，狠狠地道：“我不会就此罢休的!”

汗莫沁尔的脸上显出一丝忧色，林渺顺利逃走，他微松了口气，不得不佩服林渺的狡计。事实上，他也没有想到林渺会耍上这么一手，把丘鸠古都耍了。无论怎么说，林渺放过他而不杀，他心中仍是有些感激，另一个原因却是他已将林渺当成了一个理想的对手，他不希望林渺早早地死去。可是今晚一闹，林渺真的激怒了丘鸠古，若是丘鸠古真要对付林渺，只怕林渺以后的日子会很难过。是以，他有些为林渺担忧。

尽管今天林渺与丘鸠古交手不到两招，虽然林渺并未处于劣势，丘鸠古也并未占优，但是汗莫沁尔却知道，刚才丘鸠古并未使出真正的实力，第一招仅仅是试探林渺的功力而已，而第二招丘鸠古却是以一己之力接下林渺和怡雪两人的攻击，那才是丘鸠古的真正武学。

若是单打独斗，林渺不是在第二招便逃走的话，汗莫沁尔不敢保证林渺会有机会。

事实上，丘鸠古根本就没有想到林渺仅战一招便不战而逃，若早知如此，一开始他便会全力施为，那样林渺根本就不可能有脱身的机会，而林渺似乎也看出了这一点。连丘鸠古也不能否认，林渺的狡猾和机敏比他要强，他并不知道林渺自小生活在天和街，一向与混混们在一起，行事也根本不依规矩，为了保全自己，让自己活得更快活，对敌人完全是不择手段，只求目的。因此，他哪会在意不战而逃会否大失面了？

铁忆来到那小楼之中，不由得惊呆了，那群被关在小楼中的女人竟一个都不见了。那几名守卫全被人以重手法捏碎了喉咙，下手之狠辣，让人骇闻。

丘鸠古的脸色也变了，包括汗莫沁尔，他没想到这群无辜的女人居然被人救走了。

"好狡猾的小子，竟然使调虎离山之计救走这些人！"丘鸠古不由得狠狠地道。

铁忆的脸色铁青，向玉面郎君道："你快去告诉总管！"说完又向另一名护卫吩咐道："调集所有的人力搜找林渺的下落，便是掘地三尺，也要把他找出来！"

"晚上城门不开，谅他们还无法逃出城外，只要这些人尚在城内，便不怕他们会逃走！"丘鸠古提醒道。

"你去通知一声岑彭大人，不要让任何人出城，便说是防止纵火的凶手逃出城外！”铁忆又向一名亲信道。

“小的明白！”

“林渺，既然你如此跟我燕子楼过不去，我便绝不能放过你！”

走出燕子楼并没花多少力气，因为燕子楼的高手和大多数的人都在清理尚有余烟的火场，而丘鸠古诸人又并未追来，是以林渺和怡雪在脱出包围之后，便并未遇到阻击。

“看来你得让刘秀把空船开走了！”林渺微微有些失望，同时也有些无奈地道。

怡雪也有些丧气地道：“那些贵霜人也真可恶，若没有他们，根本就不会发生这么多事！”

“世上没有什么事是很容易做成的，这只是一个教训，我真不知道你们无忧林中人怎也学得这么冲动，没一些准备也敢闯龙潭虎穴。”林渺没好气地道。

怡雪瞪了林渺一眼，恼道：“不准你骂无忧林的人！”

“不说就不说，我也懒得去说！”林渺满不在乎地道。

怡雪见林渺的表情怪怪的，心中更恼，狠狠地踢出一脚。

“哎哎……”林渺一惊，却机敏地避开了，夸张地道：“有话好好说嘛，干吗打人？你这一脚下来我还有命吗？”

“哼，踢你还是轻饶你，要是我师姐听到了，肯定会割下你的舌头，至于我师兄要是听到了嘛，你是死定了！”怡雪气哼哼地道。

“你还有师姐和师兄？”林渺讶异问道。

“当然！”怡雪不无骄傲地道。

“那就好办了。”林渺喜道。

“怎么好办了？”怡雪不解地问道。

“你武功都已这么好，那你师姐和师兄不是更为厉害？”林渺反问道。

“那当然！”怡雪不屑地道。

“那你把你师姐和师兄也找来，我们四人一起去救那些无辜的女人，那燕子楼里面的人物又何足道哉？”林渺有些兴奋地道。

“不行，不行！”怡雪在林渺话音刚落之际便立刻反对道。

“为什么不行？那有什么不妥吗？难道你师兄和师姐不愿意救这些人？”林渺不解地问道。

“不是！总之不行就是不行！”怡雪神情古怪地道。

“哦，你师兄和师姐都在很远，一时来不了？”林渺怪怪地望着怡雪问道。

怡雪避开林渺的目光，笑道：“你不笨嘛，要是他们在这里，我哪用请你帮忙？”

林渺没好气地道：“这么说来，我是沾了他们的光喽？”

“你要是不想做就不用做了，我又没有强迫你。”

林渺耸耸肩，悻悻地噘了一下嘴，伸了个懒腰道：“算我错了，快离开这里吧，你放了这一把火，满城的人都在找你呢！”

“谁说是我放的火？”怡雪反问道。

“难道不是你的火吗？”林渺讶异地问道。

“当然不是，我虽想救人，但也不会乱杀无辜，怎么会放火呢？”怡雪肃然道。

林渺不由得微微皱眉，苦思道：“那是什么人放的火呢？”

“肯定是有人对曾莺莺怀恨在心，这才放火烧燕子楼也说不定呢！”怡雪猜测道。

林渺心头微动，不由得想到那个景丹，但旋又否定，他不相信景丹是如此小气量之人，虽然曾莺莺要嫁人，却也不至于迁怒于燕子楼，纵火定是有其他人所为。事实上，曾莺莺的从良使很多人受到极重的心理打击，因此，迁怒于燕子楼并不是没有可能，而这些人中武林高手多不胜数。是以，放火的嫌疑人很多，若想找出凶手，只怕是一件很难的事。不过，林渺并没有必要去为之费神，该头痛的是燕子楼而已。

“会不会是刘秀的人所为？”林渺突然问道，但又想到刘玄和燕子楼本是蛇鼠一窝，刘秀又怎会去对付刘玄？

“大概不会！”怡雪想了想道。

林渺也觉得不太可能，因此也不想再提这件事，随意问道：“你住哪儿，我送你回去。”

怡雪一怔，望了林渺一眼，脸一红道：“你认为我需要人送吗？”

林渺也愣了愣，他只不过是随口说说而已，但见怡雪的表情，似乎有些当真，不由得悻悻笑道：“你那么能打，谁还敢欺负你呀？这样吧，那你送我回去好了！”

怡雪没好气地白了林渺一眼，忍不住笑骂道：“我发现你特别的贫嘴！”

“哦，这可不是一个好的发现。”林渺无所谓地道。

“好了，我要回去了！”怡雪没理林渺的话，淡淡地道。

“有事我如何找到你？”林渺也不想在这里呆得太久，便问道。

“如果有事，你可以到城中的清风观找静心道长，他会告诉你我的下落。”怡雪说了声，有些狡黠地望了林渺一眼，转身便向对面的胡同走去。

林渺撇了撇嘴，望着怡雪的背影却没有说话。事实上，他也不知道该说什么好。

“对了，你明天会去哪里？”怡雪行出四丈，突地转身问道。

林渺心中涌起一丝暖意，欣然一笑道：“可能会去宛城！”

“哦？”怡雪只是低哦了一声，没再说什么，转身便行入了胡同之中。

燕子楼内显得有些冷清，一场大火使得所有客人的兴致变得麻木。而燕子楼的凄景也使人心寒，所幸只是烧毁了两幢小楼，火势并没有完全蔓延，大火仅损失了整个燕子楼的十分之一都不到。主楼依然巍峨屹立，像是棘阳城中的一只巨兽，气势逼人。

歌姬们并没有全部卖出，但已经没有多少人有兴致买卖歌姬了。谁都知道，燕子楼中发生了这般事情，整个棘阳城都将成一个难眠的夜，燕子楼不可能会善罢甘休。

晏佚更恼的却是林渺居然欺到燕子楼内来了，不仅杀了两名贵霜武士，更将他好不容易自各地搜罗回的美女尽数劫走，这怎不让他怒？当然，他并不知道林渺并没有带走这些女人，可是这却是发生在林渺与丘鸠古对峙的时间内，任谁也不会相信这件事与林渺无关。

来人是自暗道之中出入的，显然是对燕子楼内的建筑了解得很清楚，可是晏佚不明白，若是林渺干的，那林渺又是如何知道燕子楼内的暗道的呢？

燕子楼当年是由天下第一巧手秦盟的师父所建，只有一张图纸，而且交给了晏佚的叔祖，这张图一直存在晏家的秘库之中，对燕子楼中秘道知情的，也只有那么区区几人而已。如今秦盟已死，秦盟的师父更不用说，而秦盟似乎并无传人，他传出秘道的可能性很小。那么，林渺又是怎样知道秘道之秘的呢？这确实不能不让晏佚伤脑筋，而他兄长晏奇山也不知道什么时候才能回来，现在只好由他一人来承担这所有头大的事情了。

岑彭也很为难，晏佚要求他下令搜城，可是今天的棘阳不同于往日，因为曾莺莺的事情引来了各方有权有势的王孙公子。当然，也有许多江湖浪子，若是叫他搜城，那群王孙公子们要是不乐意闹起事来，他这个小小的棘阳长只怕官位难保了。可是如果他不下令搜城的话，对燕子楼也不好交代，何况还有异国的使节在这里。因此，这件事便不算是小事了。若丘鸠古到洛阳向钦差大人进言，只怕不仅是他，就是他的家人大概也难以幸免。

岑彭有些恼，这个麻烦可谓是燕子楼一手制造出来的，谁叫燕子楼要让曾莺莺来个什么最后一次献艺，让这么多爱慕曾莺莺的人知道曾莺莺要嫁人，那还会不弄出乱子来？他岂会不知道有许许多多的人为曾莺莺痴迷，这些人一旦知道自己痴迷的对象要嫁人，自然无法控制情绪，容易做出许多过激的事情。

当然，晏佚并没有让岑彭每个人都搜问，他只要一个对象，那便是林渺。是的，若只是这样一个人倒也好说，但问题是岑彭知道这个年轻人绝对不简单，因为他知道此人可以轻易地易容成任何人的面容，也便是说，虽然只是在搜寻这一个人，但是这跟找寻所有人又有什么区别？

所幸，在城中搜寻的并不只是官兵，更有燕子楼的护卫们，岑彭也不是傻子，他只是表面做做样子，却把所有的事情都交给下属去办。事实上，他这个棘阳长只管城防方面，若有什么乱子，他完全可以推到县令头上。

棘阳城极乱，到处都是举灯提笼的官兵挨家挨户地搜寻林渺的踪迹，做出的样子倒是颇为吓人，但实际上却是徒劳无功，只抓了近百名无辜的人凑数。

折腾到将近天明，依然没有半点关于林渺的消息，更别说那数十名自燕子楼消失的美人。这些女人仿佛是凭空消失了一般，唯一探得的消息便是有人发现有十余辆大车自燕子楼附近离去，但这并没有引起多少人注意，因为昨晚燕子楼的聚会多是一群有钱的富家公子，驾大车而去那根本就不用怀疑，至于这些大车后来去了哪里并没有多少人知道。

晏侏听到这个消息，立刻便猜到这些马车便是载走这群女人的工具，但是他不相信，这数十名女人会凭空消失，城门未开，这些人自哪里出城的？只要在城中，那便一定可以找到。但是那些官兵和燕子楼护卫的搜寻并没有很大的收获，只是找来了近百被怀疑是林渺的人，在玉面郎君和铁忆验明身份后又只好把他们放掉，还弄得这两人不胜其烦。事实上他们哪里会不明白，只凭这些护卫和官兵，想抓住林渺，那是不可能的，他们只是想找回那群与贵霜国交易的女人而已。

“这不可能！”铁忆有些难以置信地道：“这棘阳城只有巴掌大的一块地方，若说搜不出林渺那小子还有可能，但是又怎可能搜不出那群女人呢？除非他们插上翅膀飞出了城！”

“今晚并无人出城！”岑彭道。

“禀大人，南门今晚有人出过城！”一名偏将有些怯怯地道。

“南门有人出过城？什么时候？”岑彭吃了一惊，问道。

“昨夜亥时左右！”那偏将小心翼翼地答道。

“那你为什么不早点告诉我？”岑彭的语气之中充满了杀气地质问道。

晏侏和铁忆的鼻子都差点气歪了，昨晚居然有人出城了，不用说，那群女人定是已经出城了。

“是谁给他们打开的城门？”岑彭冷冷问道。

“是汪将军！”那偏将答道。

“让他来见我！”岑彭吼道，他负责城守，居然不知道有人在晚上开了城门放人出城。要知道，晚上城门是禁开的，除非有特别的事情而且又有城守或县令大人的手谕或令牌方可放行，否则任何私开城门的人都是死罪，这怎叫岑彭不恼不怒？

铁忆和晏侏恨不得立刻去杀了那打开城门的家伙，但是他们知道自己没有这个权力，国有国法，军有军规，便是要杀那人，也轮不到他们，他们只好生闷气。

汪保国，乃棘阳城南门的守将，刚升任不久，但却在军中比较傲。

汪保国见岑彭的脸色很难看，似乎意识到事情的严重性，忙道：“回大人，当时他手中拿着县令大人的手谕，末将这才开门的。这里是县令大人的手谕，末将本怕太晚打扰大人您休息，是以想等天亮了之后再向大人禀报，末将真的是不知内情！”说完递过一张帛纸。

岑彭接到手上一看，果然是县令大人的手谕，不由得吃了一惊，这自是假不了，谅汪保国也制造不出县令的手谕。

铁忆和晏侏也愣住了，弄了半天却是县令的主意，但这出城的人又是谁呢？为什么县令这么晚还会下手谕为这几人放行呢？

“我去见大人！”岑彭道。

“我与你同去！”晏侏对岑彭倒确有些感激，岑彭为了燕子楼的事情已经忙得一个晚上没有休息，也确实够辛苦的，事实上他大可自己去休息，把这些事情让给别人去做，可是岑彭没有，这使晏侏也不能不心生感激。

“出城的人乃是安陆侯的少侯爷和李纵的公子，难道你们认为是他们放的火？难道你们要本官不让他们出城？得罪了安陆侯，你们谁担当得起？”县令赵兴有些恼怒这两人扰他清梦，不由恼火地道。

岑彭和晏侏也都怔住了，岑彭明白，换了他是赵兴，也只好写道手谕，毕竟这个天下尚是王家的，安陆侯的公子要出城，谁敢阻拦？

事实也如赵兴所说，难道还会是少侯爷放火烧的燕子楼？或是李纵之子李震放的火？这是不可能的，谁敢怀疑这两人是凶犯？而眼下棘阳城中搜寻的是林渺，而非安陆侯之子。

只有晏侏是有苦自知，找寻林渺只是一个幌子，他真正的目的只是找回那群失踪的美人。可是这个目的是不可能跟岑彭这些人说的，毕竟这绝不是一件光彩的事，但直觉告诉他，李震和安陆侯的儿子这么晚匆匆出城，一定有问题！可是他却不明白，难道那群美人不是林渺所救？抑或说，林渺与安陆侯有着极为密切的关系？

如果真是如此，那么事情就难办了，但无论如何，他都必须追查下去，如果真是安陆侯的人劫走了那些女人，那他也绝不会对安陆侯客气。无论是谁，只要是敌人，那便只有让其消失！此去安陆要么走陆路，要么走水路，只要追得紧，很可能还能够赶上。

淯水，棘阳码头之上，船来船往，繁华至极。

虽然往来棘阳的人有许多都是走陆路，但更多的则是走水路，水路不仅平安而且快捷，少了许多颠簸之苦，同时水路运货快捷而方便，但走陆路却显得有些拖拉。

林渺只是租了一艘小船，他要去宛城，却不想走陆路，或许只是想避开那要死不活的幽冥蝠王罢了。他的直觉隐隐告诉自己，这个灾星始终没有远离他，很可能会再次找上他。所以，他选择了水路。

不过，水道的堵塞让他有些受不了，他的小船想靠在码头都不是一件容易的事。

河面上的许多面孔都是昨晚在燕子楼上见过的。

林渺所乘的船并不大，只有一帆，乘坐了十余人，而这些人都是同去宛城的。船上有四个艄公，两个掌舵的。

船资自然要比马车便宜，当然，对于林渺来说，这点船资根本不是其所在意的。

“什么时候开船？”猴七手向艄公问道。

“就快了，等这河道让开了就走。”艄公摆动着长竹篙在水里搅动了几下道。

“棘阳怎会有这么多船呢？前些日子刘秀打仗不是把淯水之上的船都充公了吗？”一名乘客问道。

“这些船都是自别处来的，我这船便是宛城的，只是这里生意好，顺便就下来了，在码头上交点税就可以停靠。”艄公道。

第三十一章　再战蝠王

“艄公，开船！”猴七手见林渺的脸色突地变了变，他似乎很快明白了林渺的意思，向艄公道。

“这水道……”

“我付你十倍的银子！”林渺突然淡淡地道。

“我们公子要赶急！”猴七手补充道。

艄公疑惑地望了望林渺和猴七手，怔了一会儿，便拿起竹篙叱喝道：“哎，伙计们，为我闪开一些道儿，我要开船喽！”

吆喝声中，船开始缓缓移动，在一些大小船空隙间悠然驶离码头。

小船几乎用了盏茶时间才穿过那些船阵抵达江心，依风向调好帆向，艄公们提起木桨轻划起来。

今天的风似乎不小，阳光和煦，倒颇有几丝暖意，只是在冬日里吹着这样的江风，并不是一件太舒服的事情。

猴七手见船驶离了码头，似乎松了一口气，扭头再望林渺时，却发现林渺的脸色更为难看，禁不住讶异地扭头顺着林渺的目光望去，却见一只独木船乘风破浪向他这船追来。

船头之上立着一个一袭黑色长袍、面容阴鸷的老者，除此人之外，再无操桨者，整艘船便像是漂在水上随风逐流的浮萍，没人操舟，但舟行如箭，岸上许多人都看呆了。

“哇，那船自己可以跑……”林渺船上有人大惊小怪地叫了起来。

“如果我去不了，你便去！这人是来找我的！”林渺将那张图暗中塞给猴七手，低低地道。

猴七手一阵惊愕，他知道这是林渺对他的莫大信任，可是他有些不解，这破浪而至的老头子究竟是什么人，居然连林渺都似乎对其极为畏惧。

“不要问，待会儿无论发生了什么事情，你都不要出头！一切都由我解决！”林渺见猴七手想说话，抢先提醒道。

“小子，今天看你往哪里逃！”那舟头的老头正是幽冥蝠王。

林渺没想到这老头子竟这般阴魂不散地跟来，他已经易容了，却依然被对方清楚地分辨出来，这确实让他吃惊，也让他头大。

“啊……”船上的人有些开始惊呼，因为幽冥蝠王所驾的独木舟已如锐箭一般射向他们的船，竟似是要撞穿这艘船。

“停船，停船，老小子，你疯了吗？”艄公见幽冥蝠王的独木舟没有一丝停下来的意思，反而越来越快，仿佛有一股无形的巨力托着独木舟漂在水面之上。

林渺心下也骇然，幽冥蝠王居然可以以气驱舟，奔如锐矢，可见其功力之深，确已到不可揣度之境。

“小子，如果你不交出三老令，便让这些人与你陪葬吧！”幽冥蝠王冷哼一声，丈许长的独木舟竟然自水面上腾空而起，拖起丈高巨浪，如一尾跃出水面的大鲨直撞向帆船。

“啊……”帆船之上的许多人都惊得尖叫跃入水中。

“欺人太甚！”林渺怒吼一声，执起帆船之上的长竹篙，如蛟龙出海般带起一道亮丽的长虹，撞向横越三丈空间的独木舟。

艄公和水手们一时也呆住了，只觉得仿佛有一股疾风自身边狂卷而出，而后虚空似乎被撕裂了一般，发出一阵锐响。

“轰……”长竹篙贯穿独木舟，与此同时，竹篙又爆出无数的碎片。

沉重无比的压力和撞击力使林渺也不可自控地倒退两步。

长长的竹篙已只剩下短短的数尺，而独木舟的舟头也在竹篙爆裂的刹那爆碎开来，幽冥蝠王如一只巨鸟般当空而落。

帆船之上，天空顿时陷入了一片绝对的黑暗，所有的光线都仿佛进入了一个无限深的黑洞，眼睛里所见非是蓝天白云，而是死寂的黑色。

天与地在这一刻似乎要胶合起来，整个天都塌陷而落，强大得让人窒息的压力使整个帆船向水下沉去，激起船身周围扬起两丈多高的浪花。

林渺低吼一声，手中的半截竹篙倾力贯向黑暗，如刺日之剑！他绝不可以逃避，也无法逃避。

“轰……”黑暗顿去，最先映入众人眼帘的是一只干枯的手掌。

这是一只抵在断竹篙一端挂于虚空中的手，是幽冥蝠王的。

林渺的双足已陷入船身之中，幽冥蝠王却如一只栖于树干上展翅的巨蝠，衣衫飘洒，雅意逼人。

“轰……”幽冥蝠王的身子陡沉，那只抵在竹篙另一端的手摧枯拉朽般使那段竹篙爆成无数的碎片，无所阻碍地直压向林渺的天灵。

“呀……”林渺一声低啸，上身倒曲成弓，一道亮如银虹的光芒破空而起，以一个奇妙至极的角度袭向幽冥蝠王的腰际，他并不阻挡那只当空压下的巨掌。

船上仅剩的一个艄公和猴七手及跳到水中的乘客们不由得惊呼，不远处码头之上的人们也在惊呼，而更多的人则是在惊叹。

林渺在无法摆脱攻击的情况下选择了与幽冥蝠王同归于尽，是以，在不可能中他出刀了！他赌，赌幽冥蝠王不想死，也不想身受重伤。

“啸……”刀落空，幽冥蝠王在不可能的情况下又回升三尺，刚好避过这要命的一刀，而他的手掌也抽了回去。

“轰……”虽然幽冥蝠王撤掌，却也在同一时间出脚，本来的头下脚上，变成了头上脚下，这一张一弛之中不仅化开了林渺同归于尽的一刀，还给了林渺最为凶狠的一脚。

林渺惨号一声，身形被巨力抛出，撞碎船右舷，洒出一口鲜血向江水中落去。

“大龙头!”猴七手惊呼，不知天高地厚地扑向幽冥蝠王。

幽冥蝠王对这个人瞧都懒得瞧一眼，一拂袖间，猴七手顿时如遭雷殛般也跌落江水之中。

强大的气旋暴卷之中，帆船之上根本就没有人能立足，连老艄公也都被逼到水中。

林渺沉入水中立刻不见，惟河面之上泛起一片血色。

幽冥蝠王的目光仿佛欲穿透水面，但只发现水中惊逃的其他乘客。

“好狡猾的小子!”幽冥蝠王心中暗骂，扭头，却见那已碎了一头的独木舟正向下游一沉一浮地漂去，心头不由得一动，展身飘向半沉半浮的独木舟。

“轰……”独木舟在水上突然炸成无数的碎片，合着水珠碎木，爆射向虚空中的幽冥蝠王，仿佛突然之间，江水之中开了一朵巨大无比的莲花。

幽冥蝠王也微微吃了一惊，身子蓦地暴涨，长袍如一个巨大充气的球，使他的身子在没有可能的情况下横移丈许，再双臂疾拍，挥出两团似有形有质的气劲，反卷向那自水面上炸射而开的木片。

“哗……”一道长虹破水而出，掀起三丈高的浪头，撞向幽冥蝠王。

浪头之巅，林渺拖刀飙射，疯狂的气势犹如自九天之上泻下的银河。

虚空似乎在刹那间崩裂，林渺不再执刀，而是整个身子完全融入水中，人便是水，水便是刀，宽阔的河面之上，只有一口分水破浪高达三丈的巨刀，以开天辟地之势断江截流似地斩向幽冥蝠王。

这般刀势不仅让幽冥蝠王吃了一惊，也使码头之上所有的人都看得目瞪口呆，忘记了身边的一切。

而在不远处的另几艘船上，更有几人双目充满了惊讶，惊讶于眼前的景色，惊讶于有这样一场精彩绝伦的好戏。

“轰……”幽冥蝠王也没入巨大的水刀之中，巨大的刀锋与刀身仿佛是烈日下的寒冰崩散。

顷刻之间，巨刀化成千万柄透明晶莹的小刀，使得天地一片苍茫。

林渺的身形暴现，幽冥蝠王的长袍俱裂，但却并无损伤，仍如一只踏枝轻掠的鸟雀踏着虚空中散射的碎木于瞬间转换了百余方位。

林渺刀势将尽，千万柄晶莹的小刀蓦地化为一团浓浓的水雾，透过阳光竟折射出五彩的光芒，而与此同时，林渺的身子落到两丈外的一块顺水而漂的碎木之上。

五彩水幕散去，幽冥蝠王赫然发现林渺已借散落在水面的碎木，若蜻蜓点水一般逸去十余丈远，那疯狂的刀势已如烟消云散。

事实上，在一击未能成功之后，林渺唯有选择逃，这是没有办法的办法，他敌不过幽冥蝠王，打不赢，便必须跑，活下去，这才是真正的道理。是以，他根本就不必再攻出第二招，那是多余的，除非他想死。

“鬼影劫!”幽冥蝠王低低地叫了声，他认出了林渺纵跃间身法的来历，眸子里更闪过一道幽冷的杀机。

林渺并不想上岸，幽冥蝠王的身法之快更胜于他，若是他逃上岸去，所面对的敌人不仅仅是幽冥蝠王，更还有燕子楼中的高手和贵霜国的人。那时，形势对他可是有百害而无一利。

幽冥蝠王脚下踏浪而行，快似追风，几个起落便追近数丈。

林渺扭头，见幽冥蝠王脸色铁青，杀机逼人，不由得高声笑道：“赤眉三老也不过如此，真怀疑你们的赤眉军是怎么打胜仗的，想对付小爷，还是回去向樊祟多学几年吧。”

林渺故意提高音量让岸上的官兵和商旅们听到，说完，这才一头扎入河水之中。

林渺的声音极高，各船和岸上之人都听得极为清楚。岸上的官兵全都炸开了，谁不知道赤眉军？谁没有听说过赤眉三老的大名？他们本来都在看热闹，可是一旦知道这老头竟是赤眉军的三老之一，不由满脸骇然。

林渺沉入水底，等幽冥蝠王赶到林渺沉入之处时，只能看到一个个涟漪在荡动，却无人迹。不用说，林渺已经钻到那群大小船只的底部去了，若想在水中找到林渺，除非把每一只大船搬到岸上去，否则幽冥蝠王不可能在水中找到林渺。但，要把船搬上岸，那简直是不可能的。

幽冥蝠王不由得大为恼怒，但是林渺若是跟他耗下去，他也是没办法，除非等这些船全都开走了，但是林渺也有可能附在船底跟着远去，那他的等待也便成空了。

“老夫就不信你能一直呆在水里!”幽冥蝠王纵身跃上一艘大船高声呼道，他身上也被河水溅湿，此刻河风吹来，冷得他禁不住打了个寒战。

此刻已是腊月，河边的静水都结上了薄冰，河水冷寒刺骨，他不相信林渺能在水中待上多长时间。

“嘿，老头，水里好凉快，你也下来玩玩吧!”林渺突地在不远处的水下跃出水面呼了一声，不无调笑之意。

幽冥蝠王立在船头看得极为清楚，但林渺却是在五丈外的水面，他根本就无法一击而至。

“哎哎……”林渺跃上一只小船，那艄公吃了一惊，正待惊呼，幽冥蝠王已如巨鸟般疾扑而至。

“不会给你机会的，老鬼!”林渺望着扑来的幽冥蝠王，扮了个鬼脸，才倒翻入河水之中。

“哗……”幽冥蝠王强大的掌劲击起浪头丈许，差点掀翻一旁的小船。

江水迅速恢复平静，林渺依然踪迹皆无，一些艄公们见此又惊又好笑，惊的是这老头居然如此厉害凶悍，好笑的是，林渺逗得这老头似乎束手无策。

幽冥蝠王哪里知道，林渺根本就不惧江水刺骨的冰寒。在云梦泽的寒潭中，那里的水比这河水冰上十数倍，可依然难不住林渺，这浅浅的河水自不在话下。可是若换了别人，只怕此刻在河水中已经冻僵了。

与林渺同船的乘客都被人救了起来，但是这些人除了发抖之外，连话都说不清楚，若不是有人找来衣服给他们换上，只怕身上都会结冰了。在他们心里，无不诅咒着那死鬼幽冥蝠王。

猴七手此刻早已潜迹无影，他精得如猴似的，见幽冥蝠王拿林渺没办法，便知道幽冥蝠王会拿他出气，因此，他随便钻上一条船，先离开了这里，他相信林渺可以解决眼前的危机。

“他是赤眉军派来棘阳的奸细，别让他跑了，抓住这赤眉三老之一的幽冥蝠王可是大功一件啊！”林渺突地又在幽冥蝠王背后六丈外的一条船上出现，并挥臂向岸上高呼道。

岸上的官兵更是骚乱，早有人去向岑彭禀报了。同时有官兵想到那和刘秀的赏金差不多的重赏，都抢着向幽冥蝠王逼来。

幽冥蝠王大怒，哪里还不明白林渺的用心？若是他的身份暴露，在棘阳，对他极为不利，毕竟这仍是官兵的地盘，而他赤眉军则是朝廷的眼中钉、肉中刺。因此，官府定会倾力来对付他，到时候还要想追杀林渺，那便更是不可能了。

“老鬼，我看你还是省点力去对付那些官大哥吧，就凭你，尚奈何不了我！”林渺一副漫不经心的样子，似乎根本就不将幽冥蝠王放在眼里，这下子更是激得幽冥蝠王暴跳如雷，但林渺太滑溜了，几经周折都无法逼林渺与之对接一招，总是自这船头下水，那船头上船，逗得幽冥蝠王有疲于奔命之感，东奔西窜，好像被林渺当猴耍。

林渺再一次破水而出，登上一艘大船的船头，拖起无数晶莹的水花，正欲出言逗幽冥蝠王，突闻身后有人淡淡地唤了声：“可是林兄？”

林渺吃了一惊，扭头望去，却发现船舱之中坐着几人，正是昨晚与其共饮的任光和傅俊几人，不由得喜道：“原来这是任兄和傅兄的船，正是小弟！”

“果然是你，任兄的眼力真是胜我多多，我还真认不出你来。”傅俊毫不作伪地道。

“林兄跟他有何冤仇？何以幽冥蝠王要苦苦相逼呢？”任光有些不解地问道。

“这个世上许多事情都是不需要理由的，我也无法说清。”林渺耸耸肩，无可奈何地道。

“林兄的事就是我宋留根的事，不若林兄来喝杯热酒暖暖身吧，赤眉军的人也没什么了不起！”宋留根极为爽快地道。

林渺扭头望了望正暴怒四处寻找他踪迹的幽冥蝠王，不由得笑了。

由于码头边停泊了的大小船只近百，而且有些正欲离去，穿插往来，使人看得有些眼花缭乱，又由于船只大小不同，高低不一，幽冥蝠王所站的位置并不能尽览码头所有船只的全貌，而林渺所立的船头，正好被一艘移动的大船帆身所挡，无法看清，他还没有发现林渺已经上船了。

林渺也便老实不客气地坐入船舱之中，傅文已为他斟上了一大碗酒，笑道：“想不到林兄要猴儿也还有这么一手，真是佩服！来，喝一碗！”

宋留根和林渺诸人也不由得笑了，林渺也不客气，举碗一饮而尽。

“去把我的衣服找来给林公子穿上！”傅俊向一旁的俏婢吩咐道。

“那倒不用，这衣服很快便会干的。”林渺道。

“这湿衣，天寒地冻的，小心着凉，还是换上吧。”任光也些担心地道。

“那好吧。”林渺点点头道。

“林兄易容之术可真是高明，若不是因为被冰水泡了这么长时间，易容之处有些脱落，只怕我也不敢相认了。”任光笑道。

“昨晚是林兄大闹燕子楼吗？”傅文兴奋地问道。

“也谈不上，只是仓皇而逃而已，不值一提。”说话间林渺抹去了脸上的易容膏。他不觉得在面对这几个人时需要易容。

“这才是林兄的真实面目，果真是人中之龙，面具奇相！”宋留根赞道。

“宋兄过奖了，一个江湖浪子而已。”

“林兄可不知道，留根是从不轻易夸人的，你可知道他师承何门吗？”傅俊附和道。

“哦？”林渺讶异地望着宋留根。

“他师父乃是艮山老人，其师叔却是天下闻名的天机神算东方咏，他可是从没有看错过任何人。”傅俊笑道。

林渺顿时肃然起敬，没想到宋留根居然是东方咏的师侄。虽然他并不知艮山老人是谁，可是对天机神算却不陌生，倒没想到在这里会遇上其师侄。

“傅兄取笑，我只不过是沾了师父和师叔的光而已，哪有什么真才实料？说没看错过任何人这就不对了，至少我看错了傅兄，没想到傅兄会在这里出卖我的老底！”宋留根开玩笑道。

林渺和任光不由得都笑了，傅俊也不以为然地跟着笑了。

“他们启航了，我们也跟上去！”傅文突地道。

傅俊举目望了一眼，却见一艘两帆大船正缓缓地驶离码头，立刻吩咐道：“准备启航！”

“林兄有没有兴趣看看曾莺莺将花落谁家？”任光突地问道。

“哦？”林渺立刻意识到什么，反问道：“曾莺莺便在那艘大船上？”

“不错！没有什么障眼法可以瞒得过我们的眼睛，曾莺莺一定在那艘船上！”宋留根肯定而自信地道。

“那我倒想看看，是什么人能让这妖姬倾心！”林渺顿时也兴致大起地道。

“好，那我们就一路看戏好了。”任光眼中露出一丝高深莫测的神采。

林渺突地感到一丝异样，缓缓地转过头去，却发现幽冥蝠王已经登上了船头，眸子中充满了骇人的杀机，显然，他已经发现了林渺的存在。

“你根本就逃不出我的感应，三老令中融有我的血液，无论你逃到天涯海角，都不可能摆脱与我的联系！是以，你死定了！”幽冥蝠王的声音冷得像是从冰缝中挤出来一般，让人禁不住打寒战。

林渺也吃了一惊，他终于明白为什么幽冥蝠王会知道三老令在他的身上了，而且每次都能准确地辨出他的身份，那是因为他身上所怀的三老令一直都在连接着幽冥蝠王的精神。

“别生气，别恼，来，外面风大，进来喝口热酒暖暖身子吧！都一大把年纪了，还火气这么大，这对你没有任何好处的。”林渺举止依然轻松自若，根本就没有半点惊惶，仿佛只是在教训一个后生晚辈一般。

幽冥蝠王本身就积蓄着一肚子怨怒，此刻再受林渺一激，更是怒火冲天，几乎被林渺给气炸了肺。

看到幽冥蝠王吹胡子瞪眼睛的样子，傅文忍不住笑出声来，他没想到，林渺居然敢对赤眉军中的绝顶高手如此说话，还把这个当世顶级高手气成这样，确实感到很有意思。

任光和傅俊就没有傅文这么轻松了，因为他们知道，幽冥蝠王可能会在任何一刻施以雷霆一击，毕竟这绝不是一个普通的对手，因此，他们都在全神戒备任何可能发生的突变。

船舱的门帘无风自动，似有一股极寒的气流涌入船舱之中，使每个人的每一根神经都不由自主地绷紧。

林渺悠然饮干杯中之酒，长身而起，冷眼与幽冥蝠王相对，沉声道：“我可以告诉你，三老令乃是琅邪鬼叟前辈亲手交给我的，除了他或是你们大龙头之外，没有人有权收回我的三老令，包括你！除非你居心叵测！”

“但是琅邪已经死了，你凭什么证明是他交给你的？”幽冥蝠王还是首次听林渺提到琅邪鬼叟，不由道。

“谁告诉你他死了？”林渺反问道。

“在我们之间，有着共同的精神联系，他死了，无论死在哪里，我们都可以清楚地感应到！”幽冥蝠王冷冷地道。

林渺心下骇然，他倒没有想到这些人之间竟然会有如此神奇的精神联系，那么说，幽冥蝠王能感应到三老令的存在也是很正常不过了。

“如果你认为死无对证，那我也不想解释。想得三老令，首先必须放倒我！”林渺也不想解释，琅邪鬼叟死之前提醒他要当心此人，想必非是无因。因此，他也并不想把一切详情都跟幽冥蝠王说清。此刻他并无多大顾忌，如果有任光、傅俊和宋留根几人相助，战胜幽冥蝠王绝不是没有可能，他知道聚英庄的这几个人都是高手，尤其是任光和傅俊。这是林渺的一种直觉。

“那老夫只有送你去见琅邪了!”幽冥蝠王咬牙切齿地道。

“那要看你有没有这个本事!”林渺道。

幽冥蝠王冷哼一声，大步趋来。

“就让我来领教一下幽冥蝠王有何绝学!”任光错步横于林渺之前，淡漠地道了声。

“黄口孺子，不知天高地厚!”说话间，幽冥蝠王已如鬼影般飘过虚空，漫天爪影充斥着每一寸空间，所过之处，帘裂、木碎，船上诸物触影即碎，遇风而裂，其气势狂横霸烈无比。

任光神色微变，不退反进，掌势横截，缥缈虚浮若飞于强风中的鸿毛，似慢实快，以一种奇特的轨迹燕翔般飘于那漫天爪影之中。

林渺的眼中闪过一丝惊讶的光彩，同时也显得有一丝欣喜，因为任光的掌势。

他从没见过比这更玄奥的掌法，包括青月坛主游幽的青月手在内。林渺的功力超绝，武功也是今非昔比，对于两人的武功招数他看得极为清楚，包括任光每一招可以衍生出的数百种后招，虽然他不知道任光每一招后招会如何变化，但是他却知道，任光每一掌之间都可牵出数十种致命的变化，掌与掌之间看似若行云流水，直截了当毫无花巧，但事实上却藏着无穷的玄机，随着幽冥蝠王攻势的变化而变化。

瞬间，两人便已各自变换了数十种手法，却不曾真个相互接实，仿佛是在演练着一种奇怪的游戏一般，你进我退，你退我进，掌爪相缠，气劲横溢，只苦了这艘船。

任光的武功与林渺的武功路子是不同的两种形式，他的招式细腻，招连招，招藏招，有若长江之水绵绵不绝。

林渺的招式霸杀、沉猛，动则如惊涛骇浪，天裂山崩。若是此刻换成不是任光而是林渺，必定是满船杀意，早已与幽冥蝠王拼得天昏地暗，两人至少会多少负些伤。正因为任光那绵绵不息的掌招与林渺的武功大相径庭，这才更让林渺感到无比欣喜，他仿佛找到了弥补自己武学缺陷的东西。

“轰……”幽冥蝠王攻势倏变，与任光一掌接实，强大的气劲冲得任光倒跃八尺，却踉跄而立。

任光口角溢血，神情微显狼狈，但却依然以一种傲然之势对望着幽冥蝠王。

“玄机掌!”幽冥蝠王并未乘胜追击，事实上，他想如此也办不到，因为林渺和傅俊两人并肩立于任光身边，两人的气机连成一体，形成一股强烈得如具实感的杀意，紧紧逼着幽冥蝠王，只要他稍动一下，将换来眼前这两大年轻高手的联手一击。

直觉告诉幽冥蝠王，这里的每一个年轻人都不好惹，尽管单打独斗无一是他的对手，但若是几人联手，只怕他也讨不到半点好处。而更让他恼怒的却是此时岸上已结集了数百官兵，这些人全都冲着他而来，若是他与林渺诸人斗个两败俱伤，只会便宜了这群官兵，因此他不敢紧逼而上。

林渺和傅俊并没有主动出击，他们也知道幽冥蝠王的厉害。林渺却知道，时间拖久一些对幽冥蝠王并不利，因为此时岸上集结的官兵就够幽冥蝠王伤脑筋，他也估到幽冥蝠王不敢主动攻击的原因正是如此。

“任兄，你没事吧?”宋留根抢上一步，关切地问道。

任光摇了摇头道：“还不会要命，虽然他的鬼爪子挺重，但我肩头硬!”

“你是玄机子什么人?”幽冥蝠王望着任光，冷冷问道。

“正是师尊!”任光不无骄傲地道。

“原来你是玄机子的弟子，今日之事，看在你师父的面子上，老夫放过这小子一次，若见到玄机子，便说老夫向他问好了!”幽冥蝠王语气一变，微显客气地道。

任光也不想与这个可怕的高手纠缠下去，何况若得罪了赤眉军也没什么好处，既然如此，见好就收是最好的结局，忙应道：“如果再见他老人家，我定会转告你的话!”

“小子，这次算你走运，下次就不会再这么幸运了!”幽冥蝠王对着林渺狠狠地道。

林渺自然知道幽冥蝠王自不是看在玄机子的面子上放自己一马，而是在迫不得已才会找一个下台的台阶。不过，若是他执意要战，大概也捡不到什么便宜，而且，若是让聚英庄的人为自己而得罪赤眉军，那自是极为不妥。是以，他并不想继续挑衅，只是不屑地笑了笑道：“这好像不是第一次，下一次似乎也不会是第二次吧?”

幽冥蝠王哪里听不出林渺话中讥讽的意思？事实上加这一次，他确实已是第二次追杀林渺，但是两次居然都让林渺安然而去，虽然都是林渺所用的诡计所致，但这也够让他脸红的了。他不能不承认这小子确实很难缠，尽管武功不足以担心，可狡计百出，每每让他感到有些狼狈，仿佛林渺可以用周围的任何环境得以逃命一般。而林渺那话中的意思正是表示根本不怕他，更似向他宣战：“我能让你有第一次和第二次失败，就会有更多次！不信走着瞧!”

林渺并未说出这番话，但幽冥蝠王却清楚地明白其话中之意。

“哼!”幽冥蝠王冷冷地哼了一声，不再说什么，纵身跃下船头，却不上岸，而是夺了一叶小舟破浪直奔对岸。

“别让他跑了，谁能截下他的船，赏银五百两!”岑彭高喝道。他已领着一群人上了船，但是还来不及包围，便被幽冥蝠王逸出包围圈。

“嗖嗖……”一阵乱箭狂射而出，但这对幽冥蝠王根本就构不成威胁，只是射得小舟有如长满了刺的刺猬。

“轰……”一艘小渔船试图想拦住幽冥蝠王的小舟，在重金的驱使下，他似乎忘了眼前是一个极度危险的人物，不知轻重地驱船而上，但却被幽冥蝠王的小舟将其近两丈长的渔船拦腰撞断。

幽冥蝠王的小舟便像是一柄无锋的巨斧，任何想挡路的船要么被撞得粉碎，要么被撞翻，而他的小舟只是损伤了舟头的一点木头。而且，他的小舟似乎根本不用桨划，只需脚下用力，力透舟底，破浪逐波而行，灵动而快捷。那些普通的船只与之相撞，等于是与其功力对抗，那注满了劲气的小舟便像是一个重型武器，小渔船如何承受得起一撞？那些大船行动起来又不灵活，想挡也来不及。不过，许多大船都是外来的，之中住了许多王孙公子和江湖豪客，他们知道幽冥蝠王的名头，自不想因为五百两银子而惹上这个煞星。

岑彭虽然厉害，但是比起幽冥蝠王却要差上两个档次，不敢亲身涉险。否则，他倒可以一人追上小舟，可他没这勇气，只好眼看着幽冥蝠王驱舟而去，他们在后面划船紧追了。可这种结果早已明了，追上幽冥蝠王是不可能的。

被幽冥蝠王这么一耽误，那只载着曾莺莺的大船已快行出傅俊诸人的视线之外，傅俊忙命人开船，并整修破碎的甲板和船舱。

总算是摆脱了幽冥蝠王的纠缠，让林渺稍感到一些轻松。事实上，他并没有什么事情特别急，只要猴七手安全离开了，便不必担心什么。这偷儿精明得紧，又绝对忠诚义气，这一点林渺是可以相信的。

除了这件事外，湖阳白家的事情也不是一时半刻能够急得过来的。毕竟此刻的他尚嫌人单力薄，遇上了幽冥蝠王这样的人物，也都只有逃命的份，更别说去面对湖阳世家那么多的高手了。因此，倒不如随任光诸人轻松一些。

任光的伤势并无大碍，虽然内腑受了一些震伤，可是以任光自己的内功，可以将伤势镇住。相对来说，任光的功力比幽冥蝠王要逊许多，根本就难以与幽冥蝠王硬撼，连林渺都难以在功力上与幽冥蝠王相抗衡，何况是任光？

傅俊也知道，林渺的武功高绝，刚才在河中，林渺与幽冥蝠王的交手他们都已经看在眼中，那气势无伦的一记水刀与那种惊心动魄的场面确实给整个码头的每一个人都留下了难以磨灭的印象。

尽管这惊涛骇浪的攻击未能胜过幽冥蝠王，但在气势之上和留给人的印象上，却远远胜过幽冥蝠王。

傅文和宋留根也都很佩服林渺那超绝的刀法，同时他们对林渺的文采和谈吐也极为欣赏。

“我看天下武林年轻俊杰之中，他们算漏了一个。”傅俊在众人闲聊之时突地插上一句。

“是啊，我觉得林兄比那什么冷面残血，刘秀邓禹，什么天吏寇恂之类的，绝不会逊色！”宋留根附和道。

“天下之大，奇人异士何其之多，冷面残血仅是杀手而已，何足称道？刘秀、邓禹才高八斗，学富五车，又兼武艺超群，揭竿起兵，可见其勇其胆，此种人物才可称是江湖俊杰，比此二人，我可不敢，但眼下的任兄和傅兄却也是人中之龙，倒可与此二人一比。至于什么天吏寇恂，听说此人才智出众，勇武过人，治理忻郡之事颇为出色，如此年轻也可称是当世俊杰，只怕我也比不上。”林渺侃侃而谈道。

“世间多隐士，若说天下的年轻俊杰实不止此等数人，只是有些人愿抛头露脸，扬名立万，有些人却愿做低调行事的闲云野鹤，照我看这种快意恩仇有若闲云野鹤之人才是真正的雅士俊杰！”任光悠然道，顿了顿又道：“至于北方沈家沈铁林，一口金刀威震北方响马的杜茂，义薄云天的藏宫，豪气干云的坚镡……等等，无不是让人倾慕的年轻俊杰。”

林渺听到任光赞沈铁林和杜茂，心中不由得大为欢喜。他知道，沈铁林和杜茂两人的武功超卓，更是性情中人，但他却不知道在任光口中，可以和沈铁林和杜茂相提并论的藏宫和那个坚镡又是什么样的人物，但他相信任光所说一定很中肯，既然赞赏这两人，想来也不会差到哪里去。

“小弟行走江湖时日尚短，对于江湖中事，可就所知不多了。任兄这般一说，我倒真想见识一下这些人，那沈铁林和杜茂在宛城击杀奸贼姓伟，这我是知道的，只不知这藏宫和坚镡又是何许人物呢？”林渺询问道。

“这藏宫本是西北第一大家藏宫世家的这一代少主，但因朋友身犯死罪，他散尽家财而保出朋友，视金钱名利如粪土，宁可为朋友浪迹江湖抛去荣华富贵，此等人物，实应钦佩。”傅俊道。

“这坚镡则因一诺，五战匈奴可汗，虽屡败但却屡战无惧，以一己之力，使边关小镇近千百姓得保安全，此等人物若不是豪气干云之辈，何人可称?”任光也道。

林渺对这个坚镡的兴趣似乎仍要大些，这个单枪匹马战匈奴可汗，又屡败屡战的年轻人又是怎样一个人物呢?

“我看，坚镡比较合我味口一些，什么杀手，什么为朋友，乃是小家之作，真正的英杰，应置天下于心内，置万民于心中，为民请命虽死无憾，此等豪情，才是真英雄所有!”林渺诚恳地道。

“林兄之语正合我意！为民请命而不求己之欲方是英雄所为，死则死矣，心则照日月!”傅俊欣然附声道。

“英雄所见略同，我们几人一见如故，不如结为异姓兄弟如何?”宋留根突地提议道。

“好哇，好哇。”傅文立刻附和道。

任光和傅俊的目光不由得都落到了林渺的身上，似在询问林渺的意下如何。

“宋兄的提议确实是好，只不知林渺是否能高攀几位兄弟呢?”

任光和傅俊听林渺这般一说，不由得全都朗声欢笑起来道：“留根提议正合我意，我们几人今日就摆案结为异姓兄弟!”

傅文和宋留根皆大喜。

五人便在船上摆案焚香结义，任光最大，傅俊次之，林渺与宋留根同年，却在月份上占先，因此排在第三，傅文最小，理所当然便是最末了。

五人宣过誓便在甲板上摆酒相庆，虽江风清寒，但这几人并不在意，林渺已换上了傅俊的衣服，两人身材相近，衣服还很合身。

“三哥，你听，好像有琴音!”宋留根突地道。

林渺怔神，随即点头道：“琴声低沉，曲调萧瑟，黯然如泣，弹琴之人似乎意兴索然，却又心有不甘之意。”

“三弟好耳力，居然能闻弦音知其心，看来，三弟是此人的知音了。”傅俊笑道。

“二哥取笑了，琴声自下游飘来，会否是自曾莺莺的船上传来呢？”林渺猜测道。

“曾莺莺的船上？”众人的眼睛一亮，想起昨夜曾莺莺那迷魂的一曲，禁不住回味无穷，但这琴音会是曾莺莺所弹吗？

“让船加速前进！”傅俊传言吩咐道。

淯水悠悠，往来船只并未因战火纷起而减少。事实上，无论是春陵义军还是绿林义军，都不会影响水道。

朝廷也并未封锁航道，至少到南阳各地，尚需要水路的支持。是以，水运并未因战火而停止。不过，由于漕运已经不是很安全，漕运的频率变少，往来的商船却依旧。

傅俊诸人所乘的船并不算是什么特大的船，长不过二丈许，宽约近丈，舷顶距水面有五尺余，入水不深，是以行驶起来极快。由于前方的大船行驶也不是很快，追至其后，并未花多长时间。

琴声在空阔的江面上似乎激起了层层涟漪和浪花，一串音符跳动着，以一种奇怪的旋律钻到每个人的心中。

“好玄的琴音！”任光不由得赞道。

“确实很玄，只怕其韵律不会比曾莺莺逊色。”宋留根也附和道。

“在那小舟上！”傅俊指着远处在江心顺水而下，与前方双桅大船不即不离的小舟道。

“那人似乎也知道曾莺莺就在双桅船上，那人是谁呢？”傅文讶异道。

“又一个曾莺莺的痴迷者！”宋留根感叹道。

“我看此人与曾莺莺曾是知音，知曾莺莺下嫁他人，这才在江中以琴音诉说心中的伤感，看来这人与曾莺莺的交情确实不一般。”

“为什么大船上似乎一点反应也没有呢？难道曾莺莺听了此琴音真的就可以无动于衷吗？”傅文有些疑惑地道。

河中一叶小舟，一个艄公轻摇木桨，而一人横琴于舟首，盘坐如一蹲花岗石雕像，身形无半点摇晃，只是十指以优雅而流畅的弧迹划过琴弦，在瑶琴左侧轻放一坛美酒，瑶琴右侧却横置一柄巨剑。

“此人有点意思。”任光笑道。

小舟无篷无遮，之上的一切都看得一目了然，但众人只能看到那舟上之人的背影，却知此人颇为消瘦。

“未知对错，未问对错，心映流水，酿一坛苦酒，喝是醉，不喝也是醉。弦音漠漠，淯水泱泱，效仿古人，曲高谁与合？爱也心伤，不爱也心伤……”蓦然之间，小舟抚琴之人放声高吟，苍凉而伤感，与琴音一抑一扬，更显黯然而无奈。

“莺莺，难道你连见范忆一面都不肯吗？”琴音顿止，小舟之上的人语调怆然，声音却极高，江面之上往来的船只皆能听得一清二楚。

“此人功力极为深厚，果然是为曾莺莺而来！”林渺淡淡地道。

“范忆！怎会是他？”任光吃了一惊道。

“范忆是谁？大哥认识他吗？”傅文讶异地问道。

“范忆之名我好像也在哪里听说过。”傅俊想了想道。

“有人传说是樊祟的义子，文采风流不输刘秀、邓禹，在赤眉军中似乎身份极为特殊，也很神秘，在江湖之中，此人也无多少人知其身份来历。”任光吸了口气道。

“樊祟的义子？”林渺也吃了一惊，心忖：“那他怎么从东方跑到这里来了呢？是不是与幽冥蝠王是一道的呢？”

大船甲板之上悠然行出两人，正是曾莺莺的两名俏婢。

“小姐说了，范公子之情她会永铭于心，此刻她已为人妇，过去的恩怨都已化为烟尘，若公子真当她是知己，便应为她的幸福祝贺，公子请回吧！”

“哈哈哈……”范忆突地仰头怆然大笑道：“过去的恩怨化为烟尘，那还是知己吗？伊人绝情如斯，实让人心寒，只不知是谁能让莺莺如此倾心，如此迷恋，连故人也不相认了！”

江面上所有的人都听出了范忆心中的愤然和嫉妒。

“只怕有好戏看了！”任光淡淡地道。

“哦。”林涉低应了声。

“范忆绝不是轻易会罢手的人，此人性格极傲，受此挫折，必定不会善罢甘休！”任光道。

“看，又有一叶小舟从下游靠来。”宋留根指着一叶正向两桅大船靠去的小舟道。

“景丹！”林涉讶异地叫了一声。他发现那赶来挡住大船船头的人居然竟是昨夜在燕子楼愤然离去的景丹！

景丹怎会突然出现在这里？他又是怎样知道曾莺莺在这艘船上的呢？这个问题大概只有景丹才可以回答。

“难道这小子与范忆之间有什么牵连？”宋留根昨晚也见过景丹，不由疑惑地问道。

“我猜这小子八成是因为被曾莺莺耍了，怒气难消，是以才会联合范忆来劫船来了！”傅文猜道。

“看戏就是！”任光让操船者放缓船速，却将酒席摆上甲板，倒真是一副看戏的架势。

林涉也感到好笑，不过，他倒真想看看让曾莺莺倾心的男人究竟是谁。是以，谁弄乱子，对他来说并无分别，他甚至还想去问个究竟。不可否认，曾莺莺确实是个绝代尤物，连他也无法抹去心中那深刻至极的印象。

曾莺莺的美是完全异于白玉兰、梁心仪和怡雪的，似乎带着点玄乎的魔力，能够如磁石一般紧紧地吸住所有男人的目光。

“停船！景丹有要事需见莺莺！”景丹横舟于江心，挡住大船之路。

大船船速不慢，在这种距离之中，连林涉都为景丹的小舟捏了一把汗，若是大船前移过去，那小舟将会像蛋壳一般被巨大的底盘碾碎。

景丹似乎根本就不知道眼前的危机，立于舟头，拄桨于舷上，又高声喝道："快去传你们可以做主的人来，如果迟了，后悔的只会是你们!"

"景公子是在威胁我们?"船舱之中走出了一位神情倨傲的老者，淡漠地望着景丹，冷冷问道。

"哈哈……"景丹一阵长笑，不屑地道："就凭你，还用得着我威胁?若不是看在莺莺的面子上，我景丹何用管你们的闲事?如果你以为我是威胁的话。若莺莺连故人都不敢见，恩断情绝到如斯地步，那景丹是白费心思了，就当景丹从未出现过好了!"

景丹话音落下，船上的老者神色变得有些难看，但他并没有说什么，只是嘴角边泛出一丝冷意。

大船以极速向景丹的小舟上撞去，三丈、两丈……景丹终于叹了口气，曾莺莺仍不愿出来见他，他真的死心了，忖道："既然你如此绝情，也不要怪我没有警告你，把我的好心当成了驴肝肺，这又是何苦呢?"想到这里，手中的大桨蓦地插入河水之中。

河水之中暴起一团巨浪，景丹所乘的小舟如一片处于浪尖上的树叶一般，轻悠利落地横滑出两丈。

景丹握桨在水中一搅，小舟如飞，再横丈许，刚好与大船行过的浪头擦身而过，只有轻微的浪涛使得小舟悠然起伏。景丹拄桨目注着大船顺水而下，神色间有着无限的惆怅和伤感，这绝不是他想看到的结果，可是这个结果却在他不想看到的时候到来了。

"若兄台不介意，与我同饮这杯伤情之酒吧!一个薄情寡义的女人怎值得我等为之黯然神伤呢?"范忆的小舟飘然而至，刚才景丹的举止他都完全看在眼里，知道是同为钦慕曾莺莺但却也是黯然伤心之人，禁不住生出同病相连的感觉。

景丹望了范忆一眼，悠然笑了笑道："兄台伤情，我却未必，已无情可伤，这杯酒兄台独饮吧!"

景丹此话只让范忆怔了怔，景丹居然会拒绝他，如此不给面子使他有些难看，不过他毕竟涵养过人，淡淡地笑了笑道："世情难测，我范忆看来是双眼已花，难以认清世人了，总自作多情，倒让世人见笑了！”说完将手中的两碗酒一碗饮尽，一碗倾入江中，不再望景丹，盘膝抚琴拨出一阵低沉的音符，其调浑沉带着愤然、无奈，更带着锵然杀伐之音。

江水似乎因琴声而激荡不已，景丹讶异望了一眼范忆，却没说什么，只是轻轻地拨了一下船桨，驱着一叶孤舟缓缓地远离那双桅大船。他静静地立在孤舟之上，犹如一株孤松迎着凄冷的江风，颇具一种沧桑黯然之感，与范忆的愤然抚琴倒是相映成趣。

两桅大船似乎并不想再理会范忆和景丹两人，顺水加速行驶，两张巨帆也吃满了风，但是才行出里许，蓦地船身一震。

“船底漏水了！”双桅大船之上有人惊呼。

“水下有人凿船！”大船上有人怒道，随即迅速有人跃入江水之中。

远处的林渺诸人将这一切都看得极为清楚，见那大船上这么一乱，大概便已猜到是怎么回事，但他们根本就懒得上前。

“同是天涯沦落人，相逢何必曾相识？景兄，我们又见面了！”见景丹的小舟自船边行过，林渺不由得高声呼道。

景丹惊讶抬头，却是一副副陌生的面孔，但这两句话和声音却是那般熟悉。

“兄台是？”景丹并不敢相认，惑然问道。

“在下林渺，这几位是我的结义兄弟，如果景兄不介意，何不登舟共赏淯水佳景？”

景丹对林渺并不熟悉，但听到林渺刚才所吟的两句，隐隐觉得此人与昨夜燕子楼中之人有些关系。

“在下聚英庄傅俊，这位是我义兄任光，想必景兄仍记得昨夜梦碎如杯吧？既已梦碎，何不醒来共赏风景？总胜如孤雁独飞好！”傅俊也插嘴道。

“哈哈哈……”景丹笑了，他知道这几人与昨夜说话之人有关。同时聚英庄的傅俊之名和任光的名气他早有耳闻，是以极为爽快地道：“景丹的痴迷倒叫几位见笑了，既然几位盛情，那就恭敬不如从命了！”说着横桨于舟上，找了一根绳子将小舟系在傅俊的船上，这才悠然登船。

登上大船，景丹望了望林渺，有些惑然地问道：“这位兄台曾与我见过面吗?”

“昨夜还曾举杯对饮，景兄好健忘!”林渺笑道。

景丹愕然之际，傅文便已道：“我三哥乃是个易容高手，昨晚你见到的乃是他的假面孔，现在见到的才是真的!”

“哦。”景丹恍然，难怪他觉得林渺的眼神有种似曾相识之感，却一时又想不起是在哪里见过。经傅文这么一说，自然再无怀疑。

“原来是你，景丹真是有眼不识泰山！多谢林兄昨夜出言指点，才使景某不至于走入迷途不知归路!”景丹诚恳地道。

“景兄何用出此言？以景兄之智慧，其实不用多说废话，也不会深入迷途。不过，事情既已过去，我们也便不用为其多废客套之词，不如大家同席共饮看看淯水两岸如画的风景和这即将上演的好戏吧。”林渺淡然道。

景丹的神色微微有些不自然，但却欲言又止地笑了笑道：“恭敬不如从命，何必为这些薄情寡义之辈去烦恼费心呢？我景丹心意已经尽到，他既然不领情，我又何必自讨没趣?”

“看来这个范忆是有备而来，而且早就知道曾莺莺会从这里经过!”宋留根突然道。

众人不由得扭头望向那双桅大船，却见船上之人神色怪异，似乎颇为急虑，江水之中漂起一些血色，更有几具尸体顺水而去。

范忆的小船此刻距大船拉开了近二十余丈的距离，依然悠闲地调拨着琴弦，琴音之中依旧带着锵然杀伐之音，但他对双桅大船上所发生的一切似乎漠不关心，视若无睹。

“范忆确实是有备而来，他今次像是不抢到曾莺莺就不会罢手，在前方的河道上他必设下了许多伏兵，这双桅船若不返回棘阳，只怕根本就难以闯过去!”景丹声音有些落寞地道。

“啊，他怎么会知道曾莺莺一定会走淯水南下呢？而曾莺莺自淯水南下又是去哪里呢？难道他早已经知道那个曾莺莺欲嫁的人是谁？”宋留根有些疑惑地道。

“是的，他早就已经知道曾莺莺欲嫁的对象，这一点并不值得奇怪。”景丹道。

“那人是谁？”傅文忍不住问道。

景丹叹了口气，眸子里显出一丝怅然，道：“此人正是眼下轰动天下的刘秀！”

“刘秀?!”林渺惊呼出声，他无法掩饰自己内心的惊讶。他怎么也没有料到这个神秘的对象会是刘秀，但他此刻却相信景丹不是在说谎。

景丹没有必要说谎，而且，林渺亲自在棘阳见到过刘秀，还在燕子楼中见到了与刘秀关系密切的宋义与铁二。刘秀在这种时刻出现在棘阳本身就是不合情理的，义军新起，而且又是四方结盟的关键时刻，而刘秀却出现在棘阳，除了是为了这冠绝天下的尤物之外，还为了什么？而且刘玄与燕子楼关系密切，刘秀再与燕子楼沾上这点关系却并不值得奇怪，是以林渺相信景丹的话。

不仅仅是林渺惊讶，便是任光和傅俊也是惊讶万分。

“是他！我道是什么人，居然能得曾莺莺倾心，看来江湖中传说刘秀是个洁身自好的君子只不过是子虚乌有罢了。”任光不屑地道。

“如果真是刘秀的话，我觉得他是极不明智的，未能成事，便已图享受，这种人何能成大事？”傅俊对刘秀的印象也大打折扣。

“我听说刘秀乃是大智大慧之人，此人不仅文采好，更熟读兵书战策，怎会如此不知轻重呢？”宋留根也叹道。

“我看刘秀是个爱美人不爱江山之人！人不风流枉少年嘛。”傅文倒似乎极为理解刘秀。

“五弟是不是感到又有了知音呢？”林渺平复了一下内心的震动，笑问道。

傅文悻悻一笑道：“多一个知音总比少一个好。”

“景兄刚才是想揭穿范忆的诡计吗？”林渺扭头问道。

景丹点了点头，叹了口气道：“尽管她太过薄幸，可是我们毕竟相交一场，我尽了心力，她也不能怪我了。当然，与其让莺莺被范忆抢去，倒不如让莺莺开开心心地跟着刘秀。”

“好个有情有义的男子汉！”任光赞道。

“景兄认为范忆一定能够诡计得逞？”林渺突地反问道。

“至少，我在范忆的计划之中找不出破绽！”景丹不以为然地道。

“何以见得？”林渺又问道。

“因为范忆已与淯水太守属正合作，达成了一个协议，那便是刘秀是属正的，而莺莺则是范忆的，此次范忆带来了大批的高手，是志在必得！”景丹淡淡地道。

林渺和任光诸人皆为之动容，如果范忆真的与属正联手封锁淯水，那刘秀在没有防备之下确实是插翅难逃，而曾莺莺也将成为其囊中之物了。

“看来，刘秀这次真的是大大的失策了。”傅俊感叹道。

林渺心中隐隐感到有些许的不对，但却想不到问题究竟是出在哪里。

任光见林渺的神色不定，好像有心思，不由问道：“听说三弟与刘秀之间有些交情，是不是想去提醒他呢？”

林渺一怔，苦笑了一下，忖道：“刘秀来棘阳是到燕子楼接美人，由此可见其与燕子楼的交情极深，加上刘玄与燕子楼的关系，又怎能保证刘秀不是魔宗的人呢？尽管自己与他往日交情不薄，可毕竟相处日短，是友是敌很难说，自己是不是该去警告他呢？”

“我们曾经确实有些交情，不过我倒不是想去警告他，只是我觉得情况可能不会像我们所想象的那样，如果真如景兄所说，让曾莺莺倾心的人是刘秀，而他们又都在这艘船上的话，那确实有些不对。”林渺皱了皱眉道。

“有什么不对？”景丹、任光诸人都不由得讶异地问道，他们不明白林渺怎会有这样的看法。

“先让人把船停下，不要与他们靠得太近，免得城门失火殃及池鱼。”

林渺道。

傅俊也觉得林渺的话有道理，立刻吩咐将船向岸边靠一些，然后下锚停下。

“如果刘秀在船上的话，范忆和景兄的出现，他不可能一直都龟缩于舱内，虽然刘秀不一定是光明磊落的君子，但却也绝不会是缩头缩尾之辈。能得曾莺莺青睐的男人如果连事实都不敢正视的话，又如何博得美人芳心？而曾莺莺也不出声，这也不合常理，难道景兄认为曾莺莺是这样连故人都不敢一见的人？”林渺分析道。

景丹也似乎开始沉思了，摇了摇头道：“莺莺似乎并不是这样的人！”

“女人有了男人之后，什么事干不出来？”宋留根似乎对曾莺莺比较有偏见，不服气地道。

“刘秀能够让宛城诸强心服，足以说明此人不是无能之辈，想来，也不应该连出面与范忆和景丹对话也不敢。”任光也附和道。

“虽然我和刘秀相处的日子不长，但此人之计智却是绝不简单，他能够把握时机一举夺下宛城，而在战局有利的情况下又弃宛城而走，这种超凡的战略眼光和气魄，绝非常人可以做到的。他能出奇招、以少胜多击败属正的大军，也说明此人绝非浪得虚名，因此出现今日这种场面确是有些突兀！”林渺道。

“哈哈，他撤出宛城只能说他傻，我看不出弃宛城有什么高明之处。”傅文不服地道。

“哎，傅文兄怎能这样说？刘秀弃宛城之举可真算得上是最完美的策略，如此大胆而绝妙的策略也只有刘秀才想得出，其战略眼光真让景丹自愧不如！”景丹诚恳地道。

“何以见得其绝妙呢？宛城乃一座坚城，四面通达，水陆皆通，其繁华富饶难道还比不上春陵那小地方？”傅文反问道。

“若单说富饶和城池的坚固，那宛城确实胜春陵多多，可是刘秀义军并不是朝中官兵，在宛城周围全都是他们的敌人，若他们坚守宛城，则宛城成一孤城，再坚固富饶的孤城又能支撑多久？因此，弃宛城是必然之举！”顿了顿，景丹又道：“他是一支新生义军，需要的不是急切地去与大量官兵交战，而是稳步的发展，在发展之中再图扩张。刘秀引兵南下，一是看中春陵地势奇特，不似宛城诸地一般地势平坦，除坚城之外无险可凭；二是因为南方皆有义军活动，若有官兵自南方而来，也会有其他义军相阻，他们将无后顾之忧，能得整军休生养息之机；三是绿林军新分裂，气势正弱，如果有一支强势义军再次在绿林山附近崛起，极有可能重新号召起绿林军余部，使之整合。若是能将三支绿林军重新整合，其力量比之赤眉军绝对不会弱，那时再回兵攻下宛城也并不是不可能的事。因此，刘秀撤出宛城，从战略上来说确实是绝妙的！”

“景兄所分析的确实精到，因此，我们可以知道，刘秀此人绝不简单！”林渺附和道。

“可这只能说明过去，与今天的这件事并无关系！”宋留根道。

“是，那只是过去，但刘秀若非笨人，难道连这一路上可能会遇到劫曾莺莺的人这一点也想不到吗？如果有人敢来劫曾莺莺，必是有备而来，到时他一定可能暴露身份，一旦暴露身份之后，便会成为官兵攻击的对象，在这种地方，他几乎是孤身犯险，这一点他应该考虑到。因此，我认为，他一定不会在那艘船上！”林渺肯定地道。

“他不在这船上，那他可能会在哪里？”傅文讶异地问道，对林渺的话，他只是半信半疑。

“他可能会在任何地方，这一点我也猜不到。”林渺无可奈何地道。

“公子，前方似乎有五艘官府的战船。”一名掌舵的水手前来相报道。

“看来范忆真的和属正达成了协议。”任光淡淡地道。

“立刻收帆，停船靠岸！”傅俊吩咐道。

众水手们一起动手，很快便将大船靠上岸边。